KB136004

지적인 현대인을 위한

지식 편의점

문학 ◆ 인간의 생애 편

문학 ✦ 인간의 생애 편

지적인 현대인을 위한

지식 편의점

─◈─ 이시한 지음 ─◈─

흐름출판

문학으로 보는 인간의 생애

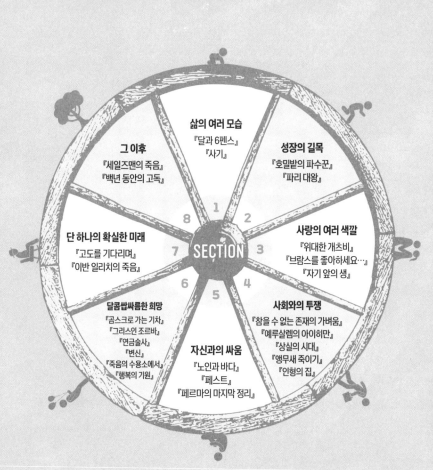

삶의 여러 모습

『달과 6펜스』
『사기』

그 이후

『세일즈맨의 죽음』
『백년 동안의 고독』

성장의 길목

『호밀밭의 파수꾼』
『파리 대왕』

단 하나의 확실한 미래

『고도를 기다리며』
『이반 일리치의 죽음』

사랑의 여러 색깔

『위대한 개츠비』
『브람스를 좋아하세요…』
『자기 앞의 생』

달콤쌉싸름한 희망

『곰스크로 가는 기차』
『그리스인 조르바』
『연금술사』
『변신』
『죽음의 수용소에서』
『행복의 기원』

사회와의 투쟁

『참을 수 없는 존재의 가벼움』
『예루살렘의 아이히만』
『상실의 시대』
『앵무새 죽이기』
『인형의 집』

자신과의 싸움

『노인과 바다』
『페스트』
『페르마의 마지막 정리』

SECTION

1
2
3
4
5
6
7
8

일러두기

1. 이 책의 근간을 이루는 고전은 이미 여러 곳에서 번역 출간되었으므로 따로 출판사를 밝히지 않았다. 국내 번역본이 널리 통용되고 있어 원서명을 병기하지 않았다.

2. 이 책은 어디서부터 읽어도 상관은 없으나, 순서대로 읽는 게 지식의 맥락을 파악하는 데 용이하다.

이 책의
안내도

인간의 생애를 따라가며

대학에 다닐 때, 다음 날 시험을 앞두고 벼락치기 공부를 시전하고 있었습니다. 제 성적은 시험 전날 밤을 얼마나 새웠냐에 좌우될 정도로, 벼락치기에 절대적으로 의존했거든요. 그런데 문득 책꽂이에 이광수의 『무정』이 눈에 띄고 만 것입니다. '그래 이 책이 우리나라 최초의 근대소설이지'라는 쓸데없는 생각이 머릿속에 스침과 동시에 제 손은 그 책의 첫 페이지를 펴고 있었고요. 많이들 아시겠지만, 시험기간에는 시험공부 외에는 뭐든지 다 재미있어 보이는 법이잖아요.

그런데 아뿔싸! 잠깐 보려고 했던 소설이 앞에서부터 너무 재미있는 거예요. 삼각관계가 주 뼈대인 이 소설에서 주인공인 형식이가 은채와 선영이 중에 누구랑 이어지게 되는지, 알고 있다는 것은 추리소설에서 범인이 누구인지 알고 읽는 것이나 마찬가지인데도 책을 읽어나가는 재미가 쏠쏠했습니다. 책을 반쯤 보았을 때 이런 생각을 하게 되었죠. '시험공부하면서 계속 못 읽은 반이 생각나서, 집중이 안 될 수 있으니 일단 끝까지 보고 깔끔한 마음으로 공부를 하는 것이 낫겠다'고 말이죠. 결국 창밖이 희끄무레하게 밝아올 무렵까지 책을 읽다 마지막 장을 넘기는 순간 마음은 성취감으로 충만했지만, 나중에 받아든 시험점수는 충격과 공포였습니다.

100여 년 전 소설이 지금도 매력적으로 다가오는 이유는 인물, 상황, 사건이 마치 어제 만난 사람들처럼 살아 있기 때문이죠. 이렇게 시대를 초월해서 전해진 베스트셀러들을 흔히 고전이라고 부르는데요. 몇십 년, 몇백 년의 세월을 건너 전해져온 책들이 우리 곁에 아직도 남아 있는 것은 우리에게 주는 메시지의 울림이 크기 때문입니다.

시대, 나라, 환경, 사회가 모두 다른 사람들이 공감하며 읽은 책이라면, 그 책에는 인간 본성의 핵심과 사회 시스템의 본질에 대한 명확한 메시지와 통찰이 있을 것입니다.

전작 『지식 편의점: 생각하는 인간』 편을 보신 후 많은 분들이 호평과 기대를 전해주셨어요. 호평은 그 자체로 완결된 느낌이지만, 기대는 열린 단어죠. 듣는 사람의 상태에 따라 다음에 대한 부담으로 해석되기도 하니까요.

『지식 편의점』 시리즈는 처음부터 인간을 중심으로 두고 기획되었습니다. 인간의 생각을 언어로 남긴 게 책이고 옛날부터 내려온 책들을 찬찬히 톺아보면 과거와 현재 그리고 미래의 인간의 모습을 살펴보고 예측할 수 있습니다. 전작에서는 책에 쓰여진 인간의 생각을 통해 과거부터 지금까지 인간이 구축해온 사회 시스템을 보았다면 이번 편에서는 '인간의 생애'를 중심으로 고전에 남겨진 인간의 본성을 살펴볼 것입니다.

고전 중에서도 문학은 결국 인간으로 귀결됩니다. 문학에서 사회문제를 다루는 경우도 많지만, 그런 경우에도 그 사회를 살아가는 개인에 초점을 맞추어 이야기가 전개됩니다. 등장인물이 사회를 살아가며 부딪히는 관계, 생각, 가치 등의 갈등은 사람이라면 언제든지 어디에서든지 겪는 원형적인 부분들이죠. 문학을 살펴본다는 것은 곧 인간에 대한 관심을 기울이고, 인간의 본질을 들여다본다는 의미입니다.

시대를 대표하는 문학작품들을 나열해보면 재미있는 것이 보여요. 여러 문학들의 주제나 소재적인 부분을 확대해서 보니까, 보통 인간 삶의 한 시기에 포커스하는 경우들이 많더라고요. 그래서 그런 작품들을 한 줄로 엮어보니 그대로 한 사람의 인생이 되었습니다. 태어나서, 자라고, 교육받고, 사랑을 만나고, 사회의 일원이 되며, 가족을 이루며, 자신의 인생과 마주하고, 종국에는 죽음에 이르는 과정들로 연결되는 것입니다.

『지식 편의점: 문학◆인간의 생애 편』의 주제는 한 인간의 삶의 궤적입니다. 한 인간의 인생의 자장들을 훑어보는 과정에서 여러 가지 생각이나, 가치, 통찰들이 나오겠지만, 그런 것보다는 그냥 한 사람의 인생의 흐름을 상상해주시기만 해도 충분히 즐거우실 겁니다.

우리 모두는 인생을 살아가고 있는 한 인간이고 그 모습들은 제각각 다르지만 또 이렇게 문학작품에 나타난 인간의 모습처럼 보편적인 본성으로 귀결되기도 합니다. 그 본성을 들여다보고 통찰하는 것은 과거의 나의 인생을 돌아보기도 하는 일이면서 현재를 살아가고 미래의 내 인생을 꾸려나가는 데 보물 같은 힌트도 될 것입니다.

자 이제 고전이라는 안전벨트를 단단히 매시고, 인생의 롤러코스터에 탑승해주시기 바랍니다. 출발합니다!

START!

SECTION 1 2 3 4 5 6 7 8

우리는 어디에서 와서 어디로 가는 걸까요? 이 질문에 명쾌한 정답을 찾아보려고 하는 시도 자체가 매우 헛됩니다. 모두 다른 길을 가니까요. 사람의 마지막은 죽음으로 한결같겠지만, 그것에 이르는 과정은 단 하나도 똑같은 삶이 없습니다.

그러면 어떻게 가야 할까요? 정답은 없습니다. 아니 정확하게는 오답이 없다는 게 더 맞겠네요. 당신이 가는 길이 맞지 않을 수는 있지만, 틀리지도 않을 겁니다. 인생은 채점할 수 없거든요. 객관적으로 좋아 보이지만, 불행한 삶도 있고, 뭐 하나 좋아 보이는 게 없는데, 정작 자신에게는 행복한 삶도 있습니다.

그래도 여전히 궁금하긴 합니다. 우리는 어디에서 와서 어디로 가는지요. 이 책의 전체 화두일 수 있는 이 주제를 던지는 두 명의 인물이 있습니다. 타히티의 화가 폴 고갱과 3000년 전의 역사가 사마천이죠.

『달과 6펜스』

〈우리는 어디에서 왔는가? 우리는 누구인가? 우리는 어디로 가는가?〉는 폴 고갱의 그림입니다. 이런 그의 질문과 그의 삶을 모티프로 하는 작품이 『달과 6펜스』입니다.

우리는 무엇을 위해 살아가야 할까요? 어떻게 사는 것이 잘 사는 것일까요? 이런 의문들에 대한 답을 주인공은, 그리고 여러분은 답을 찾을 수 있을까요?

100명의 사람이 있으면 100명의 인생이 있는 것입니다. 모든 사람들은 각기 다른 인생을 사니까요. 이 중에 조금 더 가치 있는 인생이 따로 있을까요? 역사서는 신분 높은 사람만이 가치 있는 인생이라는 듯이 왕과 귀족 위주로 기록되어 있습니다.

그런데 역사서 가운데, 처음으로 왕이 아닌 사람들이 주인공으로 등장하는 책이 등장합니다. 산에 가서 굶어 죽었다던가, 남의 집 옷을 훔치는 일 등 이런 소소한 일들이 역사에 기록됩니다.

사마천의 『사기』는 역사의 주인공이 왕이나 제후들뿐 아니라, 지극히 평범한 사람들일 수 있다는 것을 보여주는 첫 번째 역사서죠. 다양한 삶의 모습들을 보며 사실 인생에 정답은 없고, 그 모든 삶들이 나름 가치가 있다는 것을 보여줍니다.

우리 삶에 정답은 없다고 말했지만, 유일한 답은 있습니다. 돌아보았을 때 여러분이 살아온 그 길이 바로 그것입니다. 그 시기, 그 상황, 그 관계 안에서 최선의 선택을 하며 혹 선택이 최선은 아니었다 하더라도 최선의 노력을 하며 살아온 그 길 말이죠. 당신의 삶에서는 당신이 선택한 것만이 유일한 답입니다.

아무것도 몰랐던 순수했던 어린 시절로부터 청소년기를 거쳐 어른이 되기까지 우리는 무수한 성장의 순간을 겪습니다. 태어나고 자라서 어른이 되어가는 과정을 다른 말로 하자면 사회화 과정에 발을 딛는 거라고 할 수 있을 거예요. 사회를 겪으면서 인간의 세계가 피치 못할 상황들로 이루어져 있다는 것을 알게 되며 현실을 인식하기 시작합니다. 그럴 때 발생하는 위화감은 때로 우리의 성장을 더디게 하거나, 멈추게 합니다.

어려움을 이겨내고 성장을 이뤄낸 이야기를 하는 소설은 많지만 실패한 경우에 대한 이야기를 하고 싶었어요. 그게 조금 더 우리에게 가깝지 않을까요.

『호밀밭의 파수꾼』

『호밀밭의 파수꾼』은 청소년의 하룻밤 가출기입니다. 알고 보면 금수저인 홀든 콜필드는 어른이 되어가는 과정에서 겪는 여러 가지 일들이 못마땅하고 구역질나지만, 그것을 어떻게 받아들여야 할지, 그리고 어떻게 이겨내야 할지 갈피를 잡지 못합니다. 그의 유일한 선택은 도피였습니다. 『호밀밭의 파수꾼』은 기숙학교로부터 도망 나온 홀든의 하룻밤의 가출기이지만, 하룻밤만으로 끝날 것 같지는 않습니다.

『파리 대왕』

『파리 대왕』은 학교에서 배운 이성이, 그리고 사회에서 배운 타인에 대한 존중이 매우 작위적인 것이라는 것을 보여줍니다. 사회 시스템, 그러니까 제도나 법이 사라진 극한 상황에서 이성은 본능에 굴복하게 되죠. 교육이 없다면 정말 인간은 동물과 다름없는 걸까요?

유발 하라리 같은 사람이 목을 놓아 외치는 게 "인간의 경쟁력은 사회를 조직할 수 있는 힘"이라는 것인데요. 이것이 모래성 위에 쌓은 가짜 힘일 수도 있음을 여실히 보여주는 작품이 『파리 대왕』입니다.

아침이 오듯 사랑의 감정도 나이가 들면서 자연스럽게 찾아옵니다. 청년기에는 첫사랑도 시작되고, 이성에 대한 관심이 높아져가고, 연애도 해보게 되는 그런 때입니다. 이럴 때 하는 사랑의 경험들은 남은 평생 그 사람의 사랑에 대한 자세를 만드는 기초 데이터가 되죠.

그리고 사랑이라는 게 꼭 연애 감정만 말하는 것은 아닙니다. 타인에 대한 사랑의 감정도 다양하게 생길 수 있죠. 바로 이런 걸 '인간애'라고 말합니다. 어릴 때는 만나는 사람의 범위가 가족이기 때문에, 사랑이라는 경계가 가족의 울타리를 넘어가는 일이 드문데요, 나이가 들어가면서 다른 사람들을 만나고, 관계를 맺어가며 타인에 대해 사랑의 감정을 가지는 일이 다양해집니다.

『위대한 개츠비』

『위대한 개츠비』를 순수한 첫사랑의 이야기로 기억하기는 힘듭니다. 하지만 개츠비가 위대한 이유는 첫사랑을 간직하고 있어서입니다. 그러니까 첫사랑 이야기가 맞아요. 다만 개츠비는 지나간 첫사랑을 다시 현재에서 회복하기 위해 집착하고, 속물적인 방법을 동원하죠. 그러다 보니 퇴색되어 버렸지만, 첫사랑을 위해 이렇게 헌신하는 인물도 보기 드뭅니다.

여러분의 첫사랑은 어떠셨나요? 괜히 표정이 아련해지시면 안 됩니다. 과거에 놓고 오는 게 좋은 몇몇 가지 중에 가장 대표적인 게 첫사랑의 기억이거든요. 좋은 것이었던 나쁜 것이었던 말이죠.

『브람스를 좋아하세요…』

사랑은 반복됩니다. 큰 실연을 겪은 후 '사랑할 에너지는 이

제 다시는 생길 것 같지 않다'며 크게 상심한 사람도 시간이 지나면, 보조배터리 두어 개를 준비한 듯이 만땅이 된 사랑의 에너지를 다시 보여줍니다.

사랑도 익숙해질까요? 익숙해지면 사랑이 아닌 것 아닌가요? 사람마다 이에 대한 생각은 다 다를 것 같습니다. 『브람스를 좋아하세요…』는 충동적이지만 열정적인 어린 사랑과 지루하지만 안정적인 나이 든 사랑 가운데, 선택지를 보여주죠. 흔히 얘기하는 연애할 사람과 결혼할 사람은 다르다는 말과도 비슷해 보이는데요, 지금 여러분은 어떤 선택을 할 것 같으신가요?

『자기 앞의 생』

『자기 앞의 생』은 남녀의 사랑이 아닌, 인간 그 자체에 대한 사랑을 보여줍니다. 가족을 넘어 사회로 확대된, '인간애'이죠. 사회를 만들고, 지키고, 발전시키는 데 필요한 것이기도 하고요.

'사람을 사랑해야 한다'는 명제는 살아가면서 정말 많이 듣는 말입니다. 어떤 당위가 세대를 반복해서 계속 반복된다는 것은 두 가지 의미가 있는데요. 하나는 그게 그만큼 지키기 어렵다는 것이고, 또 하나는 그럼에도 아주 중요한 것이라는 얘기예요. 그래서 우리는 오늘도 '다른 사람을 사랑해야 한다'라는 이야기를 하는 것이죠.

사람은 사회 속에서 살아갑니다. 그런데 우리들 각자가 모두 다르다는 얘기는 우리들이 모인 사회라는 테두리는 필연적으로 다른 이들 간의 긴장과 갈등이 존재할 수밖에 없다는 얘기입니다.

이상과 현실의 다름을 느끼기 시작할 때, 자신이 속한 사회를 변혁하고 싶다는 꿈에 부풀 때, 자신이 속한 사회에서 성공하고 싶다는 야망을 가질 때, 이런 때에 보통 주변의 환경들, 사람들과 충돌하고 부딪히게 될 가능성이 많습니다.

태도와 태도, 개인과 사회, 개인과 개인, 사회와 사회 등 대립각이 세워질 구도는 차고도 넘칩니다. 실제로 그 과정에서 살아가야 하는 우리는 많은 선택을 해야 합니다.

『참을 수 없는 존재의 가벼움』

가벼움과 무거움. 이 두 가치는 우리의 인생을 끌고 가는 자전거의 양측 페달입니다. 모든 일에 진지하면, 살아가기 힘들잖아요. 모든 일에 가벼워도 마찬가지죠. 하지만 보통은 한 쪽에 조금 더 비중을 둔 사람이나 일들이 있습니다. 이 두 요소가 부딪히면 필연적으로 갈등이 일어날 수밖에 없긴 하죠. 바로 우리 사회에서도 이렇게 다양한 가치를 가지고 있는 여러 사람들이 섞여 있기 때문에 갈등이 생깁니다.

『참을 수 없는 존재의 가벼움』은 인생을 살아가는 태도가 극단적으로 다른 두 사람이 같이 살아가는 이야기예요. 자신의 인생의 태도를 한 번 더 생각하게 되죠.

『예루살렘의 아이히만』

『예루살렘의 아이히만』은 개인과 시스템의 어긋남에 대한 이야기입니다. 가치와 목표를 찾아내지 못하고, 자신의 생각을 사회에, 그리고 자신이 속한 공동체에 무조건 맞췄을 때 일어날 수 있는 가장 안타까운 일에 대한 이야기입니다.

사회, 직장, 단체 등 자신이 속한 시스템이 가는 방향에 개인의 방향성을 동조화했더니 '내가 한 게 아닌 위에서 시켜서 한' 일이 생기게 되죠. 오늘도 여러분의 직장에서 많이 듣는 소리일 겁니다. 그게 바로 아이히만이 보여주는 악의 평범성 개념입니다.

『상실의 시대』

사실 공동체가 더 중요한 시기에는 공동체의 목표와 가치가 명확했기 때문에 개인들은 자신 인생의 가치를 스스로 찾을 필요도 없었고, 인생의 목표에 대해서 고민할 필요도 없었습니다. 공동체의 가치와 목표가 곧 자신이 가야 할 길이었으니까요. 그런데 어느 순간 공동체가 깨지기 시작했습니다. 이것은 꼭 역사적인 것만도 아닙니다. 학교에서 공동체적인 삶을 교육받다가, 갑자기 사회에서 혼자서 헤쳐나가야 하는 개인으로 던져지는 지금 우리 모두의 현재 이야기이기도 합니다.

『상실의 시대』는 전체주의적인 분위기가 사그라들며 나타난 개인주의자의 이야기입니다. 전체주의가 없어진다는 것은 구호, 목적, 비전, 당위 등이 하나로 통일되지 않는다는 이야기이고, 어떤 이들에게는 가야할 목적이나 이정표의 상실로 나타나게 되죠.

『앵무새 죽이기』

『앵무새 죽이기』는 인종차별에 대한 이야기입니다. 인종차별의 근원에는 차별과 혐오가 있습니다. 외부를 설정하고, 그 외부에 강한 차별을 둠으로써 자신이 속한 집단 내부를 강화한다는 전략은 예전에는 쉬웠습니다. 국가와 국가의 전쟁 같은 것들이 빈번했으니까요. 하지만 지금은 이런 전략들이 내재화되어서, 우리 안에 사회적 약자를 설정하고 그들과 구분 짓는 방식으로 바뀌었죠. 사회적 약자를 차별하는 시선도, 그리고 심지어 동정하는 시선까지 모두 이런 구분법에 의한 것입니다.

인간이 사회를 이루기 이전부터 있었던 가장 원초적인 구분은 남자와 여자일 것입니다. 사회를 이루며 살면서, 남자는 여자를 제도라는 시스템을 이용해 억압했어요. 기록이 시작되며 역사가 만들어지기 시작할 때부터 꽤 오랜 기간 차별받던 여성들은 최근 100년 전쯤에 들어서야, 본격적인 탈압박의 성과를 조금씩 내기 시작합니다.

『인형의 집』은 차별받던 여성이 처음으로 차별의 울타리를 박차고 나오는 바로 그 순간의 이야기입니다. 그리고 여성이 자신의 삶의 주체로서의 자신을 발견한 그 순간이기도 하고요. 하지만 집 나온 노라는 과연 그녀가 평안히 거할 안식처를 찾았을까요?

나이가 들고, 사회생활에 익숙해지면서, 좌충우돌하던 인생도 어느 순간 안정감을 찾아가기 시작합니다. 주변과의 관계, 자신의 태도, 단체에서 자신의 위치 설정 등 여러 가지가 하나둘 결정되거든요.

삶의 갈림길에서 여러 가지 결정들을 통하여 어느 위치까지 다

다르면, 이제 진정한 끝판왕이 나옵니다. 결코 이길 수도 없고 넘을 수도 없는, 오로지 이해하고 보듬어야 하는 대상, 나 자신이죠.

『노인과 바다』

『노인과 바다』는 나이대 별로 읽는 느낌이 다 다를 정도로 다채로운 감상을 선사하는 책입니다. 어릴 때는 이해되지 않던 노인이, 일상에 젖어 사회생활을 하는 나이가 되면, 격하게 공감되는 이상한 현상을 발견하게 됩니다.

'노인이 바다에 가서 고기를 잡았다'가 이야기의 전부이지만 그렇기 때문에 목적도, 계획도, 미래도 없이 그냥 고기가 있으니 고기를 잡는 노인의 모습에서 '나' 자신을, 그리고 어쩌면 세상에서 가장 위대한 투쟁이라고 할 수 있는 '나의 일상'을 적나라하게 만날 수 있습니다.

『페스트』

『페스트』는 사라진 일상을 그리워하는 코로나19 시대에 다시 한 번 소환된 작품이죠. 코로나19 시대에 가장 많이 언급된 단어 중 하나가 '일상으로의 복귀'일 것입니다. 일상을 넘어 늘 일탈을 꿈꾸지만, 그 일탈이 의미가 있던 것은 일상이 견고하게 받치고 있었기 때문이라는 것을, 언제든지 돌아갈 일상이 존재하기 때문에 일탈의 재미가 있었다는 것을 깨닫게 되었어요.

때로는 극복하고 싶은 그 일상이 사실은 가장 위대한 힘을 가진 것일 수 있다는 메시지를 전하는 작품이 바로 『페스트』입니다.

『페르마의 마지막 정리』 ―――――――――――――――――

육상 같은 기록 경기는 자기 자신과의 싸움이라는 이야기를 하잖아요. 조금 더 나아지기 위해서 끊임없이 도전을 하는 거죠. 『페르마의 마지막 정리』는 인간의 도전과 축적을 다룹니다. 개인의 한계를 넘는 도전도 의미 있지만, 그런 개인들의 시도가 모여, 개인으로서 불가능한 도전을 이룩해내기도 하죠. 350년에 걸친 인간의 협력을 보며, 위대한 개인들이 모여 결국 위대한 사회를 만들어 나간다는 것을 느끼게 됩니다.

희망은 늘 달콤쌉싸름한 맛입니다. 희망이 필요한 상황이라는 것 자체가 이미 쓴 맛을 베이스로 가지고 있다는 뜻이거든요. 희망은 이 쌉쌀함에 달달함을 더하지만, 그건 일종의 속임수일 수 있어요. 그런데 인간은 바로 그 속임수에서 살아갈 이유를 없습니다. 내일은 결코 오지 않기 때문에 의미가 있는 것이죠.

『곰스크로 가는 기차』

『곰스크로 가는 기차』는 어려서부터 가고자 하는 곰스크로 가는 길에 자의 반 타의 반으로 멈춰 선 여행자에 관한 이야기입니다. 가고자 하는 곳이 분명한데, 그 의지를 막아서는 생활, 가족, 직업 같은 것들은 소설이라기보다는 그대로 우리 인생인 듯합니다.

의지를 막아서는 것들의 정체가 빌런이 아닌, 가족에 대한 의무와 책임이라는 면에서, 그러니까 타의가 아닌 자의라는 면에서 많은 '어른'들이 공감하는 이야기입니다.

『그리스인 조르바』

생활, 가족, 의무, 운명 이런 모든 속박에서 자유로운 인간. 우리는 이런 인간을 꿈꾸잖아요. 하지만 막상 그럴 수 있는 기회가 닥치면 두려워서 한 발 물러나는 것이 또 우리입니다. 속박이 주는 안락함과 쾌감, 그리고 평온함에 이미 스며들어 있으니까요.

그래서 마음으로나마 자유를 갈구하는데요, 『그리스인 조르바』는 니체의 초월적 인간을 현실태로 구현한 자유인에 관한 이야기입니다. 그렇게 소망하던 자유를 조르바를 통해서 간접 체험하게 되는데요, 생각보다 달콤하지만은 않습니다.

『연금술사』

우리가 찾고자 하는 인생의 의미는 어디에 있을까요? 『연금술사』는 보물을 찾아 먼 길을 떠난 사람에 대한 이야기인데요, 그 여정은 계속 지체되기만 하죠. 하지만 결국에는 그 여정의 끝에서 진정한 자아와 만나게 됩니다.

인생의 의미는 북극이나 하와이 같은 데 가야만 찾을 수 있는 것이 아니라, 우리 집 뒷산에도 우연하게 만날 수 있다는 것을 『연금술사』는 알려주죠.

『변신』

『변신』은 초현실적인 설정으로 유명한 작품이지만, 사실 자본주의 사회에서 실직당한 직장인이라는 아주 현실적인 은유로 봐도 이상하지 않은 작품이에요. 사회 안에서 살아가는 우리 모두는 언제라도 사회적 약자가 될 수 있는 불행의 가능성과, 그렇게 되면 어떻게 하지 하는 불안을 가지고 살고 있습니다.

실존의 문제라는 심오한 렌즈를 접어두고, 그냥 '퇴사는 하고 싶지만 퇴사당하는 것은 싫은 직장인'의 은유라고 이 작품을 봐도, 마음에 와닿는 것이 많은 작품이 바로 『변신』입니다.

『죽음의 수용소에서』

"젊은 날에는 젊음을 모르고, 사랑할 때는 사랑이 보이지 않

는다"는 노랫말이 있죠. 왜 아니겠어요? 그게 인간인데요. 삶이
그냥 주어질 때는 삶의 소중함을 모릅니다. 삶의 위협이 닥쳐야,
그냥 하루하루 살아가던 삶이 정말 소중한 것이었구나 느끼게
됩니다.

『죽음의 수용소에서』는 악명 높은 아우슈비츠 수용소에서
도 살아남은 심리학자의 기록입니다. 그가 수용소에서 살아난
비결은 그저 막연한 희망을 품는 것이었죠. 그리고 그 메시지가
지금 어려움을 겪고 있는 많은 사람들에게 전달되어, 많은 이들
이 인생 책으로 뽑고 있습니다.

『행복의 기원』

행복하기 위해 인간은 삽니다. 그런데 정말 그럴까요? 살기
위해 행복을 느끼는 것은 아닐까요? 『행복의 기원』은 아주 시니
컬한 눈으로 진화심리학적인 입장에서 사람의 행복을 분석해
요. 결국 인간은 본능에 이끌리는 동물일 뿐이라는 내용인데도
결론은 묘하게 따뜻합니다. 사람과 가족으로 향하거든요. 다른
고전과는 결이 다른 현대 작품이지만 독특한 내용과 시선, 그리
고 재미 때문에 대체 불가능해 이 파트에 포함했습니다.

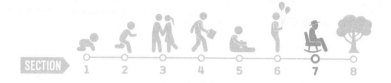

인간이 유일하게 예측할 수 있는 미래는 '우리는 모두 언젠가는 죽는다'는 것입니다. 죽음은 늘 우리 앞에 놓여 있어요. 하지만 이를 항상 회피하며, 외면하려고 하는 게 또 인간입니다. 그래서 갑자기 이 예정된 미래가 찾아왔을 때 당황하고, 분노하며, 아무런 준비 없이 맞이하게 되곤 합니다. 평생 동안 준비할 시간이 많았는데도 불구하고요.

아침에는 죽음을 생각하는 것이 좋다고도 하잖아요. 내일 죽을 수도 있다는 사실을 인정하고 사는 사람과, 자신은 절대 죽지 않을 것처럼 사는 인간 사이에는 꽤 큰 간극이 있습니다.

『고도를 기다리며』

『고도를 기다리며』는 블라디미르와 에스트라공이라는 두 사람이 고도라는 사람을 기다리는 이야기입니다. 하지만 고도는 온다는 전갈만 보내오지 결코 오지 않습니다. 이 고도가 상징하는 것은 사람마다 다르게 느낄 수 있지만, 이 고도가 죽음을 상징한다고 생각해보면 어떨까요?

고도를 기다리며 하루하루를 보내는 우리의 삶의 자세와 그가 왔을 때 맞을 태도에 대해 생각해보게 됩니다.

『이반 일리치의 죽음』은 죽음의 연대기입니다. 한 사람의 죽음을 이렇게 사실적으로 묘사한 작품이 많지 않아요. 잘 나가는 관리였던 이반이 우연한 실수로 인해 결국 죽음에 이르게 되는데, 죽어가는 과정에서 사회와의 관계, 가족들과의 관계가 변화하는 양상이 너무나 사실적이에요. 자기 자신을 대하는 태도까지도요.

죽음의 5단계라는 연구 결과와도 일치하는 이반의 죽음을 맞는 과정을 보며, 갑자기 죽음이 찾아온다면 어떻게 맞이해야 할 것인지 한 번 생각해보게 됩니다.

인생의 궤적을 따라오다 보니, 마무리를 해야 하는데요. 결국 한 인간이 있은 다음에는 다른 인간이 남더라고요. 그 인간이 나의 가족일 수 있죠. 그리고 그 가족들이 반복되어서 가문이 되고, 그 가문이 반복되어 국가가 되고, 그 국가가 반복되어 인류가 됩니다.

그렇다고 무조건 국가가 개인보다 더 큰 것은 아닙니다. 나의 인생은 인류의 아주 작은 한 부분이지만, 때로는 한 사람의 인생이 인류보다 위대하기도 합니다.

『세일즈맨의 죽음』

『세일즈맨의 죽음』은 돈에 쪼들리고, 자신의 존재 가치를 부정당하다가, 결국 남아 있는 가족들을 생각해 스스로 목숨을 끊는 실직한 가장의 이야기입니다. 그는 자신의 모든 것보다 가족을 소중히 생각해서 극단적 선택을 하는데요, 남아 있는 가족에게 그 돈은 어떤 의미가 될까요?

가족은 소중하지만, 그것이 개인보다 소중한 것인가, 우리가 세일즈맨이었다면 어떤 선택을 할 것인가 한 번 생각해보게 됩니다.

『백년 동안의 고독』

『백년 동안의 고독』은 100년에 걸친 부엔디아 집안의 흥망성쇠를 다룬 작품입니다. 비슷한 이름을 가진 사람들이 세대에 세대를 거듭하는 가운데 가문이 이어지고, 역사가 이루어지는데요. 결국 각자의 인생은 이렇게 전체의 부분일 수 있겠죠. 하지만 그 부분이 전체를 좌우하기도 합니다.

이렇게 인생의 여정을 돌아보았습니다. 인생의 순간마다 마주치는 문제들을, 시대를 초월한 베스트셀러의 힘을 빌려 소환해 보았어요. 인간의 삶이라는 것이 형태는 바뀌어도 형질은 바뀌지 않기 때문에, 지나간 시대의 고전에서 이미 여러분들은 인생의 질문과 그에 따른 대답을 찾을 수 있었을 것입니다.

하지만 그럼에도 '우리는 어디에서 왔는가? 우리는 누구인가? 우리는 어디로 가는가?'라는 질문에 답을 하기에는 여전히 역부족입니다. 이 책의 마지막장을 넘기는 순간에 혹시 답이 보일까요?

그렇지 않더라도 너무 실망하지는 마세요. 답을 찾아가는 과정 자체가 인생의 의미일지도 모릅니다. 오늘도 의미를 만들어가는 수많은 날들 중 하나이고요. 하지만 때로는 부분이 전체보다 클 수 있다는 사실, 하루가 인생보다도 클 수 있다는 사실을 인지하고, 오늘도 하루를 상냥하게 쌓아가는 게 어떨까요?

그러면 본격적으로 오늘을 쌓아갈 지식의 장을 열어봅시다!

차례
contents

SECTION 1

◆

삶의 여러 모습

우리는 어디에서 왔는가?
우리는 누구인가? 우리는 어디로 가는가?

윌리엄 서머싯 몸 『달과 6펜스』

책으로 뜬 두 명의 화가

미술사에는 그림이 뛰어나지만 사람들에게 매력적으로 알려질 만한 포인트가 없어서 사장된 화가가 많습니다. 반면 책으로 화가의 스토리가 브랜딩되면서 사람들에게 폭발적인 관심을 받게 된 두 명의 화가가 있어요. '책으로 떴다'고 표현해도 무방합니다.

먼저 빈센트 반 고흐입니다. 고흐는 무명 화가로 살았고, 무명 화가로 죽었습니다. 정확하게는 미친 화가로 죽었다는 게 맞겠죠. 고흐가 죽고, 6개월 후 그의 동생이자 헌신적인 후원자인 동생 테오까지 죽었습니다. 여기서 이야기가 끝났다면 이들 형제를 기억하는 사람은 그들의 가족밖에 없었을 거예요.

하지만 이들이 죽은 뒤에 남겨진 사람들 가운데, 테오의 아내 요한나가 있었어요. 요한나는 남편 테오가 떠나 허전한 빈집에 고흐의 그림과 편지가 가득 남겨져 있다는 것을 문득 깨닫게 됩니다. 요한나는 곧 파리 생활을 청산하고 고흐의 유산들을 가지고 네덜란드로 옮겨가서 하숙집을 열어요. 그리고 고흐의 작품을 홍보하고 마케팅하며 8년여 동안 20여 회의 전시회에 출품해서 고흐의 인지도를 조금씩 쌓아갑니다. 그리고 결정적인 일을 합니다. 고흐가 동생 테오에게 보낸 편지들을 모아서『반고흐: 영혼의 편지』라는 책을 출판한 거죠. 이 책을 통해 고흐의 불행하고 광기 어린 인생과 예술관이 세상에 알려지게 됩니다. 그의 굴곡진 삶이 사람들이 좋아하는 천재 스토리에 맞아 고흐의 이름이 세상에 널리 알려지게 된 계기가 된 것이지요.

경로는 조금 다르지만 역시 책으로 뜬 또 한 사람이 있습니다. 바로 폴 고갱입니다. 죽음은 고흐가 고갱보다 극적이지만, 삶 자체는 고갱이 고흐보다 조금 더 극적이에요. 고흐는 따지고 보면 동생한테 얹혀살면서 10여 년 동안 알바 한 번 안 하고 그림만 그릴 수 있었거든요. 하지만 고갱은 가족도 있었고 직업도 있었는데, 그림을 시작하면서 그 모든 것과 강제로 결별할 수밖에 없었어요.

그가 죽은 지 1년이 지난 시점에 파리에 놀러왔던 영국 작가가 고갱의 드라마틱하고 굴곡진 인생 이야기를 듣고 깊은 관심을 가지게 됩니다. 이 작가는 불운과 불행으로 점철된 고갱의 스토리에 매혹돼 나중에는 그의 발자취를 따라서 타히티 섬까지 가게 됩니다. 이 과정에서 고갱의 스토리를 바탕으로 소설을 구상하지요. 그 소설이 바로 『달과 6펜스』입니다.

『달과 6펜스』가 히트를 치면서 사람들은 『달과 6펜스』의 주인공인 찰스 스트릭랜드가 실존 인물을 모델로 하고 있다는 것을 알게 되었고, 그 사람에게 관심을 가지게 되죠. 바로 이것이 고갱이 사후에 명성을 얻게 된 계기입니다.

『달과 6펜스』 제목의 비밀

『달과 6펜스』는 주인공이자 관찰자인 내가 찰스 스트릭랜드의 부인에 대해 이야기하는 것으로 시작해요. 이때 스트릭랜드는 런던에서 증권중개인으로 일하는 전형적인 중상류층 가정의 일원이었어요. 그런데 어느 날 스트릭랜드 부인에게 연락이 와서 어떤 일을 부탁받습니다. 파리로 가출해버린 가장 스트릭랜드를 찾아 집으로 돌아오게 설득해달라는 얘기였어요. 그렇게 작가는 파리로 향합니다. 이때만 해도 모두 스트릭랜드가 젊은 여자에게 빠져 그 여자와 같이 파리로 사랑의 도피를 갔다고 믿고 있었습니다. 그런데 스트릭랜드를 만나고 보니 그림을 그리고 싶어서 자신의 모든 기득권을 포기하고 돈 한 푼 없이 파리로 왔다는 사실을 알게 되죠. 스트릭랜드는 당연히 집으로 돌아가지 않겠다고 말해요. 스트릭랜드에게 집이란 자신의 꿈이고 이상인 그림의 정반대 지점에 놓인 현실이었으니까요. 당장 먹고살기 위해서는 지금처럼 하고 싶은 일만 하고 살 순 없을 테니까요.

그로부터 5년 후쯤 작가는 파리에서 살게 되는데 그때 스트릭랜드의 이야기를 다시 접하게 됩니다. 자신의 친구 통속 화가 스트로브를 통해서인데요. 스트로브는 스트릭랜드를 천재로 추앙하고 있었습니다. 스트릭랜드는 한때 주식중개인으로 살았던 평범한 삶의 흔적은 전혀 찾아볼 수 없고, 그야말로 예술만 아는 가난한 화가로 완벽하게 변신해 있었습니다. 현실적인 감각이나 고뇌 그리고 주변 사람에 대한 배려라든가 일상적인 윤리, 도덕 따위의 개념은 전혀 없는 다른 사람이 되어 있었죠.

스트로브는 스트릭랜드와 알고 지내던 중 그가 병이 나자 억지로 자신의 집으로 데려와서 그를 간호합니다. 그런데 그 과정에서 스트로브의 아내 블란치가 스트릭랜드에게 빠져버립니다. 스트릭랜드는 그녀를 부추기지도 말리지도 않고 한동안 그녀를 그림의 모델로 쓰다가 흥미가 다하자 그냥 냉대하죠. 결국 그녀는 자살해버립니다.

그 후 스트릭랜드는 파리를 떠나 항구 도시 마르세유에서 노숙인 생활을 합니다. 그리고 거기서 배를 타고 타히티 섬으로 갑니다. 타히티에 정착한 스트릭랜드는 아타라는 원주민 처녀와 살림을 차리고 독립적인 생활을 하면서 그림을 그리기 시작합니다. 그러다가 그는 나병에 걸려 고통받고 오두막의 벽과 천장에 불멸의 명작을 그린 후 죽습니다. 그리고 그 명작은 태워버리라는 스트릭랜드의 유언에 따라 결국 불타버립니다. 그 후 그의 남은 그림들은 천재의 작품으로 알려지며 엄청난 고가로 팔리게 되고, 사람들은 찰스 스트릭랜드의 예술성에 감탄하게 됩니다.

그러니까 『달과 6펜스』는 한 증권중개인이 안락한 현실을 버리고 예술적 충동에 사로잡혀 예술가가 되는 과정을 그린 소설이라고 할 수 있습니다. 스트릭랜드가 증권중개인이라는 안정적인 직업을 버린 건 40세 때입니다. 당연히 "당신 나이에 그림을 시작한다고 잘될 것 같습니까?"라는 질문을 받을 수밖에 없죠. 이에 대한 스트릭랜드의 대답은 "나는 그려야 해요"였습니다. 그런 현실적인 문제를 논하기 이전에 그려야 한다는 욕구에 강하게 사로잡혔던 거죠.

이 책의 제목에는 많은 의미가 녹아 있습니다. 달은 이상적이고 예술적인 세계, 6펜스는 당시 영국에서 유통되던 가장 낮은 화폐 단위로 현실적인 세계를 상징합니다. 그런데 왜 하필 6펜스인가 1펜스도 있는데, 혹시 여기에 어떤 심오한 뜻이 있는 것은 아닌가 궁금해하실 분들이 있을 텐데요. 당시 영국의 화폐 단위는 6진법을 기본으로 해서 6펜스가 가장 낮은 단위의 돈이었다고 해요. 그러니까 특별히 심오한 뜻이 있는 것은 아니고, 그냥 당시 경제 상황이 반영된 제목이라고 보면 됩니다. 그래서 이 제목의 은유를 풀고 직접적으로 표현하면 '이상과 현실', '그림과 생활' 뭐 이 정도의 뜻입니다.

우리는 어디에서 왔는가? 우리는 누구인가? 우리는 어디로 가는가?

앞서 말했듯 화가 스트릭랜드의 모델은 고갱입니다. 증권중개인을 하다가 서른다섯 살에 증권 시장이 무너지면서 일자리를 잃자 화가가 된 폴 고갱의 삶을 기반으로 했어요. 하지만 스트릭랜드가 자의적으로 화가가 된 데 반해서 고갱은 반쯤은 타의적으로 화가가 되었습니다. 그리고 고갱의 부인은 아이들을 데리고 그를 떠나버리고, 고갱은 그림을 그리며 마르세유에서 잡역부 생활을 하다가 타히티로 떠나버립니다. 그사이에 고흐와 공동으로 작업도 했습니다. 고갱은 타히티에서 매독과 심장

질환에 시달리다가 55세에 심장마비로 죽는데, 이 시기에 우리에게 알려진 고갱의 여러 작품이 창작되었습니다.

이렇게 비교하면 스트릭랜드가 조금 더 자의적이고 예술에 대한 열정에 사로잡힌 사람이라는 생각이 들지만, 두 인물 모두 늦은 나이에 안정적인 직업을 버리고 화가의 길을 걷기 시작해서 높은 성취를 이루었다는 공통점만은 확실합니다.

그리고 또 하나, 공통점이 있습니다. 바로 유작으로 대작을 그렸다는 겁니다. 『달과 6펜스』에서 스트릭랜드는 죽음을 앞두고 자신이 살던 오두막에 그림을 그리죠. 하지만 이 작품을 본 사람은 스트릭랜드의 죽음을 진단한 의사와 그의 젊은 원주민 아내밖에 없었어요. 스트릭랜드의 유언에 따라 그 그림은 불타버렸으니까요. 고갱 역시 마지막 작품으로 대작을 그렸습니다. 이 그림은 파리에서 개최한 전시전이 실패로 끝나고, 자신의 병세는 깊어져만 가고, 사랑하는 딸은 죽고, 타히티에서 점점 고립되어가는 상황에서 그려졌습니다. 말하자면 인생의 벼랑 끝에 서 있는데 바람이 등 뒤에서 세차게 불어오는 그런 상황에서 말이죠.

하지만 스트릭랜드의 유작이 말로만 전해진 것과 달리, 고갱의 유작은 지금도 우리가 볼 수 있는 고갱의 대표작 〈우리는 어디에서 왔는가? 우리는 누구인가? 우리는 어디로 가는가?Where do we come from? Who are we? Where are we going?〉로 남아 있습니다.

폴 고갱, 〈우리는 어디에서 왔는가? 우리는 누구인가? 우리는 어디로 가는가?〉, 1897

　　작품을 한 번 살펴볼까요? 가장 오른쪽에선 아기가 태어나
고 있고, 그리고 가운데에선 청년이 과일을 따고 있으며, 가장
왼쪽에는 늙은 여인이 있습니다. '탄생—삶—죽음'이라는 일련
의 흐름 속에 타히티의 원시적인 분위기와 여러 상징들이 녹아
있는 작품이죠.

　　고갱은 친구에게 보낸 편지에서 이 작품에 대해 "지금까지
그렸던 그 어떤 것보다 뛰어날 뿐만 아니라 앞으로도 이를 능가
하거나 비슷한 작품은 결코 그릴 수 없다고 믿네. 나는 죽음을
앞두고 모든 열정을 쏟아 최악의 조건에서 고통받으며 정열을
불태워 이 작품을 그렸어"라고 밝혔습니다.

그건 그의 여정일 뿐

고갱은 35세까지 직업과 가정을 가진 평범한 직장인의 인생을 살았습니다. 그리고 이후에는 '천재 예술가의 불행한 삶'이라는 단어에서 우리가 흔히 떠올리는 예술가의 인생을 살았습니다. 당시에는 이렇게 프라이드 반 양념 반으로 두 가지 인생의 맛을 동시에 본 사람은 흔하지 않았습니다. 물론 지금도 흔하지 않긴 하죠.

화가로서의 어려운 여정을 계속 걸어가던 고갱은 결국 타히티까지 가게 됩니다. 서양 문명에서 벗어나 소박하고 순수한 원시 자연의 미를 추구하겠다는 목표였지만, 일종의 차별화 전략이기도 했습니다. 타히티에서의 작업 결과를 들고 파리에서 전시회를 열지만, 이 야심찬 전시회는 실패로 귀결되었어요. 그의 진가를 알아주는 사람이 없었지요. 이 결과에 그는 큰 타격을 입었습니다. 더 이상 남아 있는 돈도 없었죠. 그의 가족들마저도 그를 멀리했습니다.

결국 고갱은 파리에서 깊은 좌절감만 얻고 쫓기듯 타히티로 돌아옵니다. 이 좌절감은 곧 우울증으로 이어지는데, 이런 상태에서 자신이 제일 사랑하는 딸이 죽었다는 소식까지 접하게 됩니다. 몸도 마음도 피폐해진 고갱은 죽을 결심을 하고 유언 대신 유작을 남기기로 합니다. 바로 그의 대표 작품 〈우리는 어디에서 왔는가? 우리는 누구인가? 우리는 어디로 가는가?)를 그리기 시작합니다. 그야말로 피를 토하며 그린 작품이고, 절규하며 세상에 건네는 메시지였던 것이죠.

그런데 사실 이 작품은 유작으로 기획된 것이지만 유작은 아니었어요. 이 작품을 완성하고 고갱은 자살 시도를 하지만 실패하면서 그 후 6년을 더 살았거든요. 하지만 이 그림이야말로 실제 마지막 작품보다 인생의 더 마지막 순간에 그린 작품이라고 할 수 있습니다. 고갱이 유서처럼 그린 그림이니까요.

고갱은 우리 인생은 어디에서 와서, 어떻게 진행되고, 그리고 어디로 가는 거라고 생각했던 걸까요? 사실 그림을 보면서 우리가 얻을 수 있는 이 물음에 대한 답은 태어난 순간 우리에게 단 하나 확실한 것은 모두 죽는다는 것 정도입니다. 탄생에서 죽음에 이르는 과정에 그려져 있는 다양한 그림, 상징들을 통해서 고갱은 무슨 말을 하려고 했던 걸까요? 적어도 그는 인생은 고해라고 생각한 듯합니다.

가운데 가장 크게 그려져 있는 과일 따는 청년은 성경에 나온 선악과를 따는 장면을 표현한 것이라고 하죠. 그러니까 인간의 원죄를 획득하는 순간을 가장 크게 강조하고 있는 거예요. 하지만 다시 생각해보면 고갱의 생각은 하나도 중요하지 않을지도 모른다는 생각이 듭니다. 그가 생각한 인생의 여정은 그의 여정일 뿐이니까요.

인생이 우리에게 건네는 말

우리 각자에게 각자의 여정이 있습니다. '탄생과 죽음'이라는 누구나 가지고 있는 두 개의 점을 어떤 식으로 이어갈지는 각자의 몫입니다. 그러니만치 어떤 것이 옳은 길이고 어떤 길은 옳지 않은 길이라는 식의 단정은 바람직하지 않습니다. 다만 우리가 고갱의 삶을 되새기며 생각해볼 것은 대답이 아니라 질문입니다.

"우리는 어디에서 왔는가? 우리는 누구인가? 우리는 어디로 가는가?"

고갱의 대답은 그의 삶을 알기 때문에 울림이 있을 수 있지만, 사실 그건 현실의 나와 털끝만큼도 관계가 없을 수 있습니다. 중요한 것은 나의 인생이죠. 여러분은 고갱이 목숨을 걸고 답했던 저 질문에 대해 어떤 답변을 가지고 계신가요?

『지식 편의점: 인간의 생애 편』을 통해서 저는 바로 이 질문에 대한 일반적인 답을 찾아보려고 합니다. 하지만 당연히 제가답할 수는 없습니다. 우리 모두는 각자 자신만의 답을 가지고 있으니까요.

여러 고전이나 문학작품들에서 언급된 인생의 다양한 시기의 단면들을 이어서 연결하다 보면, 어느 순간 이 물음의 답이 되는 장면을 하나쯤은 발견할 수 있지 않을까 생각해봅니다.

시대를 뚫고 인생의 각 시기마다 도드라지게 남아 있는 인간의 흔적들을 살펴보다 보면 우리 인생에 건네는 말 한마디쯤은 발견할 수 있지 않을까요?

삶이라는 문제는
객관식이 아니라 주관식

사마천 『사기』

『사기』의 미덕

예전에 〈무한도전〉이라는 예능 프로그램이 있었잖아요. 여러 가지 과제가 주어지고 미션에 도전하는 내용의 프로그램이 었는데, 프로그램을 촬영하는데 갑자기 비가 와서 즉석에서 프로그램을 구성할 때도 있었고, 레슬링이나 조정 경기처럼 몇 개월을 꼬박 투자해야 하는 프로젝트도 있었죠. 책 역시 두께, 난이도, 그리고 재미 등이 다 제각각이어서 일률적으로 읽는 시간을 분배할 수는 없습니다. 가독성 좋은 책은 금방 읽지만, "나의 뜻이 뭔지 알아내는 사람이 한 사람도 없도록 만들겠어"라고 결심하고 쓴 듯한 책 같은 경우는 한 달을 갈아 넣어도 못 읽을 때도 있습니다.

제가 읽었던 책 중에서 가장 오랜 시간이 걸린 책이 바로 사마천의 『사기』입니다. 책 자체가 하나의 스토리로 쭉 이어지는 대하 드라마가 아니라 분절분절 쪼개지는 에피소드식 구성이라 한번에 많이 읽기가 힘들었습니다. 에피소드 하나에 생각하거나 깨달을 바가 있기 때문에 한꺼번에 읽는 게 효과적인 독서 방법도 아니었습니다.

사마천의 『사기』는 읽는 것뿐 아니라 리뷰하는 것도 힘들었답니다. 왜 그런가 하면 『사기』에서 다룬 인물들 하나하나가 모두 그들 나름의 드라마를 가지고 있기 때문입니다. 어느 것 하나를 빼기도 부각시키기도 어렵게 비중이 골고루 분배되어 있는 나열식 이야기 구조입니다.

그리고 바로 이런 점이 『사기』의 가장 큰 미덕입니다. 『사기』의 특징은 왕이나 제후들을 중심으로 한 역사의 메인 스트림에 대한 기록도 있지만, 아웃사이더들의 기록도 있다는 것입니다. 사실 예전 같으면 역사에 기록되지 못했을 왕이나 제후가 아닌 신분의 사람들 이야기가 더 많습니다.

우리나라 역사 드라마들을 보면 대부분 왕 중심으로 진행됩니다. 〈태조 왕건〉, 〈조선왕조실록〉같이 주로 왕과 궁중 안의 권력 다툼 같은 내용 중심으로 많이 이루어져 있지요. 하지만

2000년대 들어 왕 중심에서 벗어난 역사물들이 조금씩 등장하기 시작합니다. 의녀 대장금 이야기, 도망 노예를 잡으러 다니는 추노 이야기 등 다양한 계층의 사람이 주인공이 된 것이지요.

최근 역사 드라마들은 왕보다는 주변 인물들의 다양한 스토리에 더욱 초점을 맞추고 있습니다. 바로 『사기』가 이러한 궤를 같이 하고 있었는데요. 왕 중심의 역사에서, 왕 외의 주변 인물들을 역사의 흐름 안으로 끌고 들어와 소개한 첫 번째 시도입니다.

여러 인간 군상을 볼 수 있는 책

『사기』는 고대 중국의 전설시대부터 한무제 시대인 사마천이 살아낸 BC 100여 년까지의 역사, 그러니까 지금부터 무려 5000년 전에서 2000년 전까지 3000년간의 역사를 다룹니다. 정확히는 그 역사 속에서 살아 움직였던 인물들의 이야기를 소개합니다.

『사기』는 역사의 큰 흐름을 보여주기 위해 인물들을 배치하고 스토리를 짜 맞추기보다는 개별 인물들 하나하나의 스토리와 캐릭터에 집중해서 이야기를 풀어 나가는 느낌이 강합니다. 왕이나 한 국가의 역사만 중요하게 다루는 것이 아니라, 여러 시대를 살아낸 다양한 인물들의 삶과 생각을 비중 있게 다룹니다. 제왕의 역사를 다룬 「본기」가 12권이고, 제후의 이야기를 다룬 「세가」가 30권이거든요. 그런데 왕이나 제후 이외의 인물에 관한 기록을 담은 「열전」은 다 합해서 70권입니다. 사마천의 관심이 어디에 쏠려 있었는지 알 수 있죠. 『사기』는 사회 각계각층 인물들의 이야기를 분석하고 평가하고 소개합니다. 그래서 저는 『사기』를 읽으며 서양의 『그리스·로마 신화』가 떠올랐습니다. 여러 인간 군상을 나열하는 역할을 하고 있으니까요. 참고로 사기는 총 130권으로 이뤄져 있습니다.

사마천이 왕이나 제후 같은 권력자 외의 사람에게 관심을 가지게 된 계기는 사마천이 『사기』를 저술하는 과정이 순탄치 않았기 때문이었어요. 사마천은 한나라의 사관 집안에서 태어나 사관 벼슬에 종사했습니다. 그런데 사관 벼슬에 종사한 지 10년째 되던 해, 사마천의 나이 47세 때 '이릉의 화'라는 사건이 일어납니다. 이릉이라는 장군이 흉노족에게 항복한 것을 변호했다가 왕의 노여움을 산 사마천은 사형 선고를 받게 됩니다.

당시 사형수가 사형을 당하지 않는데는 두 가지 방법이 있었어요. 50만 전의 돈을 내거나, 아니며 궁형을 당하는 것이지요. 궁형은 생식기를 자르는 벌입니다. 당시는 지금보다 명예를 더 소중하게 생각했기 때문에 궁형을 당할 바에야 사형을 택하는 것이 훨씬 더 당연한 선택이었는데, 사마천은 궁형을 선택해요. 일단 50만 전이 없으니까 살기 위한 다른 방법이 없기도 했습니다. 사실 이때 사마천은 돈이 없는 것에 대해 깊은 절망을 느꼈던 듯해요. 『사기』에서 한 장을 할애해 돈 버는 방법론에 대한 이야기를 했을 정도입니다. 「열전」의 69번째 사마천의 부자론인 '화식열전'이 바로 그것입니다.

사마천이 명예롭게 죽기보다는 불명예스럽게 살기를 택한 이유는 『사기』를 완성해야 한다는 사명감 때문이었습니다. 사실 그야 모르는 거죠. 『사기』를 완성한 후 나중에 명분으로 가져다 붙인 이유일 수도 있지만, 중요한 것은 그런 선택이 후세인 우리에게는 상당히 다행스럽다는 거예요. 그 결과, 오늘날 우리는 『사기』라는 걸출한 역사서이자 다양한 인간에 대해 이해할 수 있는 책을 얻었으니까요.

사마천의 이런 일화는 『사기』의 내용이 왜 지배자에 대해서는 삐딱한 느낌인지 이해할 수 있는 하나의 코드가 됩니다. 사마천은 세상이 부조리하다는 시각을 가지고 있었고, "믿음을 보여도 의심하고, 충성을 다해도 비방한다"며 왕들을 비판하기도 했습니다. 부당한 권력을 비판하고 오히려 약자에게 힘을 실어주는 서술이지요. 『사기』「열전」의 제일 처음에 부당한 왕에게 저항해서 산에 들어가 굶어 죽은 백이와 숙제 이야기를 쓴 것은 우연이 아닙니다.

「열전」에서는 그야말로 다양한 캐릭터, 다양한 직업, 다양한 이야기들이 나옵니다. 그래서 이것을 하나의 줄거리로 꿰는 것

은 불가능합니다. 여러분들도 하나의 스토리를 찾아낸다기보다
는 그야말로 하루에 조금씩 다양한 이야기들을 접한다 생각하
고 읽는 게 효율적일 거예요. 이솝우화 읽듯이요.

정답과 오답은 타이밍의 문제다

『사기』 「열전」을 읽은 전반적인 느낌을 이야기하자면 세상
에는 참 다양한 인생들이 있구나 하는 것이었어요. 그리고 그
인생 중에 정답은 없었습니다. 정의로운 자가 억울한 일을 당하
기도 하고, 세상 쓸모없어 보이는 사람이 큰 역할을 하기도 합
니다. 예를 들어 3000명의 식객을 먹여 살린 맹상군의 이야기를
다룬 「맹상군 열전」을 살펴볼까요?

맹상군의 우산 아래에 모인 인재 중에 닭 울음소리를 잘 흉
내 내는 사람이 있었습니다. 오늘날로 치면 동물 성대모사의 달
인이었지요. 하지만 당시 예능 프로그램이 있었던 것도 아니고
이런 재주는 하등 쓸데가 없잖아요. 그런데 다른 나라에 갔던
맹상군이 생명의 위협을 받아 쫓기다가 성문 앞에 이르렀는데,
국경의 법으로는 첫닭이 울어야 성문이 열리는 까닭에 멈춰 설
수밖에 없었습니다. 계속 있으면 꼼짝없이 추격군에게 잡힐 위
험에 처했지요. 이때 닭 울음소리를 잘 흉내 내는 사람이 특기

를 발휘해서 성 안에서 빠져나올 수 있었습니다. 맹상군이 이런 일이 있을 것으로 예측하고 닭 울음소리를 흉내 내는 자를 인재로 대우하지는 않았을 거예요. 하지만 이 사람이 결국 맹상군의 생명을 구했습니다.

인생은 이런 게 아닐까요? 미래를 모를 수밖에 없는 것이라 늘 예측 불허의 상황에 처하게 되지만, 우리가 살아온 인생의 과정이 결국엔 그 결과에 영향을 미치게 마련입니다. 맹상군이 닭 울음소리를 흉내 내는 사람을 인재로 대접한 것은 정답 같아 보이지 않았지만, 인생의 어느 순간 정답이 되어버렸죠. 마찬가지로 지금 정답 같아 보이는 일이 어느 순간 오답으로 판명 날 수도 있습니다.

『사기』는 이런 다양한 인간 군상들의 이야기를 보여줍니다. 단선적이고 일률적인 교훈만 이야기하지는 않아요. 그래서 『사기』를 보면서 저는 인생은 정답을 찾아가는 시험이 아니라, 자신이 가는 길을 정답으로 만들어가는 과정이라는 생각이 들었습니다.

이름의 유래

사마천이 살았던 전체주의 시대에 개인은 단지 하나의 부분에 불과했던 사실은 옛날 사람들이 이름을 짓는 방법에서도 잘 나타납니다.

혹시 영어 이름을 가지고 계신가요? 어렸을 때 영어회화 학원에 좀 다녀보았거나 아니면 사장님이 어디 조찬 모임에서 어설프게 수평적 조직 구조에 대해 듣고 와서, 이제부터는 서로 영어 이름으로 부르자고 한 2개월 정도 설치시는 바람에 (당연히 지금은 흐지부지되었겠지만) 억지로 득템하게 된 영어 이름 하나쯤은 보통 있으실 겁니다.

그런데 그 이름들이 거의 거기서 거기죠. 남자는 피터, 존, 밥, 헨리, 마이클, 대니얼, 마크, 제임스, 여자는 제인, 루시, 티나, 앤, 엠마, 소피아, 아만다, 크리스틴, 에밀리 같은 이름이 한 반에 또는 한 직장에 거의 한 명씩 존재합니다.

실제로 미국에는 같은 이름을 쓰는 사람이 많습니다. 예를 들어 바이든 대통령까지 미국 대통령은 총 46명인데, 이 중 존이라는 이름을 가진 사람은 5명이나 됩니다. 2대 대통령은 존 애덤스고 6대 대통령은 존 퀸시 애덤스입니다. 10대 대통령은 존 타일러고, 30대 대통령은 존 쿨리지, 그리고 마지막으로 많은 분들이 알고 있는 존 F. 케네디가 있습니다. 제임스라는 이름의 대통령도 역시 5명이고요, 조지나 윌리엄도 몇 명 있습니다.

2대와 6대 대통령 존은 아빠와 아들이 이름이 같은 경우입니다. 사실 서양에서는 그런 경우가 흔합니다. 그래서 서로 구분하려고 가운데 이름을 강조한다든가, 아니면 아예 아들에게 주니어라는 호칭을 붙여 부르기도 합니다. 영화 〈아이언맨〉의 주인공 아이언맨 캐릭터로 유명한 배우는 애칭으로 '로다주'라고 불리잖아요. 그의 원래 이름은 로버트 다우니 주니어입니다. 그러면 그의 아버지는 로버트 다우니 시니어겠지요.

서양 이름에서 특징적인 것은 이름이 아니라 성입니다. 서양 이름의 성들은 이름에 비해서 훨씬 다양하고 특색이 있습니다. 위에서 예를 든 '존'들은 부자지간을 빼고 보면 성은 애덤스, 타일러, 쿨리지, 케네디로 다 다릅니다. 그런데 서양 이름의 성은 대부분 조상들의 직업이나 출신 등을 알려주는 단서가 될 때가 많아요. 베이커Baker는 제빵사, 쿠퍼Cooper는 큰 나무통을 만드는 사람, 해리포터의 포터Potter는 옹기장이, 스미스Smith는 대장장이 같은 식이죠.

아니면 지역이나 지형에서 유래된 성도 있어요. 해밀턴Hamilton은 언덕에서 살던 사람, 캠프Camp는 평야에서 살던 사람, 언더우드Underwood는 나무 아래에서 살던 사람이라는 뜻이지요.

누구의 아들이라는 의미로 'son'을 붙여서 성을 만들기도 했어요. 여자들도 이 성을 따랐으니 여기서 'son'은 아들보다는 자손이라는 의미가 더 강하겠죠. 잭Jack의 자손은 잭슨Jackson이 되는 식입니다. 요한슨, 왓슨, 윌슨, 심슨, 해리슨, 허드슨 모두

'son'이 붙어서 만들어진 성이에요.

　그런데 한국의 성은 상당히 제한적입니다. 1945년 이전에 존재했던 한국의 성은 250개 정도라고 해요. 그중에서도 김金, 이李, 박朴, 최崔, 정鄭이 대다수일 정도로 쏠림 현상도 심하고요. 그래서 한국 성씨는 성씨 자체보다는 본관과 연결 지어서, 그 성이 유래한 지역과 같이 써서 구분합니다. 김해 김씨, 밀양 박씨, 안동 장씨처럼요. 그러니까 한국 성씨는 조상들이 유래한 지역을 나타내는 특징이 있는 셈이에요.

　사실 냉정하게 보자면 한국에서 성은 극소수만 누릴 수 있는 특혜였습니다. 대다수는 성 없이 이름으로만 불렸습니다. 조선시대 실학자 이중환이 지은 『택리지』를 보면 조선 초기만 해도 인구의 90퍼센트가 성씨가 없었다고 합니다. 한국에서 성이 보편적으로 쓰이기 시작한 것은 조선 중기부터인데, 왜란과 호란 이후 성씨와 족보가 없으면 상민으로 전락해 군역을 져야 했기 때문에 양반과 결탁해서 호적과 족보를 위조하는 트렌드가 일어났기 때문입니다.

　황현이 저술한 역사책 『매천야록』에 따르면 조선 후기 흥선대원군이 전주 이씨 인구를 의도적으로 늘려 세를 불리기 위해 성씨가 없던 백성 중에서 전주 이씨를 희망하는 자들에게 모두 전주 이씨를 쓰게 해주었다고 합니다. 이때 전주 이씨가 무려 10만 명이나 늘어났다고 해요. 왕의 가문이라 아주 희귀할 것 같은 전주 이씨가 주변에서 흔하게 눈에 띄는 이유입니다.

그러면 이름은 어떻게 지었을까요? 보통 일반 백성들은 성 없이 이름으로만 불렸거든요. 이때 이름은 개성을 나타내기보다는 서로를 구분 짓기 위해 부르는 것이라, 성의 없이 구분만 되도록 짓는 경우가 많았습니다. 3월에 태어나면 삼월이, 어린 여자아이는 줄여서 언년이, 돌아다니는 하인은 돌쇠, 잘 먹는 하인은 먹쇠 이런 식으로 불렀어요. '쇠'는 소인의 준말인데요, '소인네'가 줄어서 '쉰네'같이 쓰거든요. '쇠'에 관해서는 또 하나의 설이 있습니다. 쇠가 곧 금金을 뜻하기에 돈을 많이 벌어 행복하게 살라는 의미에서 붙여줬다고도 해요. 혹은 신체적 특징으로 이름을 지었는데 크면 큰놈이, 작으면 작은놈이, 강아지처럼 생긴 사람은 삽사리, 느림보처럼 보인다고 뭉투리라고 부르기도 했습니다.

개인의 개별적 가치가 인정되는 시간

서양이나 동양이나 이름은 그냥 개별적인 특성을 나타내는 것이라면 성은 패밀리 네임Family Name이라고 해서 가족, 혹은 가문을 나타냈습니다. 이 성에는 그들의 직업이나, 집안, 그들이 살았던 환경, 지역 같은 것들의 특징이 반영돼 있습니다. 그러니까 성에서는 개인적 특성보다는 집단적 특성이 더 중요합니다, 신분이 높을수록 이는 더욱 중요한 요소였죠. 그러니까 한 사람을 이야기하는 정체성의 핵심은 그가 맡은 직업, 역할, 그가 살던 지역 같은 소속이었던 셈입니다.

사람들이 각자의 개별성을 인정하기 시작한 것은 얼마 되지 않은 일입니다. 존 스튜어트 밀이 『자유론』에서 개인의 자유를 본격적으로 논하기 전에 사람들은 지금 우리가 생각하는 개념의 개인이 아니었어요. 이어야 할 가업이 있고, 살아가야 할 조상들의 땅도 정해져 있으며 타고난 신분에 따라 어느 정도 인생의 궤적이 그려져 있는 셈이었죠. 그러니까 이미 태어났을 때부터 정답이 정해진 인생인 것입니다. 자신이 살아 있으면서 할 일, 해야 할 일, 역할, 위치 등이 이미 다 정해져 있기 때문에 그 자리에 맞는 사람이 될 뿐 각자의 인생을 스스로 설계한다는 개념은 없었습니다.

그러니까 사람이 자신의 인생을 실제 자신의 것으로 영위하기 시작한 것은 얼마 되지 않은 얘기입니다. 사회 전체적으로 봐도 르네상스 시대에 신에 대한 관심이 인간에 대한 관심으로 넘어왔다고는 하지만, 여기서 말하는 인간은 귀족 같은 지배계급이지 일반 평민은 아니었어요. 사람들은 여전히 자신의 신분에 맞는 일을 해야 했거든요. 종교 개혁 이후에도 이런 근본적인 구조는 변하지 않았어요. 프랑스 혁명 이후에야 그나마 '인간'의 범주 안에서 신분이라는 개념이 사라지기 시작합니다. 하지만 한 번에 모든 게 바뀌지는 않았죠. 그 이후는 바로 인간의 개념에 실제 인간을 전부 포함시키기 위한 시간들이었습니다. 여성이 참정권을 갖고, 흑인이 해방되는 등 점점 동등한 권리를 가진 인간의 범위는 넓어졌습니다.

지금 우리는 역사상 개인에게 가장 주목하는 시대에 살고 있습니다. 물론 앞으로 이런 분위기는 더 고조되겠지만, 앞으로는 아직 오지 않은 시간이니 현재까지의 역사 중에서는 지금 이 시간이 가장 개인들의 개별적 가치가 인정되는 시간입니다.

당신 삶의 정답은 당신이 선택한 바로 그것

"우리는 어디에서 왔는가? 우리는 누구인가? 우리는 어디로 가는가?"의 답을 찾는 여정을 떠나자고 제안했지만 확실히 전제할 것은 이에 대한 정답이 없다는 겁니다. 인생의 여러 모습들을 보면서 우리 모두 다 다른 결론에 도달하기를 바랍니다. 인문학의 지혜, 고전의 가치, 선인들의 전언 등 그 모든 것은 각자의 인생 길을 따라 다르게 작용하니까요.

개인의 인생에 대한 정답은 없습니다. 의식적이든 무의식적이든 이미 2000년 전에 사마천은 『사기』에서 인생에는 다양한 길과 가능성이 있다는 것을, 언제든 동그라미로 채점되는 하나의 정답은 없다는 것을 보여주었습니다.

　인생이라는 시험은 객관식이 아니라 주관식입니다. 게다가 이 주관식 문제는 정확한 정답도 없습니다. 자신의 의지와 주관만 담겨 있다면 그 무엇도 만족할 만한 답이 됩니다. 당신의 인생은 바로 당신 것이니까요. 그래서 당신 삶의 정답은 당신이 선택한 바로 그것입니다.

SECTION 2

◆

성장의 길목

어린이는 젊은이가 되고,
젊은이는 늙게 된다

제롬 데이비드 샐린저 『호밀밭의 파수꾼』

새로운 세대는 2000년 전에도 등장했다

MZ세대가 미디어에서 중요하게 포커싱되고 있습니다. 1980
년대 초부터 2000년대 초 사이에 출생한 밀레니얼 세대의 'M'
과 1990년대 중반부터 2000년대 초반 사이에 출생한 'Z'세대의
Z를 합성해서 MZ세대라고 부릅니다. 최근 들어 나오는 트렌드
서라든가, 경제와 소비에 대한 책들은 기본적으로 MZ세대를 주
요 소비자로 상정하고 이야기를 전개합니다.

뿐만 아니라 MZ세대의 특성을 알기 위한 책, 강연 같은 것
들이 쏟아져 나오는데, 재미있게도 이 같은 책과 강연, 기사의

소비자들은 MZ세대가 아닙니다. 『90년생이 온다』라는 책은 1990년생들의 행동 특성, 소비 특성을 전달하면서 히트했는데, 1990년생은 절대 이 책을 안 사본다는 얘기가 있죠. 1980년생, 1970년생들이 이 책의 주요 소비자입니다.

새로운 세대가 등장한 뒤 그 세대를 수용하는 과정은 늘 비슷합니다. '충격 ➡ 분석 ➡ 이해 ➡ 수용'의 4단계를 거치죠. '요즘 애들 정말 이상해 ➡ 왜 그럴까? ➡ 이런 상황이니까 그럴 만도 해 ➡ 그러면 그 애들에게 맞는 것을 해주자' 이런 식인데요, 조금 더 구체적으로 예를 들면 이런 식이 됩니다. '이상한 만화가 히트 ➡ 대충 그린 듯한 그림체, 인과성 없는 결말 ➡ 완전무결함만 살아남는 답답함에서 벗어나고자 하는 욕구 ➡ 병맛 콘텐츠로 기업 마케팅.'

새로운 세대의 특성들은 결국 그들이 사회의 주류, 특히 소비 사회의 주류가 되어가면서 사회에 편입됩니다. 어른은 태어나면서부터 어른이 아니고, 청년은 언제까지나 청년이 아니잖아요. 한마디로 청년이 결국 어른이 되는 거거든요. 그러면서도 자신이 어른이 된 후에는 언제나 새로운 청년 세대들을 이해하지 못하는 모습을 보입니다. 지난 몇천 년간 이런 행태를 반복해온 것은 젊은이들의 특성과 나이 먹은 사람의 특성의 문제가 아니라 기술, 환경, 사회 구조의 변화에 따른 새로운 인간상의 등장이 늘 있어왔기 때문입니다.

환경이 변함에 따라 거기에 맞는 사람들이 등장하는 것은 생각해보면 당연한 건데, 사람들은 늘 새로운 세대의 등장에 대해 '충격'을 느낍니다. 그에 대한 반응도 늘 비슷하죠. '사회가 망할 징조다' 같은 거요.

그래서인지 문학작품 중에는 새로운 세대의 등장을 다룬 작품이 많아요. 그런 작품들은 당대에는 문제적 작품으로 손꼽히지만, 역사를 뚫고 살아남을 만큼 생명력이 긴 것 같지는 않습니다. 새로운 세대의 충격이라는 작품의 핵심 셀링포인트는 시대가 흐르면서 조금씩 빛이 바래기 때문이죠. 하지만 그럼에도 우리에게 아직도 사랑을 받는 작품『호밀밭의 파수꾼』이 있습니다.

비트 운동의 기폭제가 된 소설

『호밀밭의 파수꾼』은 미국 문화 형성에 막강한 영향을 미치며, 한때 젊은이들 사이에서 바이블처럼 읽혔고, 수많은 뮤지션과 아티스트에게 영감을 주었습니다. 20세기 명저 중에 주저 없이 뽑히는 책이기도 하고요. 1951년에 발표된 소설인데, 지금 읽어도 문체나 대화들이 거칠어요. 그러니 당시 문단에서는 이 소설에 등장하는 속어나 비속어, 심지어 욕 등은 그야말로 센세이션을 불러일으켰어요.

『호밀밭의 파수꾼』을 직접 읽어보신 분은 사실 호와 불호가 극명하게 갈립니다. "도대체 이게 왜?"라는 반응을 보이는 분들도 꽤 됩니다. 반면 인생 책으로 『호밀밭의 파수꾼』을 추천하는 분들은 보통 청소년 시기에 이 책을 읽은 경우가 많아요. (청소년이라고 하니 중고등학생을 떠올리기 쉬운데 원래 청소년은 청년과 소년을 같이 이르는 말로, 해당 연령은 법마다 달라요. 청소년보호법에 따르면 19세 미만이지만, 청소년 기본법에는 9~24세입니다. 이 경우에는 대학생까지 포함되는 거죠.) 어른보다는 청소년 때 이 책을 읽어야 공감할 수 있는 포인트가 많다는 뜻이겠지요.

『호밀밭의 파수꾼』을 완전히 이해하기 위해서는 작품 외적인 사회 분위기를 알아야 하는데요. 『호밀밭의 파수꾼』은 비트 운동의 기폭제가 된 소설이기도 합니다. 비트 운동은 1950년대에 시작된 미국의 사회·문화 운동인데요, 관습적인 기존 사회 질서 체제에 대항하고, 권위에 저항하는 반체제, 반문화 운동입니다. 이 비트 운동을 집약해서 보여주는 대표적인 퍼포먼스가 전설이 된 청춘스타 제임스 딘의 〈이유 없는 반항〉입니다. 우리나라에도 비슷한 느낌의 영화 〈비트〉가 있는데요. 그 영화로 한국 영화계가 얻은 보물이 바로 정우성입니다. "나에겐 꿈이 없었다. 열아홉 살이 되었지만 내겐 달리 할 일이 없었다"는 정우성의 내레이션은 당시 많은 청년들에게 충격을 주었죠. 그 나이

대에는 '대학에 가고 싶다'는 꿈이 모두에게 다 동일하게 있어야 한다고 생각했거든요.

비트 세대라는 말은『길 위에서』라는 소설을 쓴 잭 케루악이 처음 사용한 용어인데요, 허위와 가식으로 가득 찬 기성 사회의 질서에 거부감을 느끼고, 기존 권위와 상업적인 가치를 부정하는 세대를 말합니다. 이 세대는 단순하고 직접적인 것을 추구하며, 현실을 있는 그대로 받아들입니다.

그런데 이 핵심적인 특징들을 그대로 현 사회에 옮겨놓으면 지금의 청년 문화와 비슷하지 않은가요? 비트 세대는 기존 권위에 대한 부정을 스스로의 고립이나 약물, 술 같은 것으로 해소하려고 했던 반면, 요즘 청년 세대는 이런 부정을 병신 같은데 재미있다는 뜻인 '병맛'이나 지금 현재를 즐기자는 삶의 태도인 '욜로' 같은 것으로 해소하고 있습니다.

대기업에서 신입사원 교육을 담당했던 임홍택 저자는 자신이 쓴『90년생이 온다』라는 책에서 요즘 세대의 특징을 3가지로 정리합니다. 간단함, 병맛, 솔직함이 그것입니다. 단순하고 직접적이었던 걸 추구했던 비트 세대와 통하는 면이 있죠. 그러고 보면 예전부터 인류의 역사는 기존 사회질서와 새롭게 사회질서 안으로 들어오려는 젊은이들 간의 갈등이 계속적으로 반복돼오면서 성장했습니다.

콜필드 신드롬

『호밀밭의 파수꾼』은 당시 사회에 엄청난 영향을 미쳤어요. 일례로 주인공의 이름을 딴 '콜필드 신드롬'이라는 현상도 생겨 났는데요. 주로 사회 체제나 구조, 질서에 반항하는 젊은이들을 설명할 때 이 단어를 썼습니다.

이런 경향은 여기서 그치지 않고 조금 더 나아갑니다. 실제 기존 질서에 강력하게 도전하다 보니 범죄에까지 영향을 미치 게 된 거죠. 특히 『호밀밭의 파수꾼』은 암살범들의 책으로 알려 져 있기도 한데, 제일 처음에는 1963년 존 F. 케네디를 암살한 리 하비 오스왈드가 이 책을 즐겨 읽었으며 그의 소지품에서 이 책이 발견되었다고 해서 화제를 모았었죠. 그리고 1980년에는 마크 채프먼이 비틀스의 리더 존 레논을 살해했는데, 살해 후 사건 현장에서 『호밀밭의 파수꾼』을 읽었다는 이야기가 전해지 기도 했습니다. 하지만 정황상 이런 정도까지는 아니었고, 범행 당시 채프먼의 옷 속에서 이 책이 나왔고, 진술할 때 『호밀밭의 파수꾼』을 보면 자신의 살인 동기를 알 수 있을 거라고 말했다 는 정도라고 합니다. 그리고 미수에 그치기는 했지만 1981년 레 이건 대통령을 암살하려던 존 힝클리 주니어도 자신의 변론은 『호밀밭의 파수꾼』 내용으로 대체하겠다고 말했습니다. 이런 이 야기들은 조금 MSG가 첨가되어 전해오는 감도 있지만, 이 범인들이 적어도 『호밀밭의 파수꾼』을 애독했으며, 이 책에 일정 정도의 영향을 받은 것만은 확실해 보입니다.

당대에 미친 영향이 아무리 컸더라도 이런 이유만으로 한 소설이 지금까지 사랑받는 고전으로 남지는 않습니다. 당대의 풍조를 잘 보여줘 센세이션을 일으킬 수는 있지만 그 상황이 해소되거나 일상화되면 더 이상 소설이 갖는 의미가 없어지거든요. 앞서 예로 들었던 〈이유 없는 반항〉의 제임스 딘은, 부모 세대와 달리 지금의 젊은 세대에게는 아무런 의미 없는 이름이 되어버렸습니다. 당시 청소년 범죄는 큰 반향을 일으키는 큰 사건이었지만, 지금은 일상화되어 청소년법만으로 규제하기 힘드니 어른들과 같은 기준을 적용하기 위해 청소년법을 폐지하자는 여론이 있을 정도니까요.

이처럼 책은 시대에 따라 다르게 읽히고 그래서 고전으로 우리 곁에 남기 위해서는 시대를 뚫고 살아남을 만한 다른 축이 있어야 합니다. 그리고 그 축은 시대를 관통해서 남는 인간의 본질적인 부분과 관계가 깊습니다. 시대가 바뀌고 세대가 흘러도 모두 공감할 수 있는 어떤 부분이 있다는 것이죠.

그렇다면 『호밀밭의 파수꾼』이 이야기하는 인간의 본질적인 부분은 어떤 것일까요?

순수에의 집착

『호밀밭의 파수꾼』처럼 주제가 확실한 소설도 드뭅니다. 한 마디로 순수에의 집착을 그린 작품이라고 할 수 있습니다.

주인공인 홀든 콜필트의 내적 독백이 압도적 분량을 차지하는 이 책에서 가장 많이 쓰이는 단어는 '바보', '멍청이', '토하고 싶다' 같은 것들입니다. 홀든은 주변의 모든 것을 싫어하죠. 왜 냐하면 지금 고등학생인 홀든의 주변에 있는 것들은 모두 아이 시절이 지난 뒤의 '성장'과 '사회'를 상징하기 때문입니다. 이 소설의 줄거리를 요약하면 금수저 집안의 고등학생인 홀든이 성적 부진으로 고등학교에서 퇴학당한 뒤 겪는 2박 3일의 가출기라고 할 수 있습니다.

변호사 아버지에 할리우드 작가인 형을 가진 금수저 홀든은 학교에서 퇴학을 당합니다. 그것도 4번째예요. 기숙사에 있다가 자신이 예전에 알았던 여자와 밤을 보내고 왔다는 룸메이트와 크게 싸우고, 원래 집에 돌아가기로 예정된 수요일까지 기다리지 않고 토요일 뉴욕으로 가는 기차를 타고 학교에서 나와버리지요. 그리고 호텔, 바, 나이트클럽 등을 전전하며 사람들을 만나지만, 다 피상적인 대화만 조금 나눈다든가 이용만 당하고 그다지 안 좋게 헤어지지요.

일요일에는 여자 친구를 만나기도 하지만, 오히려 답답한 마음만 더 커집니다. 서부로 떠날 결심을 한 홀든은 자신이 유일하게 마음을 여는 사람인 동생 피비를 만나기 위해 집에 몰래 숨어들어가죠. 다음 날인 월요일 피비에게 작별 인사를 하고 떠나려고 피비에게 점심시간에 잠깐 나오라고 하는데 피비가 아예 짐을 싸가지고 와서 자신도 같이 갈 것이라고 합니다. 당황한 홀든은 피비와 회전목마를 타러가서 피비에게 떠나지 않겠다고 약속하죠. 그리고 실제로 그 약속을 지키고요.

『호밀밭의 파수꾼』이라는 제목의 뜻?

『호밀밭의 파수꾼』의 세계는 사실 단순합니다. 이 소설 속 인물든은 모두 속물 아니면 순수에 속해요. 중간은 없습니다. 명문 고등학교, 뻔한 친구들, 평범한 여자 친구, 호텔, 술집 같은 것들은 속물의 영역이고, 어린 시절의 추억, 죽은 동생 앨리, 수녀들, 동생 피비는 순수의 세계죠. 홀든은 이 순수의 세계에 속하지 않은 것들을 받아들이지 못해요.

그런데 재미있는 것은 홀든이야말로 겉모습만 보면 누구보다도 세파에 찌든 어른이라는 점이에요. 끊임없이 담배를 피우고, 퇴학만 네 번째 당했으며, 툭하면 여자들에게 집적대고, 술도 잘 마시죠. 여자 친구의 사고방식은 싫어하지만 겉으로는

"사랑해"라고 속삭이기도 합니다. 그러니까 홀든은 순수를 동경하지만 스스로 순수에 속하지는 않습니다. 그래서 동생이 "오빠는 도대체 뭐가 되고 싶냐?"는 말에 낮에 우연히 길 가던 아이가 불렀던 노래가 떠올라 "아이들이 놀다가 절벽에서 떨어지지 않게 지켜주는 호밀밭의 파수꾼"이 되고 싶다고 하죠. 말하자면 홀든은 스스로 순수를 회복할 수는 없으니 그것을 지키는 사람이 되고 싶어 했던 겁니다.

홀든은 피비가 다니는 학교 담벼락에 욕이 써 있는 것을 보고 피비가 볼까 두려워 열심히 지우지만, 여기저기에 비슷한 욕이 써 있는 것을 보고 결국 포기합니다. 그러다가 우연히 자연사 박물관의 미라 전시실에 가서 편안함을 느낍니다. 그건 죽은 동생처럼 순수가 박제된 공간과 시간이라 생각했던 것이지요. 그런데 거기서도 미라 받침대 밑에 욕이 써 있는 것을 보고 결국 현기증을 느끼며 쓰러집니다. 순수는 그 어디에도 존재하지 않는다는 것을 확인한 후유증이라고 할까요.

사실 순수가 어디로 갔으며 그것을 어떻게 회복할 수 있는지에는 아무도 관심이 없어요. 홀든은 어린 시절 센트럴파크에서 살았던 오리가 겨울 동안 어디로 갔는가, 계속 궁금해하는데요. 이 역시 순수의 상징이겠죠. 그런데 중요한 것은 아무도 모른다는 것이 아니라 아무도 관심이 없다는 겁니다. 쓸데없는 질문을 한다며 화를 내는 택시 기사도 있습니다. 이 소설에서 결국 오리의 행방은 나오지 않습니다.

그렇게 소년과 소녀는 어른이 된다

누구나 어른이 되면서 어린 시절에 가졌던 순수한 감정들이 사라져가는 것을, 혹은 이제 완전히 사라져 그런 감정을 소유했던 기억조차 사라져버렸다는 것을 느낄 겁니다. 어린이는 젊은이가 되고, 젊은이는 늙어가는 것은 당연한 순리입니다. 어린 시절의 순수는 피터팬이 활약하는 네버랜드에나 박제돼 있는 것이고, 현실에서는 어린이에서 어른으로 넘어가야 한다는 교육과 압박이 순수의 기억과 지향을 지워버리죠.

동심 파괴의 순간은 언제, 어떻게 찾아오는지 모르지만 우리가 어른이 되어가는 과정 곳곳에 잠복해 있습니다. 학교에서 같이 공부하는 친구들이 시험을 잘 볼수록 자신의 등급이 한 단계 떨어질 수 있다는 것을 알게 되는 순간일 수도 있고요, 개그 프로그램을 보다가 산타의 정체는 아빠라는 스포를 당할 수도 있습니다.

많은 고전들은 어렸을 때 읽으면 그 깊이를 모르다가 나이 들어서 읽으면 무릎을 탁 치게 만드는 깨달음이 있습니다. 반면 『호밀밭의 파수꾼』의 경우 어렸을 때는 감명 깊게 읽었는데

나이가 들어서 다시 읽으면 "이게 뭐지?" 하시는 분들이 꽤 있어요.

다른 사람들과의 관계에서 어느 정도 사회적 가면을 쓰고 살아가는 법을 이미 터득한 어른이 되어버려 순수가 사라지는 안타까움에 공감할 수 없는 것이죠. 아니면 여전히 안타깝다고 느끼지만, 어차피 사회생활을 하면서 그럴 수는 없다고 생각하니, 홀든의 생각과 행동이 어린애의 치기 정도로만 느껴지기도 합니다.

나이가 들고, 사회생활과 인간관계의 다양한 면모를 경험한 후에도 여전히 홀든의 생각에 공감할 수 있을까요? 아마 대부분의 사람은 그럴 수 없을 거예요. 심지어 홀든조차도 그의 마지막 정신병원이었잖아요. 그래서 이 소설을 읽으면 슬픔이 느껴지기도 합니다. 홀든의 순수는 믿어야 존재 가능한 산타 같은 것이라는 깨달음을 주니까요.

그렇게 소년과 소녀는 어른이 되어갑니다.

홀든이 어른이 된다면

여담으로 덧붙이자면 이 책의 작가 샐린저의 생애 또한 흥미로운데요. 1965년 이후로는 작품 활동을 전혀 하지 않고 은둔 생활을 해서 오늘날 가장 베일에 가려진 작가 중 한 명으로 알려져 있습니다. 출판계의 대표적인 '원 히트 원더'인데요, 그의 명성을 등에 업고 그를 이용하려는 상업 출판계에 염증을 느낀 샐린저는 숨어버린 겁니다.

40년 동안 은둔했던 위대한 작가가 길거리에서 문학 천재 소년을 알아보고, 그를 문학의 길로 이끌어주는 이야기를 그린 〈파인딩 포레스트〉라는 영화가 있었는데요, 숀 코네리가 은둔 작가인 윌리엄 포레스터로 나왔었죠. 이 영화는 바로 『호밀밭의 파수꾼』의 작가 제롬 데이비드 샐린저를 모델로 만들어졌습니다. 영화는 포레스터가 다시 세상 속에서 꿈을 꾸기 시작하는 결말로 마무리되지만 샐린저는 평생 자신만의 꿈속에서 살다가 2010년 사망했습니다.

샐린저의 일생을 돌아보면서, 어쩌면 『호밀밭의 파수꾼』의 주인공인 홀든이 실제로 사회에 나와서 살다가 어른이 되었으면 이런 모습이 아니었을까 하는 생각이 들더라고요.

본성과 이성의 경계
그 어디쯤

윌리엄 골딩 『파리 대왕』

『파리 대왕』은 히어로물이 아니다

여러분은 서점에서 주로 어떤 것을 보고 책을 구입하시나요? 대부분 가장 중요하게 생각하는 게 바로 책의 제목이죠. 제목이 책을 사려고 결정 내리는 데 50퍼센트 넘게 영향을 미치는 것 같아요. 그리고 표지가 한 49퍼센트쯤 되고요. 한마디로 책의 첫인상이 구매를 결정하는 데 큰 역할을 하지요. 그렇다면 내용은요? 아직 1퍼센트가 남아 있잖아요.

어떤 책은 정말 제목만으로 엄청난 히트를 기록하기도 합니다. 대표적으로 『미움 받을 용기』 같은 책이 있죠. 책의 제목이 책의 내용을 잘 표현했다고는 하기 어렵지만, 이 제목 때문에 엄청나게 많이 팔렸죠. 하지만 오해하시면 안 돼요. 책의 내용은 별로고 제목만 좋다는 뜻이 아니라, 책의 제목을 듣고 기대한 내용과 실제 내용의 싱크로율이 높지 않다는 뜻이에요.

그런데 이렇게 책 제목 때문에 버프를 받은 책도 있지만, 책 제목이 매력적이지 않아서 선뜻 손이 안 가는 책도 있습니다. 노벨문학상 수상작 같은 수사를 다 떼고 그냥 제목만 가지고 작품을 선택하라고 하면, '파리 대왕'이라는 제목은 그다지 매력적이지가 않아요. 문학작품을 잘 모르는 사람이라면 무슨 히어로 만화인가 생각할 수도 있을 거예요. 하긴 아무리 히어로물이라고 해도 파리 인간은 조금 무리가 있긴 하네요. 그런데 또 생각해보면, 거미 인간(스파이더맨)이나 개미 인간(앤트맨)도 있으니 계속 부르면 플라이맨도 은근히 정감이 갔을 수도 있을 것 같습니다. 하지만 다행히도 (불행일 수도 있고요)『파리 대왕』은 히어로물이 아닙니다. 오히려 정통 문학작품이며, 철학적 우화에 가깝습니다.

'파리 대왕'이라는 말의 유래

이 작품의 제목이 왜 하필 '파리 대왕'인가 의문이 들 수밖에 없습니다. '파리 대왕'이라는 제목을 보고 글을 읽으면 당연히 어디에서 파리가 나올까를 찾게 되잖아요. 그런데 내용이 파리와 그렇게 큰 관계가 없어요. 중간에 '파리'와 '파리 대왕'이라는 표현이 나오지만, 정말 딱 한 장면뿐입니다. 도대체 이렇게 스쳐가는 장면이 왜 제목까지 되었는지 책만 보면 알 길이 없습니다. 사실 '파리 대왕'은 서양권에서는 은유적으로 쓰이는 표현으로 굳이 따지자면 악마를 이야기합니다.

그런데 이건 정말 굳이 따지자면 그렇다는 것이고요, '이단의 신', 혹은 '우상'이라는 표현이 더 정확할 수도 있어요. '파리 대왕'이라는 이름은 기독교에서 유래합니다. 성경에는 유일신인 목축의 신 여호와 하나님이 나오고, 그에 대항하는 세력으로 농경신 바알이 나옵니다. 사실 바알은 '주인', '왕' 정도의 의미이고, 신의 이름은 하다입니다. 그러니까 지금 기독교에서 '여호와'라는 신의 이름을 직접적으로 부르지 않고 '주님'이라고 부르는 것과 마찬가지입니다. 나중에 가면 이 '바알'이라는 호칭이 마치 신의 이름처럼 되어버리긴 했지만요.

바알 신앙은 고대 중동 지방에서는 폭넓기도 하고 뿌리 깊기도 한 신앙으로 광범위한 영향을 미쳤습니다. 세계사에서 유명한 명장을 이야기할 때 빠지지 않는 것이 알프스를 넘어서 로마를 침입한 카르타고의 장군 한니발(BC 247~BC 83?)입니다. 한니발의 어록 중 아직도 전해져 오는 것으로 "나는 길을 찾아내겠다. 찾다가 없으면 길을 만들겠다"라는 말이 있습니다. 영화 〈인터스텔라〉에 나와서 많은 사람들이 명대사로 기억하고 있는 "우리는 답을 찾을 것이다. 늘 그랬듯이"라는 말의 원조쯤 될 것 같네요.

이 한니발이라는 이름이 바로 '바알 신의 은총'이라는 뜻입니다. 나중에 기독교 세계에서도 한니발이라는 이름이 종종 쓰이는데요, 이탈리아에서는 안니발레(한니발의 이탈리아식 이름)라는 이름의 신부가 나오기도 했습니다. 바알 신의 은총이라는 이름을 가진 가톨릭 신부인 것이죠. 따뜻한 아이스 아메리카노보다 더 모순적인 이름이네요.

기독교가 자신들의 세력을 넓혀갈 때 언제나 부딪혔던 것은 바로 바알 신앙이었어요. 그래서인지 성경에서는 바알 신앙에 대한 언급이 많이 나옵니다. 대표적으로 유대인들이 이집트에서 집단 탈출을 감행할 때 모세가 산에 올라가 십계명을 받거든요. 그런데 모세가 산에 올라가 기도하는 그 순간 기다리던 유대인들은 수송아지 신상을 만들어 이 신이야말로 자신들을 이집트에서 이끌어냈다며 잔치를 벌이죠. 이 신이 바로 바알입니다. 바알의 상징이 소라서, 때로는 머리가 소의 형상으로 묘사되기도 하거든요. 기독교의 힘이 조금이라도 약해질 기미가 보이면 언제든지 그 자리를 꿰차고 들어오려고 호시탐탐 기회를 엿보는 게 바알 신앙이었습니다.

그래서 유대인들은 바알을 악마, 사탄으로 봤습니다. 자신들의 신에 대항하는 세력이니까요. 원래 바알 숭배자들은 바알을 '바알제불'이라고 불렀어요. '높은 거처의 주인'이라는 뜻입니다. 그런데 유대인들이 그 명칭을 그대로 쓸 리 없잖아요. 그래서 파리를 뜻하는 비슷한 단어인 '즈붑'을 붙여서 '바알즈붑'이라고 불렀고, 그게 '바알제붑'이 된 것이죠. 그러니까 파리들의 왕, 파리의 주인이라는 뜻이 되어버렸지요. 그래서 중세 때는 바알 신은 거대한 파리로 묘사되기도 했습니다.

그러니까 '파리 대왕'은 이단, 이교도 같은 의미이기도 하고, 기독교의 신에게 대항한 존재라는 의미에서 악마를 뜻하기도 합니다. 존 밀턴의 『실락원』을 보면 기독교 세계에서는 하나님에게 대항하는 악마 세력 중 사탄에 이어 2인자라고 나오기도 합니다.

그러니까 이 소설에 『파리 대왕』이라는 제목이 붙은 이유는 인간 본성에 숨어 있는 악마성에 대한 이야기이기 때문입니다. 그래서 저는 제목이 살짝 아쉬운데요, 문화에 대한 이해 없이 제목만 보면 내용과 연결되지 않아서 상당히 당황스러울 수 있기 때문입니다. 예를 들어 '혹부리 영감의 혹을 가져간 것들에 대한 이야기'라고 하면, 혹부리 영감 이야기를 문화적 배경으로 알고 있는 사람들은 도깨비에 대한 이야기라는 것을 알 수 있지만, 이런 문화적 배경을 모르는 사람들은 그야말로 '사람의 혹을 어떻게 가져갈 수 있을까, 혹을 수술한 외과 의사 이야기인가?' 같은 의문을 가지고 글을 읽기 시작하게 되는 것이나 마찬가지이지요.

폭력과 야만에 끌리는 인간의 본성

『파리 대왕』의 시대적 배경은 정확하지 않지만, 핵전쟁이 일어난 전쟁통의 환경이 배경입니다. 몇 명인지 모르는 아이들이 군용기로 수송되다가 추락하는 바람에 무인도에 떨어집니다. 처음에 이 소년들은 소라를 잡은 사람이 발언권이 있다든가, 봉화를 올리기 위한 당번을 정하는 등 체계적인 사회 시스템을 보이는가 싶더니 이내 몇 명이 사냥과 무질서 등 폭력과 야만이 난무하는 정서에 빠져들기 시작해요. 앞서의 문명을 대변하는 측의 대표는 랠프고요, 뒤의 야만을 대변하는 측의 대표는 잭입니다. 대표라고 해봐야 열두 살 정도의 어린아이들이지만, 이들의 대립은 생명이 왔다 갔다 할 정도로 제법 진지합니다.

처음에는 아이들이 질서와 상식이 통하는 랠프의 세계를 따르지만, 점점 사냥으로 대표되는 폭력과 본능이 지배하는 잭의 세계가 아이들을 포섭해갑니다. 랠프는 외부에 구조 신호를 보내는 봉화를 중요하게 생각하지만, 잭은 봉화는 뒷전이고 사냥에만 신경을 씁니다. 결국 처음에는 랠프가 대장이었다가 대부분의 아이들이 잭의 편으로 넘어가면서, 랠프 편은 몇 명 남지 않게 됩니다.

랠프의 가장 큰 조력자는 끝내 이름이 나오지 않고 돼지라는 별명으로만 불리는 아이인데, 신체적인 능력이 거의 없어 일하는데는 큰 도움이 되지 않지만, 무리 중 가장 체계적으로 생각하고 합리적인 대안을 찾는 아이입니다. 지식인의 은유로 보여요. 이 아이의 안경으로 불을 피웠는데, 잭 측에서 야밤에 습격해서 이 안경을 훔쳐가면서 갈등은 정점을 향해 치닫습니다.

갈등이 심화되는 가운데 돼지는 죽고, 혼자가 된 랠프는 결국 잭의 일당에게 쫓기게 돼요. 잭은 마치 멧돼지 사냥을 하듯 랠프를 몰아붙이지만, 랠프는 다른 아이들보다는 탁월한 신체 능력과 임기응변으로 위기를 모면해갑니다. 하지만 마지막에는 거의 막다른 골목에 다다르는데, 랠프를 쫓는 과정에서 붙은 불 때문에 일어난 연기를 보고, 구조하러 온 군인을 만나면서 이 이야기는 끝납니다.

중간 디테일을 좀 생략하고 말씀드려서 줄거리가 매우 단순하게 보이는데요, 한마디로 '문명과 야만, 이성과 본능의 대결'이라 할 수 있습니다. 극한 상황에서 이성이 점점 힘을 잃고 본능이 앞서는 이야기를 담아냈죠. 프랑스 혁명의 기초 사상을 제공한 장 자크 루소는 자연 속에서 인간은 매우 선한 상태라고 생각했습니다. 그래서 토머스 홉스가 『리바이어던』에서 제시한 '만인의 만인에 대한 투쟁 상태', 인간 본성은 놔두면 악해지고, 폭력적이 된다는 분석을 비판했습니다. 하지만 이 소설은 루소보다는 홉스가 맞다고 이야기합니다. 문명은 사람들 사이의 약속에 불과한데, 사회라는 제약이 없는 환경에 처하면 인간의 본성은 결국 폭력과 야만에 끌린다고 이야기하는 것이지요.

자라면서 점점 분리되는 이성과 본성의 이중성

이 소설 속에서 언급되는 『산호섬』이라는 작품이 있습니다. 1857년 작품인데 랠프와 잭, 피터킨이라는 세 소년이 난파당한 섬에서 서로 배려하고 도와가며 어려움을 극복해가는 이야기입니다. 눈치채셨겠지만, 『파리 대왕』의 두 주인공 랠프와 잭의 이름이 이 소설의 주인공들과 같죠. 그러니까 『파리 대왕』은 『산호섬』의 흑화 버전이고 패러디인 셈입니다. 골딩이 인간 본성에 대한 정반대의 관점에서 써 내려간 소설이 바로 『파리 대왕』입니다.

인간의 본성에 대한 견해에 따라 교육과 사회화의 방향성이 정해질 거예요. 인간의 본성이 본능에 지배당하는 이기적인 것이라면, 교육은 그런 것을 억누르는 것이어야 하고요. 반대로 인간의 본성이 선하다라면 교육은 그런 선함을 끌어내야 하는 것이어야 합니다.

교육학 분야의 중요한 저서로 칭송받는 장 자크 루소의 『에밀』은 인간이 선하다는 가정하에 인간의 본성을 끄집어내는 교육을 어떻게 할 것인가를 가상의 아이인 에밀을 통해 보여주는 책이라고 전작 『지식 편의점: 생각하는 인간』 편에서 이야기한 적 있습니다. 하지만 정작 장 자크 루소는 자신의 다섯 아이를 잘 키울 자신이 없다는 이유로 고아원에 보내버린 사람이라는 이야기도 했었죠. 이론적으로 사람은 선하다고 했지만, 정작 그 자신은 선한 아버지라고 하기는 어려워 보입니다.

우리 안에는 어떤 본성이 자리하고 있을까요? 인간은 동물에 불과하므로 그냥 놔두면 본능만 남은 야생의 상태가 되는 걸까요? 아니면 동물과는 다른 그 어떤 특수한 것이 인간이라는 아우라를 만들어주는 걸까요? 그렇지 않으면 사람마다 다른 걸까요?

살아가면서 느끼는 것이지만 나이가 들고 교육을 받으면서 이성이라는 탈은 더 두꺼워지지만 그럴수록 내면에는 동물적인 이기심과 적자생존에 대한 믿음이 더 단단히 자리 잡는다는 생각이 듭니다.

여러분의 청소년기를 떠올려보세요. 그리고 어른이 된 지금, 그때와 현재는 어떻게 다른가요?

SECTION 3

✦

사랑의 여러 색깔

개츠비는 정말 위대할까?

스콧 피츠제럴드 『위대한 개츠비』

자이가르닉 효과와 첫사랑

가족의 사랑, 친구들의 우정, 이런 과정들이 지나가고 2차 성징이 나타나면 이성에 대한 관심과 호기심이 자라나면서 첫사랑을 느끼는 경우가 많습니다. 하지만 이런 감정은 그전에 느껴보지 못했던 완전히 새로운 것이기 때문에 대부분 어떻게 컨트롤해야 하는지, 그리고 스스로 어떻게 처신해야 하는지 알 수 없어 우왕좌왕합니다.

학교 교육 사이클은 이런 시기와 어긋나 있잖아요. 한참 이성에 관심이 생길 만한 신체적 사이클을 무시하고, 이 시기에는 공부에 몰두해야 한다고 몰아붙입니다. "대학 가면 이성 친구 생긴다"는 말은 학창 시절 엄마에게 듣는 3대 거짓말 중 하나입니다. 참고로 나머지 2개는 "대학가면 살 빠진다"와 "학교 갈 시간 지났다"입니다.

그런데 이런 분위기는 지금뿐만 아니라 예전에도 마찬가지였던 것 같아요. 첫사랑에서 시작된 연애가 실제 결혼까지 이어지는 예는 많지 않지요. 그래서인지 첫사랑은 언제나 아련한 느낌입니다. 이루어지지 않는다는 느낌이 강하니까요. 자이가르닉 효과Zeigarnik effect(미완성 효과)라는 것이 있어요. 소련의 심리학자 블루마 자이가르닉이 발견한 것인데요, 사람들은 완료되지 않은 작업이나 중단된 작업을 더 잘 기억한다는 것입니다. 반대로 완성된 것은 기억에 오래 남지 않는다고 하죠. 그래서 미완으로 남은 첫사랑은 계속 생각나고, 언제나 아쉬운 느낌이 드는 겁니다.

하지만 이런 첫사랑의 운명을 거부하고, 첫사랑을 어떻게든 다시 살려보고자 노력하는 사람들이 있습니다. 그리고 그런 사람들의 대명사 같은 이름이 바로 개츠비입니다. 사실 개츠비의 행각을 보면 스토킹이 아닌가 하는 생각이 들 정도이지만, 일단 명분 자체는 첫사랑에 대한 이야기니까요.

개츠비는 왜 위대한가?

『위대한 개츠비』는 〈타임〉 선정 세계 100대 영문 소설, 뉴스위크 선정 100대 명저, BBC 선정 반드시 읽어야 할 고전 등 모든 주요 매체의 추천 도서에 이름이 올라 있지만, 사실 직접 읽어본 사람은 많지 않은 책이기도 합니다. 영화화도 많이 되어서 레오나르도 디카프리오가 주연을 맡은 작품도 있습니다.

많은 성공한 소설들이 그렇듯 『위대한 개츠비』는 추리소설 기법을 차용했습니다. 도대체 왜 개츠비는 연일 화려한 파티를 해대며, 왜 주인공인 닉에게 친절하게 구는가? 무엇보다 개츠비는 누구인가? 물론 이에 대한 대답은 대부분 소설 안에 설명돼 있습니다. 하지만 정말 중요한 의문에 대해서는 따로 언급을 하지 않죠. 이 소설을 관통하는 가장 궁금한 질문이자 이 소설의 주제를 나타내는 질문, 바로 '왜 개츠비가 위대한가?' 하는 겁니다. 지금부터 지금부터 그 이야기를 해보도록 하죠.

『위대한 개츠비』는 주인공 닉이 증권업을 하려고 서부에서 동부로 이사 오는 것으로 시작됩니다. 닉은 친척 동생 데이지와 그와 결혼한 예일대 동창인 친구 톰네 집에 놀러 갔다가, 우연히 옆집 남자인 개츠비에 대해 듣게 됩니다. 매 주말 그야말로 돈으로 바른 화려한 파티를 여는데, 어디서 온 사람인지 모르겠다는 다소 신비한 이야기였죠.

어느 날 닉은 바로 그 개츠비에게 초대장을 받고, 파티에 참석해 개츠비와 친분을 맺게 됩니다. 알고 보니, 개츠비는 닉을 통해 닉의 친척 동생인 데이지를 만나고자 한 것이었지요. 그리고 또 알고 보니 개츠비는 5년 전 데이지와 사랑하는 사이였지만, 가진 돈이 없어 헤어진 뒤 돈을 벌기 위해 밀주업에 뛰어드는 등 여러 가지 불법적인 방법으로 돈을 모았습니다. 지금이야 술을 파는 곳이 흔하지만 당시의 미국에서는 금주법이 시행돼 밀주는 마약을 거래하는 것이나 마찬가지였거든요.

그런데 그 사이를 데이지의 남편 톰이 방해합니다. 이는 남편의 당연한 권리이지만 군이 방해라는 표현을 쓴 것은 이때 톰에게는 몰래 만나는 이른바 정부가 있었거든요. 모든 사람이 다 알고 심지어 아내인 데이지가 알 정도로 티를 내면서 만나는 상황이었으니 몰래라는 표현은 좀 어색하기도 하네요.

여하튼 톰은 자신의 정부가 교통사고로 죽자 그녀의 남편에게 그것이 개츠비의 짓이라고 이야기해서 그가 총으로 개츠비를 쏘게 만들고 그 역시 자살하게 만듭니다. 사실 자동차를 운전한 건 개츠비가 아니라 그의 아내 데이지였습니다.

개츠비가 죽자 그 많던 파티 손님들 중 장례식에 오는 사람은 아무도 없었어요. 심지어 데이지조차도 외면하죠. 장례식을 치러준 닉이 고향인 서부로 돌아가면서 이 소설은 끝납니다.

황금 모자를 쓴 개츠비

이렇게 자세한 줄거리를 알고 난 뒤에도 의문은 풀리지 않습니다. 오히려 더 배가되지 않나요? 개츠비가 한 일이 위대하기는커녕 스토킹 비슷하기도 하고, 찌질한 느낌만 강하게 들거든요. 사실 이 책의 작가 스콧 피츠제럴드가 처음에 고집한 제목은 '트리말키오'나 '황금 모자를 쓴 개츠비'였다고 합니다. 트리말키오는 서기 1세기 고대 로마의 작가 페트로니우스가 쓴 소설 『사티리콘Satiricon』에 등장하는 사람의 이름인데요, 벼락부자가 된 젊은이가 매일 초호화 연회를 베풀고 산해진미를 먹으며 방탕과 허영을 즐기는 이야기입니다. 트리말키오는 당대 로마인들의 경박함을 풍자한 인물이었습니다. 피츠제럴드가 이 제목을 고집했다는 것 자체가 작가가 개츠비를 그렇게 위대하다고 생각하지 않았다는 증거가 되는 거죠. 그가 고집한 또 다른 제목이 '황금 모자를 쓴 개츠비'였다고 하니, 금권 만능주의의 풍자적 인물로 개츠비를 생각했다는 것을 알 수 있습니다.

그런데 당시 출판사의 담당 편집자가 『위대한 개츠비』를 강력하게 주장해서 이 제목이 되었다고 하죠. 여기에는 두 가지 설이 있습니다. 당시 히트했던 알랭 푸르니에의 소설 『위대한 몬느』에서 이름을 따왔다는 이야기도 있고요, 당대에 마술사들이 공연할 때 '위대한'이라는 수식어로 소개하는 것에서 제목을 따왔다는 이야기도 있어요. 1939년에 발표된 소설 『오즈의 마법사』도 원제는 『위대한 오즈의 마법사』였어요. 그런데 이게 약간 비꼬는 의미도 있어요. 우리로 치면 "동남아 순회 공연을 방금 마치고 돌아온" 같은 느낌인 것이죠.

앞의 설이 맞다면 '위대한'이라는 수식어는 개츠비의 좋은 점에 초점을 맞춘 것이라고 보면 됩니다. 『위대한 몬느』는 현실 속에서 초연하게 자신의 이상을 실현하는 몬느라는 사람의 이야기이니까요. 뒤에 설이 맞다면 개츠비의 나쁜 점에 초점을 맞춘 반어적인 제목이라는 뜻이 됩니다.

그래서 이 소설에 대한 관점도 두 가지로 갈립니다. 개츠비라는 캐릭터를 부정적으로 보는 사람은 이미 떠난 사랑에 집착해서 호화 파티를 열고, 남편이 있는데도 무작정 들이대는 모습들을 보면서 정상적인 사람은 아니라고 생각하죠. 어쩌면 개츠비는 불법적으로 돈을 벌고, 부자가 된 후 돈이 없어 힘들었던 과거의 자신에게 보상해주기 위해 데이지에게 집착한 것인지도 모릅니다. 그러니까 '위대한'이라는 말은 '트리말키오'라는 제목을 고집했던 피츠제럴드의 원래 생각처럼 그저 비꼬기 위한 제목일 가능성이 높습니다.

하지만 작품은 작가의 의도도 중요하지만 독자들에게 어떻게 읽히느냐가 더 중요하잖아요. 그런 면에서 볼 때 독자들은 개츠비를 순수의 상징처럼 생각하는 경향이 있습니다. 이 소설은 미국이 청교도 정신을 잃어버리고 점점 금권주의로 변해가던 시절을 풍자한 게 분명히 맞거든요. 이런 시대에 개츠비가 악착같이 돈을 번 이유는 돈을 숭배하는 데이지를 만족시키기 위해서였습니다. 모두 돈만 쫓는 사회에서 개츠비는 사랑을 쫓았던 사람인 거지요. 그 사랑 때문에 개츠비는 자신이 이룩한 모든 것을 아낌없이 버립니다. 물질 만능주의 속에서도 순수한 사랑을 지키려 했던 인물이기 때문에 '위대한'이라는 수식어가 붙는 거라고 생각하는 겁니다.

그런데 제가 보기에는 개츠비 역시 물질만능주의의 다른 모습인 것 같아요. 목적이 돈이 아니라 사랑이었을 뿐 목적을 위해서는 어떤 수단이든 괜찮다는 생각은 똑같이 위험한 거거든요. 물론 소설 속에서 개츠비는 죽음으로 그 값을 치렀습니다. 현대 사회의 문제도 마찬가지입니다. 돈을 쫓는 게 문제가 아니라, 목적을 달성하기 위해서 수단의 도덕성이나 정당함 따위는 아랑곳하지 않는 게 문제가 됩니다.

사랑이라는 목적을 위해 돈 따위는 아랑곳하지 않는 개츠비. 그래서 속물적인 사람들 사이에서 주인공인 닉에게 "당신이 더 가치 있다"는 소리를 듣지만 결국 죽음으로 결말을 맞이하게 되죠. 목적은 수단이 정의로울 때 더 빛난다는 점을 잊어서는 안 되겠습니다.

하루키의 위대한 개츠비

피츠제럴드 살아 생전에 『위대한 개츠비』는 사실 그렇게 히트한 작품이 아니었어요. 그런데 두 번 정도 도약할 기회가 있었거든요. 한 번은 이 책이 2차 세계대전 당시 진중문고로 뽑혀서 유럽으로 참전하러 떠난 젊은이들이 읽는 소설이 된 거죠. 피츠제럴드가 1차 세계대전에 참전한 참전 용사였기 때문에 2차 세계대전에 참전하는 젊은이들에게 전쟁에 갔다 와서 이렇게 작가로 성공한 사람도 있다는 본을 보여주기 위해, 미군이 이 책을 선정했다고 합니다. 경위야 어찌됐든 2차 세계대전에 참전한 젊은이들이 이 책을 읽게 되었고, 당시 세대에게 큰 영향을 미치게 됩니다.

동양권에서는, 특히 일본에서 개츠비는 사랑을 듬뿍 받고 있습니다. 오죽하면 개츠비의 이름을 딴 머리 왁스 갸스비가 있을 정도입니다. 이렇게 된 원인 중 하나는 무라카미 하루키 때문입니다. 하루키는 그의 출세작 『노르웨이의 숲』, 한국에서는 『상실의 시대』라고 출판되었던 책에 주인공인 와타나베의 선배인 나가사와가 "『위대한 개츠비』를 세 번 읽은 사람이면 나와 친구가 될 수 있지"라고 말하는 대목을 넣을 정도로 이 책의 영향을 깊이 받았습니다.

『노르웨이의 숲』을 보고 개츠비에게 관심을 가지게 된 사람들이 『위대한 개츠비』를 읽고 그렇게 좋은 작품은 아니라고 하루키를 욕하기도 했다지만, 『노르웨이의 숲』의 이 언급이 한국을 비롯한 동양권에 『위대한 개츠비』를 알린 중요한 계기가 된 것은 사실입니다.

첫사랑은 그 시절에 있을 때 가장 아름답다

『위대한 개츠비』는 첫사랑에 대한 이야기입니다. 하지만 일그러진 첫사랑이죠. 첫사랑과 이어지는 사람도 있긴 하지만 사랑이라는 감정이 처음 생겼을 때의 서투름과 낯섦 때문에 당황한 채 끝나는 경우가 대부분입니다.

첫사랑은 사실 가만히 보면 외모 지상주의에 기반하는 경우가 많습니다. 누군지도 잘 모르고 외모만 보고 반하는 경우가 다반사인데, 서로 다른 두 사람이 외모만 보고 서로에게 이상적인 짝을 찾기는 굉장히 힘든 일입니다. 그보다는 두 번째, 세 번째 사람을 만나가며 속 깊은 대화를 통해 자신과 잘 맞는 이성을 찾아가는 쪽이 자연스러운 모습이겠죠.

처음부터 이렇게 어른의 연애를 하기는 당연히 힘듭니다. 그래서 누구에게나 서툰 첫사랑의 추억은 존재하고, 그건 항상 아련한 기억으로 남기 마련이에요. 다만 그 첫사랑의 기억에만 머물러 있는 것은 상당히 위험합니다. 이는 과거에 집착하는 일이라 바람직하지 않습니다. 피천득은 수필 「인연」에서 첫사랑인 아사코를 다시 만나는 이야기를 썼는데 "세 번째에는 다시 만나지 않는 게 좋았겠다"라는 표현이 나옵니다.

첫사랑은 대부분의 사람이 겪는 감정입니다. 사실 주어지는 정보가 별로 없는 상태에서 이성으로서 좋아하다 보니, 이것저것 따지지 않고 오로지 느낌만 보고 사랑에 빠지기 마련입니다. 그러다 보니 순수하게 조건 없이 사랑한 듯한 기억을 갖게 됩니다. 나이가 들며 한 사람을 좋아하기 위해서는 여러 가지 단계와 조건들이 있어야 함을 경험적으로 체득하게 되면서 첫사랑은 순수한 감정이라고 착각하게 되는 경향이 있죠.

첫사랑처럼 어린 시절에 느꼈던 여러 가지 감정들이 '순수'라는 이름으로 포장하여 현실과 비교하는 경우가 있습니다. 순수한 시절에 생각한 사회의 모습과 현실 속의 사회는 당연히 다를 수밖에 없습니다. 그래서 어린 시절의 순수에 집착하게 되기도 하는데요. 다시 돌아갈 수 없는 아련함이 있죠. 하지만 어린 시절은 어린 시절의 감성 안에 놓아두는 것이 가장 좋습니다. 박제된 어린 시절의 감성을 현재로 가져와서 기준으로 삼게 되면 앞으로 나아가는 것이 힘들어질 테니까요. 어린 시절의 여러 가지 사건이나 경험들이 좋은 기억일 수도 있고 나쁜 기억일 수도 있지만, 그런 것들은 어른이 되기 위한 과정이자 거름일 뿐입니다. 제한된 정보와 경험으로 단편적으로 형성된 세계관이기도 하고요. 어린 시절의 생각과 감정들을, 순수라는 이름으로 과거 회귀의 핑계로 삼기보다는 추억이라는 이름으로 지금을 살아가는 동력으로 삼는 게 어떨까요?

쇼팽의 첫사랑

첫사랑의 아이콘들이 여럿 있지만 저는 쇼팽의 첫사랑이 가장 우리와 닮은 것 같아요.

사실 피아니스트 쇼팽은 프랑스 낭만주의의 대표적인 소설가 조르주 상드와의 연애로 유명합니다. 당시 대표적인 '인싸'이자 급진적인 여성이었던 상드는 쇼팽보다 나이가 여섯 살이나 많았고 아이도 둘 있는 이혼녀였는데요, 그녀는 쇼팽과 동거를 합니다. 유명 연예인 중에 이런 행보를 보이는 사람이 있으면 지금도 대중의 시선이 곱지 않을 텐데요, 이때는 지금으로부터 200여 년 전입니다. 말하자면 이런 애정 행각을 벌이려면 많은 사람의 비난을 감수할 수밖에 없는 상황이었는데요, 쇼팽은 이런 연애를 주도한 것은 아니지만 그렇다고 거부하지도 않았습니다. 그야말로 파리 사교계와 문화계가 주목하는 연애를 하게 된 것이지요.

그런데 이런 쇼팽도 첫사랑에서는 순수를 넘어 숙맥 같은 모습을 보였습니다. 쇼팽의 첫사랑은 18세 때 만난 콘스탄차 글라드고프스카라는 성악하는 소녀였습니다. 그녀와 폴란드 음악원을 같이 다녔는데요, 쇼팽은 그녀의 노래에 반주를 해주기도 했다네요. 쇼팽은 평생 총 33곡의 가곡을 남겼는데, 그중 11곡이 그녀를 위해 이 시기에 작곡한 것이라고 합니다.

하지만 이 곡들을 그녀에게 헌정하지는 못했던 듯해요. 쇼팽이 친구에게 쓴 편지를 보면 자신의 이상형을 만났지만 말 한 번 걸어보지 못하고, 밤마다 6개월째 꿈속에서만 만나고 있다고 했거든요. 그러면서 〈피아노 협주곡 2번 F단조의 2악장 아다지오〉는 그녀를 생각하며 만든 노래라는 것을 일러둡니다. 이 곡은 봄날의 아름다운 달빛 아래 행복했던 추억을 떠올리는 느낌을 줍니다. 그러니까 좋아하는 여자에게 오늘은 건네야지 생각하고 장미꽃을 샀지만 건네주지 못하고 집으로 가져가 말리기 시작한 장미가 스무 송이쯤 되는 형국이라고 생각하면 될 것 같아요.

쇼팽이 폴란드를 떠나기 전에 바르샤바 국립극장에서 콘서트를 열었는데, 이때 콘스탄차가 보는 앞에서 이 노래를 초연했다고 하네요. 그리고 이 무대에서 콘스탄차 역시 노래를 불렀다고 해요. 이 정도면 음악을 사랑하는 젊은 연인들이 같이 미래를 꿈꾸며 열심히 공연하고 연습하는 그런 모습이 떠오르잖아요. 그런데 콘스탄차는 쇼팽이 죽은 후에야 그의 전기를 보고 자신이 그의 첫사랑이었다는 것을 알았다고 합니다. 그러니까 쇼팽은 그렇게 같이 음악원을 다니고, 심지어 공연도 같이 했으

면서도 좋아하는 것을 티 내기는커녕 말 한 번 제대로 걸어보지
못한 겁니다.

　뭐 쇼팽뿐이겠습니까? 쇼팽이라는 이름에 자신의 이름을 넣
고, 콘스탄차라는 이름에 여러분의 첫사랑 이름을 넣어도 이 스
토리가 많이 달라지지는 않죠? 첫사랑이니까요.

어떻게 사랑이 안 변하니?

프랑수아즈 사강 『브람스를 좋아하세요…』

사랑은 변하는 걸까

한국 영화의 명대사들이 있습니다. 영화의 분위기, 배우의 연기력, 대사의 적절성 등 여러 가지가 다 맞아떨어졌을 때, 관객들이 오래 기억하는 대사가 탄생합니다. "밥은 먹고 다니냐?"(〈살인의 추억〉, 송강호), "나 이대 나온 여자야"(〈타짜〉, 김혜수), "살아 있네"(〈범죄와의 전쟁〉, 하정우) 같은 대사들이 바로 그렇습니다.

그런데 이렇게 살짝만 봐도 명대사라는 말보다는 유행어에 가까운 느낌이 있습니다. 그 증거로 아마 저 대사들을 읽으면서

음성 지원이 되는 듯한 착각이 드셨을 거예요. 읽어도 그냥 안 읽고 배우들의 어조를 따라 읽게 되잖아요. 그런데 이런 여러 조건 없이 정말 내용 면에서 오래 기억에 남는 대사가 하나 있습니다. 왜냐하면 이 내용은 평생을 두고 고민하고 이해하려고 해봐도 잘 모르겠는 얘기라서, 많은 분이 이 대사에 공감하면서도 또 한심해했거든요.

"어떻게 사랑이 변하니?"(〈봄날은 간다〉, 유지태)

순수함을 믿는 나이는 개인마다 다르지만, 그 기준이 어떻든 간에 바로 그 기준으로 밑에 있는 사람들은 사랑이 변할 수 있다는 생각에 놀랐고, 반대로 그 기준 위에 있는 사람들은 사랑이 안 변할 수 있다고 생각하는 사람이 있다는 것에 놀랐습니다.

과거부터 지금까지 수많은 문학작품이나 영화들에 그려져 있듯이 사랑은 변하지 않는 걸까요? 문학작품들의 사랑은 연인들이 만나서 결혼하기 전까지의 이야기는 많이 담아내지만, 결혼한 후에 구체적으로 어떻게 살았는지에 대한 고찰들은 대부분 하지 않습니다. 신데렐라와 왕자는 결혼에 성공하지만, 사실 집안 환경과 살아온 배경이 너무 다른 이 두 사람이 평범한 결혼 생활을 영위했으리라고는 생각하기 힘듭니다.

아름다운 사랑으로 남은 연인들은 비극적으로 맺어지지 못했을 때 오히려 시간 속에 영구 소장되곤 합니다. 로미오와 줄리엣이 비극적 최후를 맞지 않고, 30~40세가 되어서 자기들과 똑같은 아이들을 낳고, 가출한 아이들을 찾아 동네를 헤매는 결말이라면 감동이 덜했을 겁니다.

오필리어는 연인이었던 햄릿이 자신의 아버지를 죽인 것을 알고 미쳐서 결국 물에 빠져 죽고 맙니다. 그런 스토리가 있기에 오필리어는 존 에버렛 밀레이의 그림에 담겨 런던 테이트 갤러리에 영구 소장될 수 있었던 겁니다.

그렇다면 사랑은 변하는 거니까 유효 기간이 다하기 전에 박제해야 하는 걸까요?

사랑의 유효 기간이 900일인 이유

실제로 사랑에는 유효 기간이 있다는 연구 결과가 있습니다. 미국 코넬대학교 인간행동연구소의 신시아 하잔 교수는 2년 동안 미국인 5000여 명을 대상으로 심층 인터뷰를 하면서 연구를 합니다. 그 결과 사랑의 유효 기간은 평균 18~30개월 정도라는 결론을 내립니다.

그러니까 사랑의 유효 기간은 900일 정도라고 할 수 있습니다. 사랑에 빠지면 뇌의 미상핵 부분이 활성화돼서 도파민이 분비되는데, 이 도파민이 바로 사랑에 빠지게 하는 마법의 가루입니다. 도파민이 분비되면 기쁨이 샘솟고 행복한 감정에 빠집니다. 이성을 볼 때의 두근거림이나 아무리 피곤해도 늦게까지 같이 있고 싶은 열정 같은 것들은 모두 이 호르몬의 작용이에요.

그런데 사랑에 빠지고 1년만 지나도 도파민의 분비는 50퍼센트로 줄어든다고 해요. 사랑의 초창기에는 미상핵의 활동이 늘어나서 열정적이고 감정적으로 판단하지만 시간이 지날수록 미상핵 활동은 줄고 대뇌피질의 활동이 늘어 이성적으로 판단하게 됩니다. 흔히 말하는 대로 콩깍지가 벗겨지는 것이지요.

그런데 왜 하필이면 900일일까요? 언제나 사람들을 동물처럼 생각하기 좋아하는 진화심리학자들은 남녀가 만나 사랑을 하고 아이를 낳아 그 아이가 혼자서도 생존할 수 있게 되기까지 필요한 최소한의 시간이 900일이라는 근거를 댑니다. 여기에 맞춰서 인간이 진화한 결과라는 거죠.

900일이라는 시간에 동의하지 않더라도, 처음 만났을 때 느꼈던 사랑의 감정을 그대로 유지하는 사람이 드물다는 데는 동의할 겁니다. 나이 들어서도 좋은 사이를 유지하는 노부부들의 감정은 열정적 사랑보다는 동지적 우정에 더 가깝습니다.

『브람스를 좋아하세요…』의 작가 프랑수아즈 사강 역시, 사랑은 변한다는 것에 전적으로 동의합니다. 이 작품을 출간했을 때 인터뷰하다가 기자에게 이런 질문을 받았습니다.

"사랑을 믿습니까?"

그러자 사강은 지체하지 않고 이렇게 대답했습니다.

"농담하세요? 제가 믿는 건 열정이에요. 그 외엔 아무것도 믿지 않아요. 사랑은 2년 이상 안 갑니다. 좋아요. 3년이라고 해 두죠."

삼각관계

『브람스를 좋아하세요…』는 제목만 놓고 보면 무언가 굉장히 우아하고, 클래식한 내용일 것 같습니다. 그런데 막상 읽어보면 굉장히 통속적인 삼각관계를 다루고 있습니다. 책 내용 전체가 그냥 삼각관계에 대한 이야기예요. 그 외의 내용은 아무것도 안 나옵니다.

보통은 기둥 줄거리에 대한 흥미를 고조시키기 위한 장치로 삼각관계를 사용하는 것이 요즘 영화나 드라마들의 트렌드인데요, 이 책은 삼각관계 자체에 집중을 합니다. 삼각관계 속에 놓인 연인들의 심리를 세밀하고도 감각적으로 묘사하는데, 그게 또 공감이 됩니다. 연애를 여러 번 해본 사람들이 이 작품을 읽으면 고개를 끄덕이게 됩니다. 오래된 연인이 있는 사람들이 읽어도 공감 포인트가 많습니다.

폴과 로제는 오래된 연인인데, 서른아홉 살 여성인 폴은 이제 안정적인 사랑을 찾고 싶어하는 반면, 로제는 여전히 정착하기 싫어하고 폴 몰래 다른 여자를 만나는 생활을 하고 있습니다. 허구한 날 늦는다는 전화를 하고 다른 여자를 만나곤 하죠.

그런데 폴 앞에 스물다섯 살 청년인 젊은 수습 변호사 시몽이 나타납니다. 젊다는 것을 감안하더라도 불 같은 열정으로 시몽은 폴에게 구애하고, 결국 폴은 그 구애를 받아들입니다. 하지만 결국 폴이 로제를 다시 받아들임으로써 이 관계는 원점으로 회귀하게 되죠.

로제와 폴의 입장에서 보면 권태로웠던 오래된 연인 사이에 새로운 긴장감을 주는 인물이 나타나서, 삼각관계를 만들고 질투를 유발해서 사랑의 열정을 되찾는다는 이야기입니다. 하지만 사강은 이미 어렸을 때 천재라는 타이틀을 달고 데뷔한 소설가입니다. '그 후 폴과 로제는 서로의 소중함을 알고 행복하게 살았다' 같은 식으로 이야기를 아름답게 끝내지 않아요. 소설의 마지막 부분은 이렇습니다. 로제에게서 늦는다는 전화가 걸려옵니다. 그리고 또 폴은 기다리죠. 그러니까 이 모든 일이 일어나기 전과 똑같은 상태로 끝나버립니다.

물음표가 아닌 말줄임표

『브람스를 좋아하세요…』의 줄거리 자체는 지극히 단순하지만 등장 인물들의 심리와 선택 그리고 통찰들이 눈 떼기 힘든 매력을 줍니다. 거의 60여 년 전 작품인데도, 감각적인 전개와 문체가 일품입니다. 그리고 『브람스를 좋아하세요…』라는 제목부터 정말 감각적이지 않나요?

사실 저는 브람스를 그다지 좋아하지 않습니다. 베토벤의 열정이나 모차르트의 반짝임에 비해 브람스는 좀 밋밋한 느낌이잖아요. 좋다, 나쁘다는 평가가 아니라 그냥 저 자신의 개인적인 호불호니까 이해해주시기 바랍니다. 그런데 "브람스를 좋아하세요?"라는 말은 멋진 것 같아요. 데이트를 신청할 때 "영화 보러 갈래요?" 하는 것보다 "크리스토퍼 놀란 감독의 작품을 좋아하세요?"라고 물으면 뭔가 취향을 존중해주는 것 같고, 있어 보이는 효과가 나잖아요.

그리고 은근한 맛도 있죠. "영화 보러 갈래요?"에 대한 대답은 예 아니면 아니오인데, 그건 곧 데이트에 대한 수락 아니면 거절이죠. "크리스토퍼 놀란 감독의 작품을 좋아하세요?"에 대한 대답도 예 아니면 아니오지만 이때 "예"는 데이트를 수락하는 의미가 되는 반면, "아니오"라고 답했다고 해서 반드시 거절이라고는 할 수 없습니다. 놀란 감독의 작품을 안 좋아하는 것이지 데이트는 거절하지 않는 것으로 해석할 수 있거든요. (뭐 사실 반대이기도 합니다. "예"라고 답했다고 해서 데이트를 수락한 건 아닐 수도 있죠. 그냥 자기 듣기 좋게 해석하는 거예요.)

실제로 소설 속에서도 이 말은 시몽이 브람스 연주회에 같이 가겠냐며 폴을 초대하는 과정에서 나옵니다. 그 전에는 계속 어리다는 이유로 거리를 두던 폴이 시몽의 구애에 처음으로 약간이나마 반응한 질문입니다.

프랑스에서는 브람스가 그다지 인기 없어서인지 브람스가 주는 의미는 모차르트나 베토벤이 주는 의미와는 조금 다릅니다. 음식 먹는 상황으로 예를 들자면 치킨 같은 경우는 "오늘 치킨 먹으러 가자"라고 쉽게 말할 수 있지만, 호불호가 갈리는 카레 같은 것을 먹을 때는 "혹시 카레 좋아하시나요?"라고 한 번 물어본 뒤 권하게 되는 거죠.

그러니까 그냥 "브람스 음악회에 갑시다"라고 말하는 것보다 "브람스를 좋아하세요?"라고 물어보는 것은 일상적인 상황에서, 한 번 더 자신의 취향을 생각해보게 하는 환기 효과가 있습니다. 그리고 사실 브람스가 누구나 좋아하는 베토벤이나 모차르트가 아니기도 하고요, 그러니까 일반적인 선택은 분명히 아니거든요. 그런 의미에서 "브람스를 좋아하세요…"라는 질문은 평범한 일상과 관성에 보내는 시몽의 초대 메시지라고 할 수 있습니다.

이 소설에서 시몽은 폴보다 열네 살 어린 것으로 나옵니다. 지금부터 60년 전에 열네 살 연상인 여성과 사랑에 빠진다는 것은 사실 남자보다 여자에게 더 큰 모험이었습니다. 지금도 크게 다르진 않지만요. 그래서 시몽의 초대 메시지는 '?'가 아니라 '…'인 거예요. 강력한 대시인 거죠.

그래서 이 책의 제목을 정할 때 사강이 특별히 강조한 것은 책 제목에 절대 물음표가 아니라 말줄임표를 붙여달라는 것이었대요. 실제로 상대방의 의견을 묻는 의미가 아니라는 것을 강조하고 싶었던 것이죠.

브람스의 리얼 러브 스토리

브람스는 단순히 취향 존중의 은유로만 쓰인 것은 아니에요. 브람스에게는 사실 애절한 사랑 이야기가 있습니다. 브람스는 스무 살 무렵 처음으로 슈만 부부를 만납니다. 작곡가 로베르트 슈만과 그의 아내 클라라 슈만이에요. 로베르트 슈만은 브람스의 재능에 감탄해서 평론으로 그를 치켜세워주며 세상 사람들에게 소개합니다. 하지만 로베르트 슈만은 브람스를 만난 지 3년 만에 죽고 말아요.

그리고 클라라 슈만과 브람스가 남아요. 이들의 사랑을 세기의 사랑으로 표현하는 사람도 있지만, 이들은 여사친과 남사친으로 40년 동안이나 동반자적 관계로 지냈습니다. 피아니스트이기도 했던 클라라와 작곡을 했던 브람스는 서로에게 든든한

지지자가 되어주었습니다. 브람스도 결국 미혼으로 죽고, 클라라도 재혼하지 않고 죽거든요.

클라라와 브람스의 나이 차이는 열네 살입니다. 물론 클라라가 열네 살 많았지요. 그러니까 이 소설에서 브람스를 가져다 쓴 것은 바로 클라라와 브람스의 스토리를 차용한 효과도 있는 거예요. 작곡가 브람스 역시 열네 살 연상인 클라라 슈만에게 평생 연정을 품은 셈이지만, 결국 이어지지 않았듯 시몽과 폴은 처음부터 이어질 수 없게 설정되어 있었던 것인지도 모르겠습니다.

사랑의 제조일

사랑의 영속성을 믿지 않았던 사강은 단순히 나이 차이와 맺어지지 않는다는 결말 때문에 브람스를 차용한 것일까요? 아니면 자신의 말과는 달리 브람스와 클라라 사이에 존재했던 아가페적인 사랑의 가능성을 보고 브람스를 표제로 삼은 것일까요?

『브람스를 좋아하세요…』의 결말을 보면 사강이 희망적이고 감상적인 말을 건네는 작가는 아닌 것으로 보입니다. 폴이 시몽이 아닌 로제를 다시 택한 이유는 시몽과의 사랑 역시 3년 정도 지나면 로제와의 관계와 다를 바 없을 것이라고 생각했기 때문일 수도 있습니다. 그럴 바에는 익숙한 로제와의 관계를 지속하는 것이 편하다고 느낄 수도 있죠. 그리고 이미 열정이 다했지만 이성적인 이해와 정으로 어느 정도 고착화된 관계에 안정감을 느꼈을 수도 있고요.

어차피 새로운 사랑을 시작해봤자, 3년 안에 유효 기간이 다할 것이라는 사강의 생각은 자못 염세적인 데가 있습니다. 〈라디오스타〉라는 예능 프로그램에 나와서 남자는 다 "그놈이 그놈"이라는 n년차 유부녀의 깨달음을 전한 가수 이효리의 이야기와 얼핏 통하는 데가 있어 보이기도 합니다.

그리고 이런 생각이 결혼 생활의 평화를 지속시켜준다는 점에서 오히려 안정적인 면도 있죠. 『브람스를 좋아하세요…』의 폴이 새로운 사랑에 들뜨지 않고 그냥 오래된 연인 로제를 선택한 것처럼요.

하지만 돌덩어리 심장을 가지고 사는 것이 편하게 사는 것이라는 깨달음, 사랑은 변하지 않는 것이 오히려 이상한 것이라는 전제는 왠지 서글픈 느낌을 줍니다. 그래도 하나 위안이 되는 것은 사랑에 유효 기간은 있지만, 제조일에는 제한이 없다는 겁니다. 아무리 늦게 시작된 사랑이라도 어쨌든 3년은 간다는 거잖아요.

나는 나를 파괴할 권리가 있을까?

프랑수아즈 사강은 삶이 문학적 재능을 압도해버렸다는 평을 듣는 소설가입니다. 이 작가는 자신의 소설보다 더 소설 같은 삶을 살았거든요.

사강은 「슬픔이여 안녕」이라는 작품으로 19세 때 등단해요. 수녀원 학교에서 퇴학당하고, 클럽을 들락거리고, 담배와 커피가 아침식사였고, 카지노에서 스스로 자신의 인세를 다 탕진했지요. 그래서 프랑스 내무부에 자신을 카지노에 못 가게 금지해 달라고 요청하기도 합니다. 스포츠카를 타다가 전복 사고를 내서 3일간 의식불명 상태에 빠지기도 했던 사강은 자신의 인생을 술, 연애, 속도, 도박, 섹스, 그리고 낭비에 모두 쏟아부었습니다. "드레스란 남자들로 하여금 그것을 벗기고 싶은 충동을 불러일으키지 않으면 의미 없는 물건"이라고 말한 걸 보면 그녀의 삶을 어느 정도 짐작할 수 있습니다.

그야말로 천재 작가 그리고 천재라는 명성에 어울리는 퇴폐적 삶을 살았던 사강. 그녀의 삶이 이런 명작을 만든 것인지, 아니면 그녀의 삶이 보다 더 명작을 만들 수 있는 재능을 방해한 것인지 알 길은 없지만, 그녀의 소설들은 천재가 쓴 소설은 이런 것이구나를 느끼게 해줍니다. 60년이 지났지만 그 감각과 느낌의 공유는 최근 작품이라 해도 손색없거든요.

1995년 사강은 코카인 소지 혐의로 기소되는데, 그때 "타인에게 피해를 주지 않는 한, 나는 나를 파괴할 권리가 있다"라고 한 말은 큰 파장을 일으킵니다. 어떻게 보면 자살에 대한 당위성을 부여하는 말이니까요. tvN의 예능 〈알쓸신잡〉에 출연한 것으로 유명한 소설가 김영하의 초기 대표작이 바로 1996년 발표한 『나는 나를 파괴할 권리가 있다』라는 소설인데요, 자살 조력자에 대한 이야기예요. 김영하는 〈알쓸신잡〉에서 사강의 이 말에서 소설 제목을 따왔다고 고백한 적이 있죠.

그녀의 삶은 현 시대에 가져다 놓아도 문제적일 텐데, 무려 60여 년 전에 이런 말을 했으니, 이건 시대를 앞서갔다기보다는 시대를 초월했다는 표현이 맞을 것 같네요. 점점 개인의 가치가 중요해지고, 개인의 선택을 존중하는 세상이 돼가고 있잖아요. 그렇다면 공동체주의와 종교가 지배하던 세상에서는 말도 안 되는 것으로 치부되었던 '나는 나를 파괴할 권리'는 지금에 와서야 고민해볼 가치가 통용되는 질문이 아닐까요? 지금 시대에야 이 말을 조금 더 진지하게 생각해볼 수 있게 됐습니다.

사람은 사랑 없이
살 수 있나요?

로맹 가리 『자기 앞의 생』

문학사에 두 명의 모모

문학사에는 유명한 모모가 두 명 있습니다. 한 명은 시간 도둑을 잡는 아이죠. 미하일 엔데가 쓴 『모모』라는 책의 주인공 모모입니다. 대한민국의 걸그룹 중 '모모랜드'라는 그룹이 있는데, 이 그룹의 이름이 바로 여기서 따온 것이라고 합니다. 사람들에게 힐링을 선사하는 모모처럼 노래로 사람들을 위로하겠다는 야심찬 그룹명이지요.

또 하나 유명한 모모는 에밀 아자르가 쓴 소설 『자기 앞의 생』의 주인공 모모예요. 예전에 김만준이라는 가수가 포크송으

116

로 〈모모〉라는 노래를 발표한 적이 있습니다.

"모모는 철부지. 모모는 무지개. 모모는 생을 좇아가는 시계 바늘이다. (~) 그런데 왜 모모 앞에 있는 생은 행복한가. 인간은 사랑 없이 살 수 없다는 것을 모모는 잘 알고 있기 때문이다."

이런 가사의 노래인데요. 대학생이던 김만준이 『자기 앞의 생』을 읽고 영감을 받아 작사했고, 이 노래로 전일대학가요제에 참가해서 대상을 받기도 했죠.

에밀 아자르의 『자기 앞의 생』은 그 주제가 매우 선명합니다. 김만준의 노래에도 강조돼 있듯이 바로 '사랑'이죠. 하지만 여기서의 사랑은 『위대한 개츠비』나 『브람스를 좋아하세요…』에서 보았던 그런 사랑과는 조금 다릅니다. 이성간의 사랑과는 다른 층위의, 사람에 대한 사랑입니다. 조금 더 그럴듯하게 포장해서 말하면 '인류애'라는 말을 쓸 수 있겠네요.

인류애의 원형적인 모습

인류애의 원형적인 모습은 그리스 시대의 코스모폴리타니

즘Cosmopolitanism에서 찾을 수 있을 것 같아요. 교과서에서 사해동포주의四海同胞主義라는 말을 배웠을 겁니다. 저는 사해동포라는 말을 들었을 때 왜 사해四海인지 굉장히 궁금했는데, 막상 학교에선 배우지 못했어요. 이 말은 진짜로 4개의 바다를 일컫는다기보다는 천지의 네 방향을 둘러싸고 있다고 믿는 큰 바다를 지칭하는 말입니다. 고대 중국의 지리 개념인 건데요, 그러니까 다분히 상징적인 것이죠. 바다 자체를 지칭하기도 하고요, '5대양 6대주'라는 말처럼 전 세계를 일컫는 말이기도 합니다. 실제로 중국을 4개의 바다와 9개의 주가 펼쳐졌다는 뜻에서 사해구주四海九州라고 일컫기도 하고, 천하통일을 여러 바다를 하나로 모은다는 의미에서 혼일사해混一四海라고 지칭하기도 하지요.

그러니까 사해동포주의는 전 세계 사람이 다 동포라는 개념입니다. 세계 시민이라고도 말하죠. 알렉산더 대왕이 천하통일을 달성했을 무렵, 키니코스Cynics 학파라는 철학자들의 한 유파가 있었습니다. 번역하면 견유학파犬儒學派라고 할 수 있어요. 이들은 행복은 간소한 생활과 제도를 초월한 삶에서 비롯된다고 생각해서 욕망을 초월한 삶을 살아요. 멋있게 표현했지만 사실은 거지 생활을 했지요. 오죽하면 '개 같은 생활'을 하는 학파라고 했겠어요. 굉장히 낯설게 들리는 이름이지만, 이 학파에 속한 철학자의 일화 하나는 아마 대부분 들어보셨을 거예요. 알렉산더 대왕이 이 학파의 한 사람인 디오게네스에게 찾아가 소원이 없냐고 했더니 통 속에 누워 있던 디오게네스가 햇빛이 들어오게 옆으로 조금만 비켜서달라고 했다는 바로 그 일화 말이죠.

사해동포주의는 이렇게 제도권에 속하기 싫어 했던 키니코스 학파가 국가나 폴리스에 소속되는 것을 거부하고 자신들은 '세계의 시민'이라고 공표한 것에서 시작됩니다. 이후 이런 전통은 근대까지 이어지며 칸트나 괴테의 세계 시민 개념과 연결됩니다.

지금은 자본주의 같은 경제 체제가 국가보다 우위에 있는 것처럼 느껴지는 시대입니다. 국가를 뛰어넘는 존재라는 '초국적 기업'이라는 말이 괜히 있는 게 아니죠. 세계 시민이라는 개념이 역사상 그 어느 때보다 어울리는 때이기도 합니다.

또 그만큼 세계인들이 가까우니 인류애가 필요한 시기이며 발휘되기 좋은 때이지요. 하지만 당황스럽게도 세계는 그 어느 때보다 고립주의를 표방하며 개별 국가로 수렴하는 경향을 보이고 있습니다. 공동체임을 표방하며 EU라는 한배를 탔다가 경제적인 이유와 난민 문제로 혼자만 하차해버린 영국의 브렉시트는 고립주의의 상징적인 사건이었죠. 팬데믹 사태 때 백신을 개발한 선진국들이 자국민들에게만 우선 공급하려는 움직임 역시 '세계는 하나'이지만 말뿐일 수도 있다는 것을 여실히 보여줍니다. 옆에 보이는 이웃조차 사랑하기 쉽지 않은데, 너무나 다른 이민족까지 사랑하는 것은 아무래도 무리가 있나 봅니다.

유일무이하게 공쿠르상을 두 번 탄 수상자

에밀 아자르의 『자기 앞의 생』의 결말은 조금 당혹스럽습니다. 뭔가 감동이 스며들어 있을 것 같은 어린아이와 가난의 조합, 그리고 몇몇 사람들이 인생 책으로 뽑는 워딩들을 보면서 저도 모르게 이 책의 결말이 아름다울 수밖에 없을 거라고 짐작한 것 같아요. 물론 전체 주제는 아름답다고 할 수 있지만 마지막 장면만큼은 조금 의외였어요. 약간 뒤통수를 맞은 것 같은 느낌까지 들었으니까요.

그런데 뒤통수는 이 작가의 시그니처인 것 같기도 합니다. 사실 이 책의 작가를 에밀 아자르라고 소개했지만, 이 책을 포털에서 검색해보면 작가가 로맹 가리라고 뜰 겁니다. 로맹 가리는 에밀 아자르의 또 다른 이름입니다. 에밀 아자르는 로맹 가리라는 이름으로 소설을 발표해서 세계 3대 문학상 중의 하나인 공쿠르상을 탑니다. 세계 3대 문학상이라고 하면 보통 노벨 문학상, 영어권 소설이나 영어로 번역된 소설을 대상으로 하는 맨부커상, 그리고 프랑스어권 작가들의 공쿠르상을 말합니다.

공쿠르상은 한 작가에게 두 번 수상하지 않는다는 규칙이 있는데 로맹 가리에게만은 예외였습니다. 하지만 이 예외가 의도한 바는 아니었고요, 로맹 가리가 에밀 아자르라는 사실을 모르고 상을 준 겁니다. 이 두 사람이 같은 인물이라는 사실은 에밀 아자르가 권총 자살을 하면서 비로소 알려지게 됩니다. 그래서 로맹 가리이자 에밀 아자르는 유일무이하게 공쿠르상을 두 번 탄 수상자로 남게 됩니다.

로맹 가리는 1956년에 「하늘의 뿌리」라는 작품으로 공쿠르상을 타지만, 이후 발표하는 작품마다 프랑스 비평가들의 비난을 받아요. 그러다가 1975년 아무도 모르게 에밀 아자르라는 이름으로 『자기 앞의 생』을 발표합니다. 신인 작가 에밀 아자르는 프랑스 문학계에서 엄청난 찬사를 받습니다. 예상 외로 일이 커지자 로맹 가리는 조카인 폴 파블로비치에게 에밀 아자르를 연기해달라고 해서 프랑스 문학계는 에밀 아자르가 로맹 가리의 조카인 줄 알았어요.

여기서 재미있는 일이 하나 벌어집니다. 1977년 로맹 가리가 자신의 이름으로 작품을 발표하자, 비평가들은 조카인 에밀 아자르를 표절하려고 한다고 비난하며 한물간 소설가 취급을 한 것이지요.

로맹 가리의 죽음 후, 6개월 있다가 『에밀 아자르의 삶과 죽음』이라는 작은 책자가 발간되면서 비로소 로맹 가리가 에밀 아자르임이 밝혀지게 되죠. 그야말로 프랑스 비평계는 우스운 꼴이 되고 말았죠. 비평이라는 것이 얼마나 주관적이고 못 믿을 것인가를 보여주는 상징적 사건이라고 할 수 있었습니다.

『자기 앞의 생』의 '충격적' 결말

『자기 앞의 생』의 줄거리는 간단합니다. 로자는 유대인으로 수용소까지 갔지만 살아남은 창녀 출신의 늙은 여자입니다. 늙어서 일을 못하게 된 로자는 돈을 받고 창녀의 아이들이나 고아들을 돌보아주는 일을 해요. 그런 로자가 가장 아낀 아이가 모하메드라는 아이인데, 바로 이 아이가 모모입니다.

모모는 어렸을 때부터 맡겨져서 로자가 마치 자식처럼 기르던 아이인데, 로자가 나이 들어 점점 일을 못하게 되고 맡아 기르는 아이들도 없어지게 되었을 때도 끝까지 남습니다. 모모의 시점과 생각으로 소설이 전개되는데요, 줄거리는 로자가 결국 병들어서 죽어가는 과정이라고 할 수 있어요.

이 소설의 매력은 줄거리가 아니라 모모의 생각을 따라가는 과정에 있습니다. 현실감 있으면서도 현실을 통달한 듯한 모모의 말이나, 모모의 친구 하밀 할아버지의 말 같은 것들이 뼈 때리는 공감을 주면서 명언을 양산하죠. 풍자적인 내용이 많으며 곳곳에서 위트도 찾아볼 수 있습니다.

모모는 일찍 철이 들 수밖에 없는 환경인데요, 사실 모모가 철이 든 상태인지 잘 모르겠어요. 때로는 교활한 어른보다 더 교활하게 머리를 굴리기도 하고, 또 어떤 때는 순진한 어린이보다 더 순진하게 생각하거든요. 필요하면 도둑질도 하지만 주위 사람들에게는 착해요. 하긴 모모의 주위 사람들도 대부분 착합니다. 중요한 건 모모의 주위 사람들 중 흔히 생각하는 프랑스 사회의 메인 스트림에 해당하는 사람은 단 한 명도 없다는 사실입니다. 전부 창녀, 트렌스젠더, 외국인 노동자, 고아, 아랍인, 유태인, 흑인이거든요. 그런데 이런 아웃사이더들이 만드는 사회가 의외로 따뜻해요. 병 때문에 일하기는커녕 종종 정신을 잃고 가사 상태에 빠지는 로자 아줌마와 꼬마 모모가 계속 살 수 있었던 것은 다 주위 사람들의 도움 덕분입니다.

사회의 아웃사이더들이 모여 살아가는 아주 현실적이면서도 힘겨워 보이는 환경 속에서의 이야기인데, 이 소설이 아름답게 기억되는 것은 이들의 삶에 서로가 존재하기 때문일 겁니다. 결국 로자 아줌마가 죽고 모모만 남겨지지만 독자로서 모모가 걱정되지 않는 것은 이 사람들의 존재 때문이겠죠.

앞서 이 책의 결말이 조금 충격적이라고 했잖아요. 그건 마지막 결말에 로자 아줌마가 죽자 모모가 로자 아줌마의 시체를 지하실에 감추고 시체와의 동거를 선택하기 때문이에요. 썩어가는 로자 아줌마의 시체 곁에 같이 누워 있는 모모가 사람들에게 발견되면서 이 기묘한 동거는 끝나게 되지만, 이 사건이 엽기적으로 느껴지지 않는 이유는, 모모가 로자 아줌마를 사랑하는 방식이라는 것을 우리 모두 알 수 있기 때문이죠. 치매에 걸려 죽어가는 로자 아줌마의 소망은 집에서 나가지 않는 것이었습니다. 모모는 로자 아줌마의 희망을 충실하게 수행한 것이지요.

사람은 사랑 없이 살 수 없다

『자기 앞의 생』이라는 제목은 인상 깊긴 한데 사실 뜻이 정확하게 전달되지 않잖아요. 프랑스 원어로 보면 자신에게 있는 생이라는 뜻이라기보다는 여생이라고 할 수 있습니다. 그런데 여생은 나이든 어르신들에게 남아 있는 생이라는 의미가 강하니까요, 이것보다는 시간적으로 자신의 앞에 있는 생. 미래에 다가올 생이라는 뜻으로 받아들이는 것이 좋을 것 같아요. 그러니까 '자기 앞의 생'은 모모 앞에 놓인 다가올 미래인 거죠.

모모의 과거가 밝혀지는 (정확히 말하면 부모가 누구인지 밝혀지는) 장면에서 모모는 그 과거에 연연하지 않아요. 오히려 주변 사람들이 그 과거를 숨기려 하죠. 모모에게 중요한 것은 어렵고 힘든 우리 사회의 아웃사이더들이 가진 암울한 과거가 아니라, 그 사람들이 모여서 같이 만들어가는 관계입니다. 그러니까 사람들 사이의 사랑이 만들어가는 '희망'이라는 미래가 아닌가 싶습니다.

이 책의 앞부분에서 모모가 하밀 할아버지에게 묻습니다.

"사람은 사랑 없이 살 수 있나요?" 할아버지는 직접적으로 대답하지 않아요. 사실 이 책 전체가 그 질문에 대한 대답을 보여준다고 할 수 있습니다. 그리고 쐐기를 박듯 모모가 마지막에 말하죠. 사람은 사랑할 사람 없이는 살 수 없다고요. 모모가 이야기하는 마지막 문장도 "사랑해야 한다"였죠.

사랑할 만한 가치가 있는 대상을 사랑하는 것은 손쉬운 일이지만 사랑할 만한 가치가 없는 것을 사랑하는 일은 무리한 일이에요. 인류애는 저절로 나오는 것이 아니라 생각하고, 의식하고, 연습해야 가능한 것 같아요. 일단은 아직 의미를 부여받지 못한 것들을 찾아서 사랑할 만한 가치가 있는 관계를 만드는 것을 연습해보면 좋을 것 같습니다. 이런 노력들이 계속 이어진다면 그래도 어제보다 오늘 세상이 좀 더 나아지지 않을까요. 사람은 사랑 없이 살 수 없으니까요.

SECTION 4

✦

사회와의 투쟁

가벼움과 무거움의
황금 밸런스는?

밀란 쿤데라 『참을 수 없는 존재의 가벼움』

제5전선

〈미션 임파서블〉은 세계적인 영화 스타 톰 크루즈의 대표적인 프랜차이즈 영화 시리즈입니다. 원래는 TV 드라마 시리즈로 유명한 작품인데, 이것을 영화로 옮기면서 톰 크루즈가 주연을 맡고, 세계적으로 히트한 프랜차이즈가 되었죠. 한국에서도 원작 드라마가 수입되어서 방영된 적이 있는데, 당시 제목은 〈제5전선〉이었어요.

제목이 낯설죠? '제5전선' 하면 도대체 무슨 말인가 싶은데요, 이 말은 스페인 내전 때 나온 말입니다. 에밀리오 몰라 비달

장군이 마드리드 공세를 펼치기 직전에 자신이 직접 이끄는 동서남북, 네 방향의 공세에다가 마드리드 내부에서 자신들을 도울 다섯 번째 열quinta columna이 있다고 호언장담했다고 합니다. 하지만 진짜는 아니었고, 알고 보니 심리전이었는데, 이때부터 이 말이 유명세를 타기 시작한 거예요. 1936년 〈뉴욕 타임즈〉가 이 다섯 번째 열quinta columna을 '피프스 칼럼fifth column'이라고 번역해서 소개했는데, 1938년에 어니스트 헤밍웨이가 이 표현을 자신의 작품 제목으로 사용하면서 서구권에 본격적으로 알려지게 됩니다. 그러니까 이때부터 피프스 칼럼이라는 말은 아군의 내부에 있는 적군의 동조자를 가리키는 말이 된 거예요. 적국의 스파이, 내부의 배신자 정도의 의미라고 할 수 있습니다.

그래서 한국에서 〈미션 임파서블〉은 〈제5전선〉이라는 이름의 드라마 시리즈로 소개된 것인데요. 제목에서 알 수 있듯이 이때만 해도 이 시리즈는 액션이 주가 아니라 스파이 활동이 주인 드라마였어요. 영화화되면서 〈미션 임파서블〉은 톰 크루즈의 대역 없는 미친 액션으로 유명해졌지만, 원래 〈미션 임파서블〉의 트레이드 마크는 속고 속이며 배신을 일삼는 머리싸움인 거죠.

영화 〈미션 임파서블〉 프랜차이즈의 시작인 첫 번째 편에서는 이런 스파이 영화의 특징이 매우 강해요. 계속 속고 속이고, 마지막까지 반전이 계속되죠. 그래서 처음 시작 장면도 톰 크루즈가 속한 팀이 첩보가 새나가 습격당하는 장면입니다. 그 배경이 되는 도시가 바로 프라하였죠. 쫓고 쫓기는 사람들이 밤과 안개에 덮인 프라하 거리 틈틈이 사라졌다 나타났다 반복하며 추격을 벌이는데, 그야말로 프라하라는 도시의 느낌과 잘 어우러집니다. 어둡고, 모호하고, 신비롭기까지 하거든요.

존재의 참을 수 없는 가벼움

프라하는 동유럽의 대표적인 나라 중 하나인 체코의 수도입니다. 프라하는 낮에 보면 활기찬 분위기라서 놀이동산의 한 모퉁이에 와 있는 느낌을 줘요. 도시가 오래되었지만, 관광객들의 밝은 움직임이 도시 전체를 통통 튀게 만들죠. 활짝 열린 3층 창문 너머에서 들려오는 방구석 음악회 같은 연주도 많아서, 공기 중에 음표가 떠다니는 것처럼 느껴질 정도로 즐겁습니다. 서유럽의 살인적인 물가에 시달리다가 동유럽에서 만나는 친근한 가격표들을 보면서 이런 느낌이 더 배가된 것일 수도 있고요.

그런데 밤에 보는 프라하는 모습이 확 바뀐 여성이랄까요. 낮에는 멜빵바지를 입은 명랑한 말괄량이 아가씨가 밤이 되자 화려한 드레스를 차려 입고 파티에 참석해 아름다움을 뽐내는 느낌입니다. 밤이 내려앉은 프라하는 낮과는 완전히 다른 인상을 줍니다.

장중한 어둠이 고색창연한 건물들 사이로 속속 스며들어 그야말로 1년 내내 밤만 지속되는 나라에 온 것 같아요. 충분하지는 않지만 모자라지도 않은 가로등은 어둠을 이겨낸다는 생각보다는 어우러진다는 느낌으로 프라하의 밤을 채워줍니다. 어떻게 보면 음침하고, 다르게 보면 품위 있으며, 그래서 전체적으로 보면 특별한 아우라로 가득 차 있는 것이 프라하의 밤입니다.

낮의 경쾌한 밝음과 밤의 장중한 어두움이 기가 막히게 공존하는 곳이 프라하인데요. 이 프라하를 닮은 소설이 있습니다. 소설의 배경 역시 프라하예요. 많은 분들이 한 번쯤은 제목을 들어봤을 『참을 수 없는 존재의 가벼움』입니다. 그런데 사실 저는 어렸을 때 이 책을 처음 읽고는 별 느낌을 받지는 못했어요. 제목도 그렇고, 전개도 그렇고 철학책이라는 느낌이 들었거든요. 그래서 나중에 이 소설이 〈프라하의 봄〉이라는 영화로 나왔다는 얘기를 듣고 이해가 안 갔던 기억이 납니다. '아니 뭔 줄거리가 있어야 영화화될 텐데 말이야' 하면서 말이죠.

『참을 수 없는 존재의 가벼움』은 얼핏 어려워 보이는 제목이지만, 한번 들으면 잘 잊히지 않는 제목이기도 합니다. 원래 제목은 '디 언베어러블 라이트니스 오브 빙The Unbearable Lightness of Being'으로 정확하게 번역하자면 '존재의 참을 수 없는 가벼움'

정도가 되어야 합니다. 그런데 한국에서 처음 번역되어 나올 때 제목에 '존재'라는 단어가 먼저 나오면 잘 팔리지 않는다는 속설에 따른 마케팅적 고려 때문에 순서를 바꿔서 『참을 수 없는 존재의 가벼움』이 되었다고 해요. 이런 제목에 익숙해진 탓인지 모르겠지만, 뜻이 모호해지면서 뭔가 더 있어 보이는 느낌이 나네요.

가벼움과 무거움의 이분법

『참을 수 없는 존재의 가벼움』은 작가의 생각과 주장들이 전지적 작가 시점과 일인칭 시점을 넘나들며 서술되어 있어요. 어릴 때는 그런 생각들이나 경구, 멋진 말들에 정신이 팔려서 그냥 에세이처럼 읽었던 것 같습니다. 그만큼 이 작품은 전형적인 소설과는 거리가 멀고, 상당히 어렵고도 형식 파괴적입니다.

이 책이 유명해진 데는 '참을 수 없는 존재의 가벼움'이라는 매력적인 제목도 한몫했는데요. 우리에게 뚜렷한 이분법에 대한 고민을 던지기 때문에 제목 자체로써 큰 울림을 줍니다. 패러디하기도 좋지요. 이야기의 시작도 가벼움과 무거움의 이분법입니다. 이 세상은 가벼움과 무거움의 이분법만으로 이뤄져 있는 것은 아니라고 소설 속에서 말하고 있지만, 이건 사실 "코끼리를 생각하지 마"라고 말함으로써 코끼리를 우선적으로 떠올리게 하는 역설적 표현이나 마찬가지입니다. 이 소설 자체가 가벼움과 무거움의 이분법 위에 쓰여 있거든요. 그리고 이에 대한 은유도 너무나 명확해요. 우리가, 그러니까 인간이 자신의 인생에 대해 가져야 하는 자세가 두 갈래 길이라면, 그 두 갈래 길은 이 가벼움과 무거움 중에서 어느 것을 선택하느냐에 따라 달라집니다. 무거움은 책임감, 의무, 필연 등과 연결되고 가벼움은 즐거움, 자유, 우연 등과 연결됩니다.

이 소설에는 4명의 핵심 인물이 나옵니다. 주인공인 토마시와 테레자가 있고요, 서브 주인공들인 사비나와 프란츠가 있습니다. 토마시와 사비나는 가벼운 나라의 이상한 사람들이고, 테레자와 프란츠는 무거운 나라의 심각한 사람들입니다. 중요한 포인트는 가벼운 인물들인 토마시와 사비나가 연인으로 맺어지는 것이 아니라, 토마시와 테레자가 연인이라는 것이죠.

누구에게도 임무란 없다

주인공인 토마시가 테레자를 만나기 전까지 지켜왔던 "섹스는 하되 동침은 하지 않는다"는 모토는 이분법적인 구도를 잘 보여줍니다. 동침은 곧 애정과 책임이고요, 애정 없는 성관계는 가벼움이거든요. 그러니까 토마시는 무거운 책임감이나 의무는 싫고 가볍게 즐기는 삶을 원한 것이죠.

반면 토마시를 처음 만났을 때 고전소설인 『안나 카레니나』를 들고 있던 테레자는 무거운 세계의 인물입니다. 토마시는 테레자와 함께 부부와 유사한 관계를 형성하는데도, 여전히 다른 여자들과 잠자리를 합니다. 책임감에서 벗어나고자 하는 마음에 일부러라도 그런 기회를 만든다는 생각이 들더라고요. 그런데 테레자는 결혼의 신성한 의무와 약속을 지켜야 한다는 주의거든요. 그럼에도 불구하고 이런 토마시의 참을 수 없는 가벼움을 참아내요.

어떻게 생각하면 무거운 테레자에게 가벼운 토마시의 행보는 매력을 느끼게 하는 요소일 수 있어요. 사람은 자신이 가지지 못한 것에 끌리는 경우가 많잖아요. 반면 가볍게만 살던 토마시 역시 테레자의 무거움에 끌리게 됩니다.

소련군의 체코 침공이 일어나면서 토마시와 테레자는 스위스로 이주하게 됩니다. 그런데 여기서도 토마시는 바람기를 참지 못해요. 결국 이에 화가 난 테레자는 토마시를 떠나 혼자서 소련군 치하에 들어간 프라하로 돌아가버려요. 토마시는 테레자의 뒤를 쫓아 프라하로 돌아가지요. 문제는 의사인 토마시가 예전에 공산당을 비판하는 기사를 썼기 때문에 요주의 인물이 되어 있었다는 거예요. 공산당은 토마시에게 예전에 쓴 신문기

사를 취소하라고 압박을 가하지만, 토마시는 그러고 싶어 하지 않아요. 공산당은 프라하로 돌아온 토마시에게 새로운 직업을 부여합니다. 잘나가는 외과 의사에서 유리창닦이로 하루아침에 직업이 바뀌어버리지요.

이렇게 보면 인생을 즐기면서 가볍게만 사는 줄 알았던 토마시에게도 진중한 면이 있다는 것을 알 수 있죠. 위협을 무릅쓰고 테레자에게 돌아가고, 자신이 쓴 기사에 책임을 지며 신념을 굽히지 않았으니까요.

한편 사비나는 한때 토마시의 연인이었죠. 사비나 역시 얽매이는 것을 싫어하는 자유로운 영혼인데, 이런 태도가 가정이라는 책임감에 충실했던 프란츠에게 매력적으로 다가옵니다. 프란츠와 사비나는 불륜 관계를 맺게 되는데, 사비나는 자신이 책임질 일이 전혀 없는 이런 관계가 좋기만 합니다. 프란츠가 그의 아내에게 연인인 사비나를 공개하는 순간 사비나는 프란츠를 떠납니다. 그녀는 사랑이 주는 책임감, 그 무거움을 참지 못했지요.

프란츠는 사비나가 떠나고 대리만족을 위해 안경잽이 학생과 연인 관계를 지속하다가 시위에 참가하기 위해 외국에 가는데, 거기서 강도를 만나 죽습니다. 반면 사비나는 미국으로 건너가 자유롭게 가벼운 삶을 영위하죠.

한편 토마시와 테레자는 결국 시골로 가서 살다가 거기서

교통사고로 죽고 맙니다. 제일 마지막에 토마시와 테레자는 같이 춤을 추는데 테레자가 말하죠. 당신 인생에서 모든 악의 근원은 나라고, 자신의 무거움이 가볍게 인생을 즐기는 토마시를 이 시골까지 끌어내린 거라고요. 그런데 토마시는 자신은 지금 행복하다며 이렇게 얘기합니다.

"내게 임무란 없어. 누구에게도 임무란 없어. 임무도 없고 자유롭다는 것을 깨닫고 나니 얼마나 홀가분한데."

하지만 정작 이 소설을 읽는 독자들은 그다지 홀가분하지 않은 것 같습니다. 책을 다 읽고도 '도대체 뭐라는 거야?'라는 기분을 떨쳐내기가 힘들기 때문이죠.

인생을 살아가는 자세

『참을 수 없는 존재의 가벼움』은 인생에서 굉장히 중요한 선택이라는 문제에 대해 고민을 던집니다.

인생은 즐거운 것일까요, 괴로운 것일까요. 그 답은 개인의 환경과 경험에 따라 다 다를 겁니다. 하지만 인생의 모습을 자신이 온전히 선택할 수 있는 것은 아니죠. 부잣집에서 태어나는 것 같은 출생 배경은 자신이 선택할 수 있는 문제가 아니잖아요. 국적이나 신분 같은 경우 역시 마찬가지입니다. 그러나 인생의 환경이 어떻든 간에 그 인생을 살아가는 자세는 자신이 결정할 수 있습니다. 아무리 불행한 환경에서도 유쾌하게 살아갈 수 있습니다. 물론 아주 어려운 일이지만, 그러기에 더 값진 일이기도 하죠. 전 세계 사람들을 웃기면서 울린 〈인생은 아름다워〉 같은 영화도 전쟁 때문에 수용소에 가게 된 상황을 설정으로 이야기를 풀어나갑니다. 절대 아름다울 수 없는 환경을 배경으로 하지만 영화를 보고 난 뒤의 느낌은 제목 그대로 인생은 아름답다는 것입니다. 인생을 아름답게 만드는 것은 환경을 대하고, 이겨내는 개인의 자세입니다.

반면 굉장히 부유한 환경에서도 우울증을 앓으며 살아가기도 합니다. 굳이 제가 예를 들지 않더라도 주변을 한 번만 관심 있게 둘러보면 저 정도의 위치와 상황에서 왜 저렇게 불행하고 어렵게 인생을 살지 하는 생각이 들게 하는 사람이 한 명 이상은 분명히 있을 겁니다.

그러니까 우리 인생의 행복도를 결정하는 것은 실제 우리를 둘러싼 환경보다는, 그 환경을 대하는 우리의 태도인 것 같아요. 인생을 가볍게 사는 것이 행복하고 무겁게 사는 것이 불행한 것이라고 단정 지어 말할 수는 없지만 불행한 환경을 마음으로라도 이겨내는 가벼운 태도, 쾌락만 추구하는 사회에서 중심을 지

키는 진중한 태도 등은 삶의 밸런스를 맞추는 차원에서 의도적
으로 추구해야 할 것이 아닐까요?

찰나의 무거움과 영원의 가벼움

하지만 이 소설을 단순히 인생을 대하는 가벼운 태도와 무
거운 태도의 선택과 집중으로 이해할 수는 없습니다. 그렇게만
읽는다면 이 소설을 다 읽고도 해답을 찾는 것이 아니라, 심화
된 문제를 떠안은 것 같은 느낌이 들 겁니다.

이렇게 어렵게 느껴지는 가장 큰 이유는 이 소설이 사실 철
학적 논제를 바탕으로 창작되었기 때문입니다. 작가는 제일 앞
에 그 문제를 던져놓고 시작합니다. 바로 니체의 '영원 회귀'입
니다. 영원히 회귀한다는 것은 무한대로 반복되는 것이죠. 이렇
게 무한대로 반복되는 삶은 당연히 무겁고, 한순간 피었다가 지
는 인생은 반대로 한없이 가볍다고 할 수 있습니다.

사회적으로 보자면 가벼움이나 무거움, 한쪽으로 쏠린 사회
는 결코 바람직한 사회가 아니었습니다. 1920년대 미국처럼 파
티와 쾌락의 즐거움이 가득했던 가벼운 시대도 있었지만 그 결
과는 대공황이었어요. 그리고 종교가 웃음까지 지배했던 중세
시대의 무거움은 결국 개혁으로 뒤집어졌습니다. 인생이 무겁

다거나 가볍다고 단정 지을 수 없는 것처럼 여러 사람이 층위를 이루고 있는 사회 또한 단정 지을 수 없습니다. 사회는 이렇게 무거운 사람들과 가벼운 사람들이 섞여 만들어내는 총합이니까요. 때로는 한쪽으로 쏠려 갈등을 일으키기도 하지만 개인이 가진 다양성을 인정하고 적절하게 밸런스를 맞춰가며 평형을 잡아가는 사회가 조금 더 바람직한 사회일 겁니다.

인간은 사회를 이뤄가며 시대를 살고 있으며 그 시대들이 켜켜이 쌓여 이루어지는 역사는 무한 반복되며 무거울 수밖에 없습니다. 하지만 우리가 아닌 나라는 개별체로 보자면 한번 살고 가는 가벼운 인생일 뿐입니다.

그런데 이런 인간의 인생은 그 무거움과 가벼움이 합쳐져서 존재하는 거거든요. 아름다움이나 찬란함은 그것이 한순간이어서 빛나는 것이지 영원히 반복된다면 그 의미가 퇴색될 겁니다. 역사나 시대라는 무거움 앞에 인간은 한번 살고 간다는 가벼움의 미학이 있기 때문에 의미가 있는 것이 아닐까 합니다.

단 한 번뿐인 인간의 인생은 무한반복의 역사 앞에서는 한없이 가볍지만, 그 가벼움 때문에 인생이 아름다운 게 아닐까요? 가벼움과 무거움은 따로 존재하는 것이 아니라 서로 같이 있어 더 의미가 있습니다.

시스템에 매몰되는 개인

한나 아렌트 『예루살렘의 아이히만』

누구나 계획이 있다. 한 대 처맞기 전까지는

"Everyone has a plan. Until they get punched in the mouth.

— Mike Tyson"

58전 50승 44KO의 화끈한 전적을 자랑하는 마이크 타이슨은 권투를 좋아하는 사람이라면 모르는 사람이 없을 정도의 유명한 복서이지만, 요즘에는 권투를 좋아하는 사람이 거의 없기 때문에, 지금은 모르는 사람이 더 많은 복서입니다. 하지만 마이크 타이슨이 인터뷰 중에 한 저 말은 시대를 초월한 명언이 되어서 많은 분들이 아는 어록으로 남아 있습니다.

이 말은 "누구나 계획이 있다. 한 대 처맞기 전까지는" 정도로 번역할 수 있는데요. 좀 순화해서 "누구나 계획을 가지고 있다. 얻어맞기 전까지는" 정도로 번역하는 경우도 있지만, 이 말이 가진 힘을 조금 더 느끼려면 앞의 번역이 더 알맞습니다.

그런데 원래 인터뷰에서 한 말은 조금 더 길었다고도 해요. "Everybody has a plan until they get hit. Then, like a rat, they stop in fear and freeze"라고 했다는데요, "누구나 맞기 전까지는 계획이 있다. 그런데 맞고 나면 쥐처럼 공포에 얼어붙을 것이다" 정도로 해석할 수 있습니다. 여러 가지를 다 알아봐도 확실히 "누구나 계획이 있다. 한 대 처맞기 전까지는"이란 번역이 제일 임팩트 있습니다. 그래서 우리가 저 명언으로 기억하게 된 거겠지요.

이 말은 주식을 이야기할 때 정말 많이 인용됩니다. 책, 영상, 강연 등을 통해 철저하게 공부하고, 계획을 가지고 주식 투자에 임하지만, 대부분 실패하는 이유는 실전과 이론은 다르기 때문이죠. 하지만 저 말이 정말 절실하게 와닿는 경우는, 변혁에 대한 순수한 열정을 가지고 사회생활에 뛰어들었던 청년들이 바꿀 수 없는 세상의 견고함에 부딪혀 그 견고함에 동화되어 갈 때가 아닌가 싶어요.

수많은 청년들이 '이상과 열정'이라는 두 축을 바탕으로 젊은 시절을 준비하고 살아내지만, 사회라는 실전에 투입되면 이내 자신의 희망이 이상에 불과하다는 것을 깨닫게 됩니다. 처음에는 그런 사회가 싫고 혐오감이 느껴지기도 하지만, 어느 사이엔가 자신도 그런 사회의 일원으로 기능하고 있다는 것을 느끼는 날이 오죠. 그런 느낌을 알아채지도 못한 채 어느새 사회라는 시스템의 충실한 구성원으로 살아가는 사람도 많고요.

사회 시스템과 사회적 맥락

어렸을 때는 누구나 계획이 있습니다. 사회라는 견고한 시스템에 맞서 자신만의 캐릭터를 유지하기를 꿈꾸죠. 사회를 뒤바꾸겠다는 것까지는 아니더라도 적어도 사회가 강요하는 대로 움직이는 톱니는 되지 말아야겠다고 생각합니다.

"스무 살에 사회주의자가 아닌 사람은 심장이 없는 것이고, 마흔 살에 여전히 사회주의자인 사람은 머리가 없는 것이다"는 칼 포퍼의 말로 알려져 있는데요, 사실 칼 포퍼는 윈스턴 처칠의 말을 패러디한 것으로 원작자는 윈스턴 처칠입니다. 우리나라에서도 1980년대에 많이 회자된 말입니다.

하지만 국제처칠협회(이런 게 있다는 것도 참 신기합니다)에 따르면 사실 윈스턴 처칠의 말도 아니라고 하죠. 그러니까 작자

미상으로 서양권에서 예전부터 내려오던 말이라고 해요. 19세기 프랑스에서 이미 이와 비슷한 말이 발견되는데요, "스무 살에 공화주의자가 아닌 사람은 심성과 아량을 의심해봐야 하지만 서른이 넘어서도 여전히 공화주의자인 사람은 정신이 멀쩡한지 의심해봐야 한다"라는 말을 바트비라는 정치인이 했다고 기록되어 있습니다. 공화주의라고 하면 미국 공화당 때문에 보수 이미지가 좀 있는데요, 원래 공화주의는 시민들이 정치 활동에 적극적으로 참여하는 정치 형태입니다. 프랑스 혁명이 바로 이 공화주의를 바탕으로 일어났지요. 공화주의자는 원래 진보적인 성향을 의미하는 말이었습니다.

그러니 저 말은 거의 민간 구전에 가깝게 속담화된 말이라고 정리하는 것이 좋을 것 같네요. 중요한 것은 유래보다는 이 말의 의미입니다. 이 말이 계속 쓰여왔다는 것은 세대를 건너서 공감하는 사람이 많으니까 가능한 일이잖아요. 이 말의 뜻은 젊었을 때는 모두가 공평하게 권력과 재산을 나눠 가지는 이상적인 사회를 꿈꾸지만, 나이 들어서 사회생활을 겪고 여러 사람들과 섞여 살아가면서 인간의 욕심을 알게 되면, 그것이 불가능하다는 것을 깨닫게 된다는 것이죠.

조금 더 간단하게 말하면, 이상과 현실은 다르다는 겁니다. 젊은이들이 꿈꾸는 이상은 사회라는 다리를 건너면서 현실이 됩니다. 지금의 꼰대들도 예전에는 '이해 안 되는 요즘 젊은 것들'

이었습니다. 그들이 꼰대가 되는 그 변화의 간격에는 시간과 그에 따른 사회생활이 놓여 있습니다. 사회적인 시스템에 적응하는 시간이었지요. '라떼는 말이야'는 단지 과거의 시간에 대한 이야기가 아니라 그동안 작용해온 사회 시스템에 대한 이해라는 베이스가 놓여 있는 말입니다.

최근까지도 대기업 연수원에서는 신입사원들에게 엘리베이터에 타서는 어떻게 행동해야 하고, 차에 탈 때는 어떤 좌석에 앉아야 하는지를 가르쳤습니다. 알음알음으로 알려주는 정도가 아니라 정식 커리큘럼에 넣고 연수원에서 연수를 시킨 거예요. 그것이 바로 사회 시스템입니다.

할 수 있는 것과 할 수 없는 것, 해야만 하는 것과 해서는 안 되는 것의 기준이 윤리, 도덕 같은 것들이 아니라 사회적 맥락인 거죠. 그런데 그 사회적 맥락이 우리가 학교에서 배우던 이상, 윤리 이런 것들과 다르다는 게 문제입니다.

우리를 둘러싸고 있는 보이지 않는 시스템

더욱 어려운 것은 자신이 처한 위치에 따른 은근한 사회적 압박입니다. 커리큘럼에 정식으로 등록되어 강요되는 사회 시스템은 그나마 실체가 보이기 때문에 어느 정도 대비할 수 있지만, 암묵적으로 사적인 경로를 통해 전해져오는 사회적 압박은 대응하기가 힘들어요. 사적인 사회적 압박의 대표주자를 예로 들어볼까요? 바로 결혼입니다. 결혼은 인간이 사회를 구성하고 살기 시작하면서 시작된 것으로 보일 뿐 기록상으로 그 시초를 알 길이 없습니다. 결혼이 기록보다 오래된 것이기 때문이죠.

2500년 전에도 결혼은 매우 공고한 제도였습니다. 플라톤은 그의 저작인 『법률』에서 "개인들은 30세가 되면 35세 전까지는 결혼을 해야 한다"라고 했습니다. 그리고 "법에 복종하는 자는 벌을 받지 않고 자유로울 것이나, 반대로 불복하는 자는, 그러니까 35세가 되어서도 결혼하지 않는 자는 해마다 얼마를 벌금으로 내게 하라"고 덧붙였습니다. 정작 자신은 결혼하지 않았기 때문에 정작 이 법률이 시행되었다면 플라톤은 땅을 치며 후회했겠지만요.

결혼을 안 했다고 벌금까지 내면서 강제했던 역사는 흔하지는 않죠. 대부분의 나라와 사회들은 어떤 형태로든 결혼 제도를 가지고 있어요. 그러니까 결혼은 '관습적인 강제성'을 가진 제도입니다. 결혼하지 않는다고 해서 법적으로 구속되는 것은 아니지만, 주위 사람들의 눈총과 말 화살을 받아야 했던 것은 사실이죠. 비혼이라는 말이 자주 쓰이는 지금도 명절은 일정한 나이가 지났는데도 결혼하지 않은 사람에게 전쟁터보다 더 나가기 싫은 결전의 장으로 꼽히고 있습니다. "결혼은?"이라고 묻는 친척 어르신들, 그리고 결혼에 대해 부정적인 대답을 했을 때 그 다음에 따라오는 "자고로"로 시작하는 말들은 한두 번이라면 견딜 만한데, 어르신들은 결코 지치는 법 없이 계속 물어보시거든요.

사회 제도나 규율 안에서 벗어나고자 하는 사람들에게 강제적인 법보다 무서운 것이 바로 우리를 바리바리 둘러싸고 있는 보이지 않는 시스템입니다. 이 시스템은 법이나 규칙 같은 구체적인 형태를 갖출 수도 있지만 관습, 기대, 편견 같은 무형의 형태일 수도 있어요. 이 모든 것들이 시스템을 만듭니다. 시스템은 필연적으로 개인의 선택과 어느 지점에서는 부딪히게 되어 있으니, 결국 우리는 사회생활에 적응하는 어느 지점에서 시스템을 어느 정도 따라야 할까 고민하게 되죠.

그리고 어느 순간, 이 시스템의 권고를 내재화하게 되는데, 이 내재화 과정에 적응하지 못하면 사회 부적응자가 되고, 완벽하게 적응하면 시스템이라는 기계의 톱니가 되어버립니다. 시스템이 그나마 옳은 방향으로 가면 괜찮은데, 시스템은 그 시스템을 장악한 자에 의해 옳지 않은 방향으로 굴러가는 경우도 있습니다. 사실 자주 그러죠. 국가, 사회, 조직, 회사, 가족 같은 것들을 지킨다는 명분이 개인이나 양심의 우위에 서는 예가 많잖아요.

자신의 의무에 충실했던 아이히만

『예루살렘의 아이히만』은 시스템에 종사하는 개인들이 얼마나 평범하게 악으로 기능할 수 있는가를 보여주는 책이에요. tvN의 〈알쓸신잡〉이라는 예능 프로그램에서 '악의 평범성' 개념이 언급되면서 이 책이 화제가 되었는데요, 사실 악의 평범성 개념은 상당히 흥미로우면서도 등골이 오싹한 개념입니다. 평범하게 일상생활에 충실한 우리도 어느 순간 일상에서 신념과 책임감을 가지고 열심히 추진하는 그 일에 의해 악행을 벌일 수도 있다는 얘기니까요.

예를 들어보죠. 여러분이 전두환 정권 때 광주에 파견된 군인이라고 가정해봅시다. 시민을 향해 발포하라는 명령을 받았어요. 군인은 상관의 명령에 절대 복종해야 한다고 배웠으니까, 당신은 누구보다 열심히 시민을 향해 총구를 겨누었습니다. 어떻게 보면 군인의 본분에 충실하게 주어진 명령을 그냥 성실히 수행한 겁니다. 그런데 정권이 바뀌고 시대가 바뀌었습니다. 당신은 시민들을 학살한 죄로 법정에 섰습니다. 당신은 당신을 무죄라고 주장할 수 있을까요?

예루살렘에서 재판을 받은 유대인 학살의 책임자 아돌프 아이히만이 바로 이런 주장을 했습니다. 아돌프 아이히만은 나치의 유대인 학살의 실무 책임자였어요. 실무자라는 것은 그가 최종 명령을 내리는 사람이 아니라 명령을 받고 수행하는 사람이라는 의미죠. 그런데 아이히만은 스스로 이상주의자라고 생각했는데, 자신에게 주어진 명령을 성실히 수행하는 사람이었을 뿐이죠. 그에게 주어진 명령이 바로 유대인을 수송하라는 명령이었어요. 처음에 독일은 유대인들을 점령지에서 없애는 것을 목표로 삼고 그들의 재산을 몰수한 뒤에 점령지 밖으로 추방해버리는 정책을 썼는데요, 이걸 수송이라고 표현했어요. 아이히만은 이 일을 잘 수행했습니다. 그런데 1941년이 되자 더 이상 유대인들을 추방할 땅이 남아 있지 않자 최종 해결책이라는 이름으로 그야말로 살육을 지시받게 됩니다.

사람들은 유대인 학살을 떠올리면 그야말로 영화에 나오는 것처럼 미치광이 살인마를 생각하거든요. 하지만 아이히만은 전혀 그런 인물이 아니었어요. 나치가 지배하는 독일에서 승진을 꿈꾸는 평범한 군인이었을 뿐이죠. 그리고 히틀러의 말이 곧 법이었던 독일에서, 법을 잘 지키는 독일 시민이기도 했고요. 아이히만은 군인으로서 자신이 받는 명령을 수행했을 뿐입니다. 유대인들을 수송하라거나 수용하라고 했을 때 아이히만의 내면은 그렇게 큰 갈등이 일어나지 않았습니다. 그런데 최종 해결책이 살육이라는 것을 알게 되자, 약간의 갈등이 일어났습니다. 자신의 일에 대한 기쁨, 주도권, 관심을 잃어버렸다고 하죠. 하지만 얼마 있다 참석한 고위급 회담에서 히틀러를 비롯한 많은 유력인들이 이 피투성이의 해결책을 지지하고 서로 주도권을 가지기 위해 경쟁하는 것을 보고 마음에서 이런 갈등을 없애버립니다. 자신의 의무에 충실했던 아이히만은 강제 이주 전문가에서 강제 소개疏開 전문가로 재빠르게 변신해요.

하지만 그의 일은 여전히 수용소로 보내는 역할인데, 수용소에서는 이 중 25퍼센트 정도를 선별해서 살린 뒤 노동을 시켰다고 해요. 말하자면 수용소로 간 뒤 75퍼센트의 죽을 사람을 선별하는 작업이 있었는데, 아이히만은 이런 선별 작업에는 참여하지 않았습니다. 그러니까 그의 주장은 자신은 직접 살인을 한 적도 없고, 살인에 관여하지도 않았다는 겁니다. 아이러니한 상황이죠. 유대인 대량학살의 전범이 사실은 살인에 관여하지 않은 그런 상황이거든요.

악이 아니었던 것이 악이 되기도

『예루살렘의 아이히만』의 저자 한나 아렌트는 아이히만이 미치광이가 아니고 오히려 긍정적인 사고를 가진 평범한 사람이라고 판명한 정신과 의사들의 소견을 소개합니다. 아이히만은 군인으로서 주어진 명령에 충실하고, 승진을 위해 자신의 행정 능력을 극대화시키려고 노력한 사람이지 피에 굶주린 미치

150

광이 살인마가 아니란 거죠. 여기서 악의 평범성이 나옵니다. 악은 악마적 본성에서 기인하는 것이 아니라 평범한 인물들이 체제 속에서 무비판적으로, 그러니까 아무 생각 없이 그 명령에 순응할 때 발생한다는 것이 한나 아렌트의 진단입니다.

위에서 시켜서, 상사가 시켜서 그에 따라 충실하게 일했을 뿐 자신은 죄가 없다고 말한 많은 사람들이 떠오르지 않습니까? 저는 프리랜서로 일하다 보니까 배신당할 때가 많은데요, 그때마다 비슷한 꼴을 당했습니다. 실무자들과 이야기가 다 되어서 일을 준비하다가 갑자기 뒤통수를 맞는데, 이 실무자들의 이야기는 한결같이 위에서 갑자기 방향을 틀었다는 겁니다. 이 사람들은 위에서 시켜서 배신을 때릴 뿐 자기 본의는 아니라는 건데, 놀랍게도 이게 진실이거든요.

그런데 당하는 사람 입장에서는 시간과 비용을 들이고, 미래를 투자해서 무언가를 준비하다가 갑자기 없었던 일이 된 겁니다. '사기 당했다'는 느낌이 들어도 하등 이상할 게 없습니다. 하지만 사기 당한 것과 다른 점은 원망할 대상이 없다는 거예요. 감언이설로 일을 같이 만들어보자고 했던 그 주동자 역시 자신의 직무에 충실했을 뿐이고, 윗선의 지시에 저항하지 못했을 뿐이죠. 그러니까 시스템이 개인의 책임을 무마시켜버리는 거예요.

이런 의미에서 악은 절대적인 것이 아닙니다. 자신의 일에 충실했지만 기준과 시점이 달라지면 누구라도 자신이 행한 일이 악행일 수 있습니다.

누구나 악의 평범성을 가질 수 있다

악의 평범성을 이야기할 때 평범성은 '버낼리티Banality'를 번역한 것인데, 이 단어는 '일상성'이라고도 번역할 수 있어요. 기계 전체에서 자신이 맡은 아주 작은 톱니바퀴를 반복해서 돌리는 일을 했을 뿐인데 그것이 거대 악이었다는 사실, 하지만 자신은 그 악이 구현되는 모습에 관심도 예측도 없었다는 점에서 일상의 작은 일들이 악이 될 수 있다는 것을 주목해봐야 합니다.

한나 아렌트는 누구나 악이 될 수 있는 이 상황을 타개하기 위해서는 스스로 생각하고, 상황을 알려고 하고, 이념이나 사람을 무조건 따르지 말고 판단해야 한다고 이야기합니다. 그렇지 않으면 평범한 누구라도 악이 될 수 있습니다.

그래서 학교를 벗어나 이제 사회라는 시스템에 들어가려는 사람이라면, 시스템을 얼마나 내재화할 것인가를 고민해야 합니다. 그리고 자신의 기준을 정해야 합니다. 위에서 부당한 지시가 내려오더라도 용기 내어 그것을 거절할 신념이 없다면 우리 역시 언제든 악을 행할 수 있어요. 문제는 그 악행이 자신의 양심에도 걸리지만, 시간이 지나면 법에도 걸릴 수 있다는 것이죠.

은행장의 지시에 따라 부정 채용을 저지른 K 은행의 채용팀장이 법정 구속이 되기도 했습니다. 채용팀장은 은행장이 직접 지시했기 때문에 그걸 거절하다가는 자신의 일자리를 잃을 우려가 있어 어쩔 수 없이 지시에 따랐을 뿐이라고 항변했지만, 법원의 판단은 '잘못된 지시에는 항명할 수 있어야 한다'는 것이었습니다.

시스템 안에 있는 누구라도, 한 번쯤은 멈춰 서서 지금 하고 있는 일이 시스템 밖에서 보기에도 괜찮은가 생각해볼 필요가 있습니다. 그 시스템은 학교나 직장일 수도 있고, 사회일 수도 있고, 자신의 인생 자체일 수도 있습니다.

하나 덧붙이자면 『예루살렘의 아이히만』은 아이히만의 재판에 참석한 한나 아렌트가 그의 재판 과정과 재판 기록을 보며 재구성한 다큐멘터리 같은 책인데요, 이 재판 기록을 보면 재미있으면서도 씁쓸한 사실을 하나 알 수 있어요. 나치가 그 많은 유대인들을 빠른 시간 내에 색출하고 학살할 수 있었던 데는 유대인들의 협력이 큰 역할을 했다고 합니다. 우리로 치면 일제시대에 일제의 앞잡이 같은 사람들이죠. 이런 사람들은 어느 시대 어느 국가에나 항상 있는 것 같습니다.

개인주의자의 탄생

무라카미 하루키 『상실의 시대』

그래서 비틀스

'대중문화와 클래식문화에는 굉장한 격차가 있다. 수준도 가격도 다 그렇다'고 생각한다면 그건 상당한 오해입니다. 대중문화와 클래식의 가장 큰 차이는 오로지 시간입니다. 예전에 대중문화였던 것이 지금은 고급 문화가 되어버린 것뿐이죠.

약 400년 전에 대중을 위해 극장에서 상연할 희곡을 썼던 인기 극작가 셰익스피어는 지금은 세계 문학사에서 가장 인기 있는 작가 중 한 명이 되었습니다. 당시 셰익스피어를 좋아했던 사람들은 트렌드세터라고 할 수 있지만 지금 셰익스피어를 좋아하는 사람들은 전통 수호자라고 할 수 있습니다.

앞으로 100년쯤 뒤에 클래식의 반열로 올라갈 대중음악으로 가장 유력한 것은 아마도 비틀스가 아닐까 싶어요. 이미 비틀스의 음악은 고전이라는 말이 잘 어울릴 정도로 우리 생활에 파고들어 있거든요. 더욱 놀라운 것은 고전이라는 말이 어울리기도 하지만, 아직도 영화 음악의 OST 같은 것으로 깔려도 전혀 시대에 뒤떨어지는 느낌이 들지 않는다는 겁니다.

비틀스는 상당히 모순적인 이미지를 가지고 있는 그룹이기도 합니다. 음악성과 대중성이죠. 보통은 음악성이 있다 하면 대중들의 열화와 같은 관심을 받는 건 어려운 일이죠. 하지만 비틀스는 달랐습니다.

지금도 외국에서 영화 홍보 때문에 내한한 영화배우들이 "한국에서 록스타 대접을 받았다"고 표현하는 경우가 간혹 있죠. 연예인이라고 환호하고 열광하는 문화가 외국에서는 그렇게 흔하지는 않습니다. 그냥 사인이나 사진을 요청하는 정도이기 때문에 헐리우드 스타들이 일상적으로 길거리에서 커피를 마시며 걸어가는 사진들이 가끔 보도되기도 하잖아요.

그런데 이렇게 연예인에게 흥분해서 열광하는 상태에 대해 록스타 같다는 표현을 각인시킨 그룹이 바로 비틀스입니다. 물론 그전에도 록그룹에 열광하는 문화는 있었지만 일부 매니아층의 이야기였거든요, 그런데 비틀스는 이 열광을 매우 광범위하게 일으킵니다.

하지만 단순히 인기만 있는 그룹이었다면 비틀스가 지금의 우리가 아는 그 비틀스는 아니었을 거예요. 시대를 초월해 사람들이 비틀스에게 열광하는 이유는 혁명적이기 때문입니다. 음악 평론가 임진모 씨는 "비틀스와 동의어는 음악혁명이다"라고 얘기했을 정도입니다. 비틀스는 끊임없이 새로운 시도를 했거든요. 비틀스가 시도한 음악 장르만 해도 크게 로큰롤, 록, 팝, 하드록, 발라드, 사이키델릭, 블루스, 프로그레시브, 포크, 재즈, 컨트리, 스카, 펑크, 자장가, 헤비메탈, 아방가르드 등 다양합니다. 해당 장르가 정착되기 이전에 이미 그 장르에 손을 댄 거예요.

그리고 음악적으로도 파격적인 실험이 많았어요. 새로운 사운드, 새로운 악기, 새로운 형식 같은 기존 규칙의 파괴를 계속 시도했습니다. 비틀스에 의해 처음으로 분업화 체계가 깨지고 밴드 안에서 작사, 작곡, 세션, 노래까지 소화되는 형태가 처음 나왔어요. 싱글 발매라는 원칙을 깨고 앨범으로 대중음악의 판도를 옮겨가게 만든 것도 비틀스였습니다. 앨범 디자인도 처음으로 중요한 요소가 되었고요.

자신들이 만든 음반사인 애플사 옥상에서 대중에게 갑자기 공개한 1969년의 기습 공연은 게릴라 콘서트의 시초라고 할 수 있습니다. 반대로 대형 야외 스타디움에서도 공연한 것도 비틀스가 최초였어요. 지금 아이돌들이 하는 스타디움 라이브 공연의 시초인 것이지요. 음악과 영상을 결합해서 만드는 뮤직비디오도 비틀스가 처음 선보였습니다.

그래서 비틀스인 것입니다!

프랑스의 68혁명

비틀스는 음악계에 정착된 규칙과 불문율을 깨고 끊임없이 새로운 시도를 합니다. 그리고 그 시도들을 인정받았는데요, 저는 비틀스가 인정받은 것은 단순히 새롭게 시도한 음악혁명에 성공해서가 아니라 그 혁명이 변화의 방향과 맞았기 때문이라고 생각해요. 역사상 수많은 내전이 있었지만, 혁명이라는 이름이 붙는 것은 새롭게 권력을 장악한 세력이 시대의 변화 방향과 맞아 떨어질 때입니다. 그 반대 경우는 구시대의 수성에 불과하잖아요.

비틀스의 음악, 그리고 너무나 유명한 4명의 멤버 존 레논, 폴 매카트니, 조지 해리슨, 링고 스타라는 캐릭터가 모두 시대적 변화의 흐름에 잘 맞았던 것 같아요. 당시는 전체주의가 쇠퇴하고 개인주의가 부상할 때였지요. 전체주의를 상징하는 권위, 규칙, 제도, 도덕 이런 것들보다 개인주의의 자유, 개성, 창의, 도전 이런 것들이 조금씩 부각되고 있을 때였습니다.

프랑스의 68혁명은 문화혁명의 대표적인 사건인데요, 대학생들을 주축으로 권위주의 체제에 항거해서 일어난 저항 운동입니다. 이 사건은 프랑스 자체의 정권을 무너뜨렸지만 세계적으로도 전체주의의 권위를 무너뜨린 기념비적인 운동입니다. 그래서 혁명인 것이지요. 68혁명이라고 하면 낯설어하실 분이 많이 계실 텐데요. 당시 우리 사회가 강력한 독재체제 아래 있었기 때문에 1968년도의 봄 소식을 미처 듣지 못해서입니다. 철저하게 통제되고, 강력하게 압박했기 때문에 이 68혁명의 불길이 한국에는 미치지 못했어요. 하지만 프랑스에서 일어난 이 사건은 미국, 독일, 체코, 스페인, 일본 등 세계의 젊은이들을 저항과 해방의 열망으로 들끓게 했습니다.

『상실의 시대』는 바로 이런 전체주의 체제의 붕괴와 새로운 개인주의 시대의 전환기에 대학생이었던 사람의 이야기를 다룹니다. 그리고 이 작품을 쓴 하루키 역시 그 시대를 살았던 사람입니다. 무라카미 하루키는 일본의 책을 다룰 때, 절대로 빼놓을 수 없는 작가입니다.

개인주의자의 탄생

한때 하루키 소설의 등장인물을 따라서 와인을 마시고, 여행을 가는 유행이 있었는데 이를 하루키 현상이라고 합니다. 저도 일본에 갔을 때 신주쿠에 있는 하루키의 단골 재즈바이자, 실제로 『상실의 시대』에서 주인공들의 데이트 장소로 등장하기도 한 더그 바에 가봤습니다. 워낙에 많은 사람들이 그런 식으로 찾아와서 더그 바의 사장님은 사람들과 이야기 나누는 걸 좋아했어요. 저도 더그 바에서 사장님의 양해를 얻고 손님들이 없을 때 제 유튜브 〈시한책방〉에 올릴 영상을 찍기도 했습니다.

하루키가 이렇게 하나의 문화가 된 이유는 무엇일까요? 그리고 무엇보다 하루키가 쓴 20년 전의 소설은 왜 지금 읽어도 전혀 촌스럽게 느껴지지 않는 걸까요? 먼저 생각해볼 것은 하루키 소설의 무국적성입니다. 하루키의 소설들은 일본 이름의 사람들이 일본의 거리에서 이야기를 하지만, 배경만 그렇지 내용이나 전개는 세계 어디에 가져다 놓아도 어색하지 않습니다. 『상실의 시대』도 첫 번째 장면이 서른일곱 살의 주인공이 함부르크 공항에 착륙하면서 흘러나온 비틀스의 노래 〈노르웨이 숲〉을 들으며 과거의 기억을 떠올리면서 시작합니다.

무국적성만 따지면 판타지 소설만한 게 없죠. 실제로 없는 나라들을 배경으로 하니 '무국'이라는 말이 정말 잘 어울리잖아요. 그러니 하루키 소설의 인기는 단순히 이런 이유만으로 설명하기 어렵습니다. 그럼 다음으로 생각해볼 것은 『상실의 시대』의 선정성인데요, 1987년에 나온 이 소설에는 지금 봐도 파격적인 성애 묘사가 나와요. 그때 검열을 어떻게 통과했나 싶을 정도인데요, 얽히고설킨 관계와 일상적이고 자유롭게 이루어지는 남녀의 잠자리는 지금의 막장 드라마 못지않습니다. 게다가 『상실의 시대』가 출판되었을 때는 아무래도 검열이 존재했던 시기이니만큼 성관계를 묘사하는 수위가 어느 정도 중화되었었는데요, 새롭게 원제를 달고 나온 『노르웨이의 숲』은 그 묘사가 상당히 적나라합니다. 하지만 이것도 하루키 소설의 인기 이유를 설명하기에는 뭔가 만족스럽지 않습니다. 야해서 그렇다고 한다면 이보다 야한 소설이 얼마나 많은데요.

이 소설이 지금도 살아 있는 이유, 그리고 우리가 인생의 한 시점에 이 소설을 떠올려볼 만한 필요가 있는 이유는 따로 있습니다. '개인주의자의 탄생'이라는 면에서입니다. 이 소설의 배경인 1960년대는 이데올로기의 시대였습니다. 일본도 전공투세대라고 해서 학생운동이 활발하던 시대였거든요.

그런데 이 소설의 주인공에게는 그러한 고민이 전혀 없습니다. 이 소설 어디에서도 이데올로기의 그림자는 보이지 않죠. 묘사하지 않는 수준이 아니라 선배들이 주인공에게 학생운동에 참여하라고 권하니까 "그런 것은 나와는 상관없는 것이었다" 하고 정면으로 부정하는 장면이 나올 정도입니다. 대학가 전체가 학생운동으로 들썩일 때 이 소설의 인물들은 그런 것과 관계없이 지극히 개인적인 연애와 성에만 매몰되거든요. 이 노골적인 개인주의야말로 이데올로기의 시대에 맞서는 방법이 됩니다.

전체는 전체를 유지하기 위한 규율, 도덕 같은 것들을 중요시하는데, 개인주의자들은 탈도덕적이고 탈규범적입니다. 68혁명의 대표적인 슬로건은 '혁명을 생각할 때 섹스가 떠오른다'입니다. '금지함을 금지하라', '구속 없는 삶을 즐겨라' 같은 것도 있죠. 그러니까 68혁명은 기존 체제와 도덕 관습에 대한 전면적인 반란이었는데요, 이런 혁명에는 한계가 있습니다.

전체주의에 맞서는 방법 역시 전체주의적이라는 것이죠. 투쟁에 나서기 위해 조직을 만들고, 위계를 가지고 운동을 유지하며, 후배들에게 강제하면서 혁명을 추구합니다. 그런데 전체주의에 맞서는 방법 역시 전체주의라면, 그건 권력자가 바뀐 것일 뿐, 체제가 바뀐 것은 아니잖아요. 전체주의에 맞서는 가장 강력한 투쟁의 방법은 그래서 개인주의입니다.

전체주의의 규칙과 열정에 맞서는 가장 강력한 방법인 무지향, 무관심 바로 이런 것들이 『상실의 시대』의 정체성이라고 할 수 있습니다. 마치 흘러다니는 듯한 인생을 살아가는 주인공 와타나베는 한 목적을 위해 모두 하나의 지향점을 향해 달려가는 전체주의 시대에는 도무지 안착할 수 없는 열외자에 불과하지만, 개인주의 시대에는 흔하게 찾아볼 수 있는 인간상이라고 할 수 있죠. 개인주의 시대에는 목적이 없다는 것이 아니라 개인마다 그 목적, 그리고 그 목적을 설정하는 시기가 다 다르기 때문에 대학생이라고 해서 반드시 어떻게 해야 한다는 것이 정해져 있는 게 아니라는 뜻입니다.

와타나베의 성장 소설

주인공인 와타나베와 친구 기즈키, 그리고 기즈키의 여자 친구 나오코는 고등학교 때부터 친했는데, 기즈키가 자살해요. 남은 두 사람은 서로 의지하다가 사랑에 빠지는데, 나오코는 정신적 충격이 깊었는지 요양원에 가게 됩니다. 와타나베는 대학교에서 『위대한 개츠비』를 좋아한다는 공통점 덕분에 친해진 나가사와 선배와 어울리고, 자신을 좋아하는 후배 미도리를 알게 됩니다. 그런데 나가사와 선배에게는 하쓰미라는 여자 친구가 있었는데, 하쓰미도 나중에는 자살해요.

그러다가 나오코의 요양원 동료이자, 병문안 갔을 때 친해진 레이코 여사가 나오코가 결국 자살했다는 소식을 알려줍니다. 미도리는 원래 사귀던 남자 친구와 헤어지고 와타나베를 기다립니다. 와타나베는 레이코 여사의 조언을 듣고 미도리에게 연락합니다. 미도리가 "어디에 있냐?"고 묻는데, 와타나베는 대답을 못 해요. "난 도대체 어디에 있는 건가?" 하면서요. 그게 이 소설의 마지막입니다.

그러니까 이 소설은 와타나베의 성장 소설이라고도 할 수 있습니다. 그리고 사실 이 소설은 전형적이지는 않지만 삼각관계의 도식 안에 놓여 있는데, 보통의 삼각관계는 상징하는 바가 있게 마련입니다. 예를 들어 나오코가 과거나 과거의 순수를 상징하는 캐릭터라면, 미도리는 조금은 더 현실을 상징하는 캐릭터죠. 나오코의 죽음 이후에 미도리에게 연락한다는 것은 와타나베가 과거, 순수의 시대에서 이제 현재로 가려는 중임을 의미합니다. 원래 와타나베는 나오코를 기다리며 미도리를 밀어냈는데, 이는 와타나베가 순수에의 갈구를 보여주는 『위대한 개츠비』를 좋아한다는 설정에도 잘 나타나 있죠. 하지만 나오코가 자살하면서 이제 과거는 사라지고 미도리에게로 시간이 흐르기 시작합니다. 이렇게 보면 와타나베는 앞서 살펴보았던 『호밀밭의 파수꾼』의 주인공 홀든과 닮았죠. 하지만 아직까지도 와타나베는 자신이 어디쯤 서 있는지, 어느 정도의 성장 선상에 서 있는지 헷갈려 합니다.

『노르웨이의 숲』과 『상실의 시대』

KBS 아침 라디오 프로그램의 토요일 게스트를 하고 있어요. 제목은 들어봤지만 읽지는 않은 책을 소개해드린다는 콘셉트로 책을 소개하는 '북끄뿍끄'라는 코너에 출연하고 있는데, 여기서 『상실의 시대』를 다룬 적이 있습니다. 메인 작가님이 『상실의 시대』편을 할 때 대본을 쓰느라고 20년 만에 이 책을 다시 읽어봤는데, 도대체 주인공이 하는 고민이 어째서 고민이라는 건지 모르겠다며 공감이 안 된다고 분노를 표하시더라고요. 지금 시대에는 와타나베가 시대와 화합하지 못하면서 갖는 고민이 딱히 고민이 아닌 지점이라는 뜻이겠죠.

이데올로기, 이념, 혹은 경제적 추구 같은 것들의 우상화 속에서 개인의 취향과 생각, 가치, 그리고 성 등에 집중하는 『상실의 시대』는 새로운 개인주의자 세대의 등장을 알리는 신호탄이었어요. 『상실의 시대』를 예전에 읽은 분은 최근 『노르웨이의 숲』이라는 이름으로 재출간된 소설을 한번 읽어보세요. 내용은 그대로인데 받아들이는 자신이 상당히 달라진 것을 느끼실 수 있을 겁니다. 예전에는 시대에 붙어 있지 못하고 부유하는 느낌의 개인주의 취향이 무척 낯설고 불편했다면 지금은 그런 감성을 이해하고 받아들이는 시대이다 보니, 여기 나오는 와타나베가 그리 낯설게 느껴지지 않을 겁니다.

많은 분이 원제로 새로 간행된 『노르웨이의 숲』보다는 『상실의 시대』라는 제목을 더욱 친근하게 느끼는데요, 제가 여기서 『상실의 시대』라는 제목을 자꾸 쓰는 이유는, 단순히 친근해서가 아니라 이 제목이 훨씬 더 이 소설이 가진 의미를 잘 보여주기 때문이에요. 전체주의 시대에는 모두에게 뚜렷한 목적과 가야할 길, 방향성 등이 명확했습니다. 모두 그 방향을 향해 빠르든 늦든 가면 되는 거였습니다. 그런데 지금은 가야 할 방향성이 명확하지 않아요. 개인마다 다르다는 것이 더 정확하겠죠. 그러니 어떤 길이 정답이고, 어떤 길이 효과적이라는 말은 통하지 않습니다. 간혹 그런 말을 하는 사람이 있어도 그건 자신의 경우에나 그렇지 모든 사람들에게 통용될 수는 없는 말입니다. 모두 처한 상황과 가진 자산이 다르거든요.

다양성과 가능성을 부여 받은 대신에 목적성과 보장성을 상실한 시대가 된 거죠. 이런 시대에 성장 과정에서 정신적 혼란을 겪지 않을 사람은 없죠. 끊임없이 어디로 가야 하는지 고민하게 됩니다. 더욱 어려운 것은 나는 도대체 어디에 있는 것인가 위치를 파악하기도 쉽지 않다는 거죠.

개인주의 쪽으로 한 걸음 더

사실 아직 전체주의의 시대가 완벽히 끝난 것도 아닙니다. 인간이 국가나 가족을 베이스로 한 사회라는 제도를 운영하는 한 완벽한 개인주의의 시대는 올 수 없을 거예요. 그 특징과 정도에 따라 사회가 바뀌는 수준이겠죠. 그래서 우리는 삶의 태도를 조율할 때 개인주의 성향에 대한 영점 조정을 해야 합니다.

특히 한국은 전체주의 문화가 강하게 남아 있어서 더욱 그렇습니다. 학교에서 사회로 나가는 순간 바로 이 경계선이 눈으로 보이는 시점인 것 같아요. 학교에서는 공부를 해도 과제를 해도 결국 개인이 책임을 져야 하잖아요. 시험을 못 봐서 F를 받더라도 그건 개인의 선택이자 책임인 거죠. 그래서 대학생들이 가장 참기 힘들어하는 것이 조별 과제입니다. 정확하게는 조별 과제에서 무임승차자라고 해서 아무것도 안 하고 같은 점수를 나눠 가지는 인간들을 참기 힘들어하죠. 다른 사람에 의해서 내 결과가 영향 받는 것도 싫고요.

대학생 때는 개인주의가 상당히 높은 비율로 개개인의 인생에 적용될 수 있습니다. 그런데 사회는 그렇지 않아요. 팀으로 일하기 때문에 팀의 운명과 개인의 운명이 일치하는 경우가 많죠. 조별 과제할 때 '프리라이더'라고 너무나 '극혐했던 선배' 같은 사람이 바로 위의 상사일 수도 있습니다.

개인주의를 고수하면 본인의 스트레스 지수가 올라갈 수밖에 없는 게 지금의 사회 시스템이고 회사 시스템이에요. 예전보다 많이 나아졌다고 하지만, 여전히 꼰대는 존재하고, 서열은 중요하며, 나이를 따지거든요. 권위와 규칙, 그리고 조직의 틀이라는 면에서 개인들을 압박하고 있어요.

그래서 학교에 있다가 사회로 나가는 시점에 이런 부분들에 대해 조율하고 이해하는 노력이 뒷받침되지 않으면 적응에 상당히 애를 먹게 됩니다. "저 친구는 개인적 성향이 강해"라는 말을 사회에서 듣는다면 그건 분명 좋은 의미는 아닐 겁니다. 보통은 '너무', '지나치게' 같은 부사와 같이 쓰일 거거든요.

하지만 전체주의 시대는 점점 저물고 있습니다. 코로나19로 인한 팬데믹 상황은 이런 개인주의 구조를 더욱 가속화시켜 고착시킵니다. 사람들과 가능한 접촉하지 않고, 웬만하면 혼자서 일하는 것을 권하잖아요. 예전에는 식당에서 혼자 밥 먹는 것이 눈치 보이는 일이었는데 코로나19 이후에는 여러 명이 같이 가도 혼밥하듯이 앉는 것을 권합니다. 시스템적으로도 혼자서 무언가를 하는 것이 불편하지 않고 눈치 보이지 않게 세팅되고 있어요. 이미 많은 기업들이 같이 모여 협업하는 시스템보다 맡은 바 자기 일을 정확히 해내는 재택근무가 여러모로 꽤나 효과적이라는 결론을 내리기도 했습니다. 시대는 전체보다 개인에 더 초점을 맞추고 있습니다. 전환의 시대에 우리는 어떤 선택을 해야 할까요. 나이를 먹으며 당신은 개인주의 쪽으로 한 걸음 더 간 사람입니까? 아니면 전체주의 쪽으로 한 걸음 더 간 사람입니까?

하루키 롱런의 비결

　무라카미 하루키의 책 중 글 쓰는 사람들, 프리랜서, 혹은 퇴
사를 꿈꾸는 사람들에게 정말 유명한 책이 있어요. 바로 〈직업
으로서의 소설가〉라는 에세이입니다. 원래 소설가는 예술가로
서의 느낌이 강하잖아요. '천재'나 '영감' 같은 단어와 연결이 되
는 게 소설가의 작업이었죠. 그런데 하루키는 소설가를 직업인
으로 치환해버려요.

　하루키 정도 되는 소설가라면, 바닷가 어느 마을에서 산책을
하다가 갑자기 영감을 받아서, 급하게 레스토랑에서 빌린 냅킨
에 아이디어를 끄적이고, 그걸 바탕으로 저녁에 글을 쓰기 시작
해 그 다음날 아침까지 단편소설 하나를 완성해내고, 아침 해를
보면서 와인을 한 잔 기울인다는 식의 창작에 대한 신화가 있을
것 같잖아요. 하지만 전혀 그렇지 않습니다. 하루키의 습관은 매
일 일정한 시간에 일정한 분량의 글을 쓰는 것입니다.

　매일 원고지 20매. 이것이 하루키의 루틴입니다. 원고가 잘
써지는 날에도 20매, 특히 원고가 안 써지는 날에도 어떻게든
20매는 채운다고 하죠. 마치 직장인들이 타임카드 찍듯이, 아주
아주 규칙적으로 매일 일정한 분량의 글을 쓰는 것이에요. 이렇

게 오전에는 글을 쓰고 오후가 되면 매일 하루에 한 시간씩 달리기를 합니다. 소설가가 된 이후에는 좋아하던 담배도 끊고 일주일에 6일을 매일 달렸다고 합니다.(그나마 일요일은 쉬나봐요. 주 6일 근무제네요.)

하루키가 소설을 쓰기로 결심한 순간의 이야기는 많이 알려져 있죠. 1974년에 기르던 고양이의 이름을 딴 '피터 캣'이라는 재즈 카페를 오픈하면서 카페 주인으로서 생활을 영위하기 시작해요. 그렇게 몇 년이 흐른 어느 날 좋아하는 프로야구를 보러가요. 그리고 다음과 같은 인생의 전환의 순간을 맞이하게 됩니다.

"1978년 4월 1일, 메이지진구 구장에서 프로야구 개막전을 관람하던 중 소설을 쓰자는 생각이 떠올랐다. 1회 말 야쿠르트 스왈로즈의 선발 타자 데이브 힐턴이 2루타를 친 순간의 일이었다."

지금 보면 인스타그램에 자주 올라오는 허세샷 옆에 붙어 있는 문구 같은 느낌도 드는데요, 그것과 다른 것은 실제로 하루키는 소설가가 되기로 결심한 이후 소설을 쓰기 시작했다는 거예요. 결심한 것과 행동하는 것은 별개의 문제잖아요. 인과도 없고 맥락도 없이 갑자기, 데이브 힐턴의 2루타로 인해 소설을 쓰려고 결심한 하루키는 재즈 카페 영업이 끝나면 집으로 가서 부엌 식탁 위에서 소설을 쓰기 시작해요. 그리고 1979년, 〈군조〉라는 잡지의 문학상에 응모해 「바람의 노래를 들어라」라는 소설로 신인 문학상을 수상하게 되죠. 전업 작가가 되기로 결심한 것은 그 후로도 몇 년이 지난 1981년이고, 이때까지 재즈 카페는 계속 운영을 했었다고 합니다.

작가의 탄생 스토리가 이미 범상치 않은 느낌이어서, 사람들은 하루키에게 천재로서의 어떤 모습을 원하거든요. 그런데 하루키는 전업 작가가 된 이후에 재즈 카페를 할 때보다 훨씬 더 샐러리맨 같은 모습으로 규칙적인 생활을 하는 것으로 보입니다. 그것이 자신이 번 아웃되지 않고 몇십 년 동안 일정한 수준의 소설을 써낼 수 있는 비결이라고 말하면서요. 물론 하루키도 대중들이 소설가에게 가지는 환상을 알고 있기 때문에 자신의 규칙적인 생활을 소개하면서 "독자들은 실망하겠지만"이라는 말을 붙이기도 하지만요.

차별과 혐오를
먹고 사는 사회

하퍼 리 『앵무새 죽이기』

세계에서 성경 다음으로 많이 팔린 책은?

성경이 세상에서 가장 많이 팔린 책임에는 틀림없습니다. 서양에서 최초로 금속활자를 만들어낸 구텐베르크가 가장 먼저 만들어낸 책도 성경이었습니다. 사실 구텐베르크에 의해서 성경이 대량생산되기 전까지 책은 주로 필사본으로 제작되었습니다. 거의 모든 책이 전문가들의 손에 의해 한 땀 한 땀 제작된 필사본이었기에 일반 대중이 손에 넣을 수 있을 정도의 가격은 아니었습니다. 1400년경에 성경 한 권의 가격은 당시 농장 하나 정도로 지금 한국 돈으로 치면 5억~10억 정도였으니 말입니다.

성경은 서양 사회를 지배하는 하나의 문화였기 때문에 책이라는 것이 대중에게 보급되는 계기가 생기자마자 가장 많이 찍히고 팔린 책이 된 것은 어떻게 보면 당연한 것입니다. 그러면 이제 그다음 문제가 남습니다. 도대체 성경 다음으로 많이 팔린 책은 어떤 책인가 하는 것이죠. 이게 왜 문제가 되냐 하면 굉장히 많은 책들이 '세계에서 성경 다음으로 많이 팔린 책'이라는 홍보 문구를 가져다 붙이곤 하기 때문입니다. 그러니까 1인자는 의심할 여지가 없는데, 2인자라고 나서는 사람은 수십 명인 상황인 거예요.

일단 최근의 기록을 살펴보면 마케팅 전문 사이트 스퀴두 닷컴에서 조사한 기록이 있어요. 지난 50년간 가장 많이 팔린 책을 보면 1위는『성경』, 2위는『모택동 어록』, 3위는『해리포터 시리즈』, 4위는『반지의 제왕』, 5위는『연금술사』, 6위는『다빈치코드』, 7위는『트와일라잇 시리즈』, 8위는『바람과 함께 사라지다』, 9위는『놓치고 싶지 않은 나의 꿈 나의 인생』, 10위는『안네의 일기』라고 합니다.

이 자료에 따르면 10위『안네의 일기』의 경우 판매량 집계가 2700만 권이라고 하는데, 우리나라의『수학의 정석』같은 책은 누적으로 4500만 권이 팔렸다고 하니 이보다 많잖아요. 그러니 저 자료는 참고만 할 뿐, 믿을 수는 없는 것이죠. 중국에서 가장 많이 팔려서 기네스북에 오른 것은『신화자전』이라는 중국어 사전이거든요.

이 책들 외에도『성경』다음으로 많이 팔렸다는 수식어를 가져다 붙이는 책으로는『어린 왕자』,『천로역정』,『데일 카네기 인간관계론』같은 책들이 있는데요. 그중에는 하퍼 리의『앵무새 죽이기』라는 책도 들어 있습니다.

미국 같은 경우는 중·고등학교에서 개별적으로 금지서를 정하거나 권장도서를 정하는 경우가 많아요. 금지서는 학교들마다 그야말로 천차만별입니다. 심지어『해리포터』가 금지서에 들어가 있는 경우도 있어요. 기독교계 학교에서 마법이나 마술이 긍정적으로 등장하는 책은 용인할 수 없다는 것이 이유였지요.

하지만 권장도서 목록은 비슷비슷합니다. 그중에서 대부분의 학교에서 권장하는 책이 바로『앵무새 죽이기』예요. 권장도서들은 학년별로 보통 한 학기 또는 반 학기 동안 읽고서 내용에 대한 토론을 시키는 경우가 많기 때문에, 미국에서 학교를 다닌 사람이라면『앵무새 죽이기』를 거의 읽었다고 봐도 됩니다.

이 책은 인종차별 이슈를 정면으로 다루고 있어서 인종차별 문제로 골머리를 썩고 있는 미국에서는『수학의 정석』보다 현실적으로 더 중요한 책이라고도 할 수 있습니다.

다른 방식으로 바라보니 펼쳐지는 풍경

『앵무새 죽이기』는 책 제목이 무슨 뜻인가 궁금한 책 중 하나입니다. 왜 죄 없는 앵무새를 죽이는가? 그런데 그게 바로 이 책의 제목이 된 이유예요. 왜 죄 없는 앵무새를 죽이는가 하는 의문 말이죠. 이게 무슨 뜻인지 조금 더 자세히 알아보도록 하죠. 참고로 앵무새는 초기 번역이 잘못된 거고요, 원래 제목은 미국 남부 지방에 서식하는 흉내쟁이지빠귀라는 새랍니다. 하지만 이미 앵무새로 많이 알려져 있는 데다가, '흉내쟁이지빠귀 죽이기'는 뭔가 이상하잖아요. 그래서 그냥 『앵무새 죽이기』로 통용되고 있습니다.

이 작품의 주인공은 진 루이스 핀치인데요, 정식 이름보다는 주로 스카웃이라는 별명으로 불리는 여자 아이입니다. 이 아이가 6살에서 9살까지 3년 동안 겪은 일을 그린 소설이에요. 작가의 체험이 담겨져 있기 때문에 이 아이가 곧 작가 자신이라고도 하죠. 이 아이의 가족 구성원은 변호사인 아빠와 네 살 많은 오빠예요. 처음 1부는 미국 남부 지방에서 자라는 여자아이의 일상과 상황이 어떤지를 보여주는 내용이에요. 세밀하지만 정감 어린, 그리고 딱 그만한 나이의 눈으로 보는 세상과 사건들이 나열되는데, 그 내용이 꽤 생동감 있고 진정성 있습니다. 어린 시절 시골에서 자란 경험이 있는 분들은 그때의 감성이 새록새록 떠오를 겁니다. 그래서 1부만 보면 매력적인 성장 소설처럼 느껴질 정도입니다. 가끔 놀러오는 옆집 아이, 다양한 동네 사람들, 그리고 한 동네에 꼭 하나씩 있는 괴이한 소문이 도는 집도 있죠. 이 소설에서는 주인공의 바로 옆집인 부 래들리의 집인데요, 청년 시절 정신병으로 가족을 찔렀다가 유폐돼서 두문불출하고 살아가는 사람이에요. 그 집은 아이들에게는 공포의 대상인데요, 그 집에 가서 터치하고 오기 같은 놀이를 담력 시험으로 하기도 하죠.

그런데 1부 마지막에 가서 이 소설의 진짜 내용이 정말 아이들에게 맞는 방식으로 등장합니다. 스카웃의 아빠인 애티커스 핀치 변호사가 깜둥이의 애인이라는 소문이 돌고 그로 인해 스카웃과 그의 오빠인 잼은 곤란을 겪게 됩니다.

2부에 그 문제가 제대로 등장하는데요, 애티커스 변호사는 백인 여성을 강간했다는 누명을 뒤집어 쓴 톰 로빈슨이라는 흑인을 변호하게 된 것입니다. 이 작품은 1930년대 미국 남부를 배경으로 합니다. 1863년 링컨 대통령이 노예해방을 선언하고 북군이 승리했기 때문에 노예들은 법적으로는 해방되었지만, 흑인에 대한 대접은 사실 그전과 달라진 게 별로 없었어요. 법은 멀고 차별은 가까웠죠. 1964년 흑인에 대한 차별을 철폐하는 민권법이 제정된 후에도 실제적인 차별이 어느 정도는 지속 된 게 사실이니까요. 그런 면에서 보자면 1930년대, 노예해방에 반대했던, 그러다 전쟁에서 져 억지로 노예해방에 동의할 수밖에 없었던 남부라는 배경 자체가 흑인에 대한 감정이 어떤지를 잘 말해줍니다.

이런 상황에서 흑인을 진정으로 변호하는 변호사는 사실 흔하지 않았고, 있더라도 목숨을 내놓아야 했기 때문에 곧 멸종될 게 뻔한 종류의 인간이었습니다. 실제로 애티커스 변호사도 한밤중에 낯선 무리에게 둘러싸여 일촉즉발의 상황에 처하는데 아빠의 말을 무시하고 따라온 아이들, 그중에서도 스카웃이 달려들어 아빠를 보호하기 위해 애쓰자 차마 그 무리가 애티커스 변호사를 해하지 못하는 일도 겪습니다.

아이들은 결국 법정에서 애티커스가 유얼 집안 식구들의 피해자라는 주장이 사실은 짜고 치는 거짓말이라는 것을 증명해내는 것을 보게 됩니다. 하지만 배심원들은 명백한 증거에도 유죄를 선고하죠. 당시에는 백인과 흑인의 진술이 엇갈렸을 때 아무리 진실이라도 흑인 편을 드는 법정은 그 어디에도 없었거든요. 진실보다 중요한 것은 피부색이었습니다.

하지만 법정에 있던 사람들은 모두 톰이 무죄라는 것을 알았습니다. 이 과정에서 읍내의 웃음거리가 되었다고 생각한 유얼은 앙심을 품고 있다가 어느 날 술에 취해서, 발표회를 끝내고 밤길을 걸어 집으로 돌아가는 아이들을 습격합니다. 이 소설에서 유얼은 백인인 것만 빼면 그냥 쓰레기로 묘사됩니다. 어느 정도인가 하면 애티커스 변호사에게는 차마 못 덤비고, 그의 아이들에게 칼을 휘둘러 죽이려고 했으니까요. 그 과정에서 오빠 잼은 팔이 부러지고, 아이들은 그야말로 위기에 처합니다. 이때 아이들을 구한 것은 마치 오페라의 유령 같이 옆집에 살고 있었던 부 래들리였습니다. 그는 아이들의 목숨이 위태로운 것을 목격하자, 몇십 년의 은둔 생활을 청산하고 밖으로 나온 거죠. 부 래들리는 격투 과정에서 유얼의 칼을 빼앗아 그를 죽입니다. 읍내의 보안관은 사건을 덮기로 합니다. 유얼이 자신의 칼에 찔려 죽은 것으로 마무리돼요. 스카웃은 부 래들리를 그의 집으로 바래다주며 래들리의 집 쪽에서 동네를 바라봅니다. 단 한 번도 바라본 적이 없는 방식으로 바라보니 또 다른 풍경이 펼쳐지더랍니다.

링컨 노예해방의 진실

『앵무새 죽이기』는 지금은 많이 나아졌다고 하지만 미국에서는 여전히 민감한 문제이고 없어져야 할 문제인 인종차별을 다루고 있기 때문에 계속 회자되는 작품입니다.

노예해방이라는 사건은 아득히 먼 과거의 일처럼 느껴지지만 따지고 보면 160년 정도밖에 안 된 일입니다. 1863년 에이브

러햄 링컨이 노예해방 선언을 하지요. 하지만 이 노예해방 선언은 그야말로 선언이었을 뿐, 실생활에서 노예라는 개념이 사라진 것은 그로부터도 한참 뒤였죠.

무엇보다 노예해방의 동기 자체부터가 실제적으로 흑인들의 인권을 보호하는 진정한 해방 운동으로서의 가치하에서 이루어진 게 아니었어요. 링컨은 굉장한 인권 보호자처럼 생각되곤 하는데, 사실 링컨이 노예해방 기조에 동참한 것은 지극히 정치적인 이유 때문이었습니다. 농업 위주의 남부와 상공업 위주의 북부 중 바로 북부의 표를 얻기 위해서죠. 남부의 농업은 노동력이 절대적으로 필요했고, 북부의 상공업은 자유민인 소비자가 절대적으로 필요한 상황이었거든요. 그러니 북부는 노예해방을 지지했고, 남부는 노예제도의 존속을 지지했습니다.

링컨이 노예해방을 천명하고 나선 것은 노예해방을 원하는 여론이 더 우세했기 때문이고요, 남부와 전쟁을 벌인 이유는 노예를 해방시키기 위해서라기보다는 반기를 들고 연방 탈퇴를 선언한 남부연합군을 무력으로라도 미국이라는 테두리 안에 잡아두기 위한 것이었습니다.

링컨은 미국인이 좋아하는 대통령 1위로 뽑히는 사람입니다. 이 같은 결과가 나오는 것은 노예해방이라는 인권적인 이유가 전부는 아니에요. 사실 미국은 필요할 때만 '인권'이라는 명분을 가져다 붙이는 나라고, 실제적으로는 자신들의 이익을 최우선으로 하는 나라입니다. 실제적으로 미국 국민들의 입장에서 링컨의 가장 큰 공로는, 분열해서 작은 나라들로 갈라지려는 미국을 전쟁을 해서까지 하나로 잡아놓아 지금의 연방제를 확립시켜놓은 것입니다.

링컨은 1862년, 그러니까 남북전쟁 중에 〈뉴욕 트리뷴〉에 기고한 글에 "내가 단 한 사람의 노예를 해방시키지 않고도 미국을 구할 수 있었다면 그렇게 했을 것이다. 또한 모든 노예들을 해방시킴으로써 미국을 구할 수 있었다면 역시 그렇게 했을 것이다. 그들 중 몇 명만 풀어주고 미국을 구할 수 있었다면 마찬가지로 그렇게 했을 것이다"라고 썼습니다. 그러니까 링컨은 미국이라는 나라를 연방으로 유지하는 데 최우선의 가치를 두었고, 당시 그 방법이 바로 노예해방이었던 겁니다. 1858년 링컨은 연설 중에 "백인과 흑인이 정치·사회적으로 평등하게 되는 것에 찬성하지 않으며, 찬성했던 적도 없습니다"라고 한 적도 있습니다.

그러니 노예해방이 되었다고 해서, 노예에 대한 차별적 의식이 일시에 사라지지는 않았던 거죠. 처음 시작부터 동등한 인류라는 개념보다는 남부의 전통적인 체제를 무너뜨리겠다는 개념으로 시작한 것이니까요. 넷플릭스 오리지널 시리즈 중 〈엄브렐러 아카데미〉라는 초능력 가족의 이야기를 다룬 영화가 있는데요, 시즌 2에서 이 가족들이 시간여행을 잘못해서 존 F. 케네디가 암살되는 때로 떨어집니다. 1963년 11월 22일 텍사스주 댈러스에요. 그런데 이 가족 중에 흑인이 한 명 있는데(대안 가족이라 인종은 다양합니다), 이 시대에 엄청난 차별을 받는 장면이 나와요. 2020년의 사람이 불과 60년 전으로 갔을 뿐인데, 흑인이라는 이유로 음식점이나 카페에 출입하지 못하게 하는 곳이 있더라고요. 그래서 흑인들이 카페에 들어가서 버티는 것으로 저항운동을 하고, 경찰들이 출동해서 무자비하게 진압하는 장면이 나오거든요. 1963년에도 '흑인 출입 금지'라는 간판이 버젓하게 효력을 발휘할 정도로 인종차별은 공공연한 일이었던 거죠.

60년 전으로 거슬러 갈 것도 없습니다. 2020년에만 해도 미국 경찰의 과잉 진압으로 억울하게 흑인이 사망한 사건이 도화선이 되어서 코로나19 와중에도 미국 전역에서 인종차별 시위가 일었죠. 그리고 얼마 뒤 흑인 아버지가 아들이 보는 앞에서 경찰이 쏜 총에 맞는 사건이 일어났습니다. 총을 쏜 경찰의 말은 뿌리 깊은 인종차별적 시각을 보여줍니다. "흑인이 뒷자리에 아이를 태우고 있어서 유괴하는 줄 알았다"고 했거든요. 그냥 변명으로 이렇게 이야기를 꾸며낸 것일 수도 있지만, 그렇다 하더라도 이런 이야기가 변명거리로 머릿속에 떠올랐다는 것 자체가 인종차별적 시각을 그대로 보여주는 증거라 할 수 있습니다.

그러니 미국의 노예해방은 아직 완료된 것이 아닙니다. 노예해방 선언은 그렇게 해야 한다는 당위에 가까울 뿐, 실제로 하루아침에 인종차별을 없애지는 못했죠. 인종차별은 지금도 현재 진행형입니다. 그래서 『앵무새 죽이기』가 초·중·고 교과 과정에서 읽어야 하는 책으로 계속 남아 있는 것 아닐까요.

아비투스에 따른 구별 짓기

그런데 한국에서 『앵무새 죽이기』는 사람들이 그렇게 즐겨 찾는 소설이 아닙니다. 아무래도 노예해방 문제를 다루고 있고, 인종차별에 대한 교훈을 담고 있으니 우리와는 거리가 있다고 생각하는 사람들이 많은 것 같아요. 하지만 정말 그럴까요? 인종차별은 온전히 미국만의 문제일까요?

우리 역시 인종차별을 하고 있습니다. 다만 미국만큼 다양한 인종이 섞여 사는 것이 아니다 보니, 일상생활에서 맞닥뜨릴 기회가 없어 잘 드러나지 않을 뿐, 외국인 혐오증을 가진 사람은 의외로 많습니다.

게다가 무조건적인 외국인 혐오증과는 조금 양상이 다른 것이, 백인에 대한 감정과 동남아인에 대한 감정이 다르거든요. 지하철을 탔는데 백인이 갑자기 쓱 다가오면 겁부터 납니다. 영어로 길을 물어볼까 봐서요. 그런데 동남아인이 쓱 다가오면 어떤 느낌이 드시나요? 백인이 뚜벅뚜벅 다가올 때와는 좀 다르게 느꺼지는 경우가 대부분일 겁니다.

사실 우리가 진짜 생각해야 하는 것은 인종차별 문제보다, '차별' 자체의 문제입니다. 차별이라는 키워드는 어린이에서 어른으로 가는 과정에서 학습됩니다. 실제로 어린아이들은 다른 인종, 다른 계급의 아이들과 같이 섞여 노는 것에 거부감이 전혀 없습니다. 어른이 되면서 나와 남, 우리와 쟤네, 이런 식으로 구분하기 시작하거든요. 경계선을 긋는 것이지요. 경계가 되는 기준에 대한 의식이 생기기 시작하거든요.

프랑스의 사회학자 피에르 부르디외는 『구별짓기』에서 '아비투스'라는 개념을 제안했어요. 아비투스는 일종의 취향이라고 볼 수 있는데요, 취향이라고 쓰지 않고 아비투스라는 말을 그대로 가져다 쓰는 이유는, 이 말이 보다 더 넓은 개념을 가지고 있기 때문입니다. 예를 들어 클래식을 좋아하는 것은 취향이라고 할 수 있지만, 좋은 음식을 많이 먹어 미각이 좋은 것은 취향 이상의 습관이며 특성이죠.

아비투스는 갑자기 학습되는 것이 아니라, 자신이 살아왔던 문화, 재산 정도, 교육 수준 등에 따라 달라집니다. 바이올린을 켤 수 있는 사람이라면 어려서 그런 교육을 받은 거잖아요. 그리고 바이올린을 배울 생각을 하고, 배울 수 있는 성장 환경은 아주 일반적이지는 않습니다. 그래서 아비투스에 따라 구별 짓기가 가능해지는 거예요.

클래식을 좋아하는 것과 트로트를 좋아하는 것은 취향 차이지만, 사실 소리 내 말하지 않을 뿐이지 분명 저 취향 사이에는 어떤 구별점이 존재하거든요. 그런데 이런 구별은 조금만 방심해도 어느새 차별이 되고 맙니다. 구별되는 집단 중 한쪽이 다른 쪽보다 힘이 있으면, 그 힘을 드러내거나 의식하는 순간 그대로 차별이 되어버립니다.

차별과 혐오의 작동 기재

눈에 보이지 않는 취향조차 구별되는 지점이 있고 차별의 기준이 될 정도라면, 눈에 보이는 요소에 대해서는 말할 필요조차 없어 보입니다. 하지만 아닙니다. 말할 필요가 있습니다. 오히려 끊임없이 말해야 합니다.

인종은 물론이고 성, 국가, 소수자들에 대한 차별은 끊임없이 지적해도, 내재화된 가치를 이기기 힘듭니다. 왜냐하면 사람들은 구별 짓기를 좋아하기 때문이에요. 진화생물학에 따르면 인간이 자연에서 살아남을 수 있었던 최고의 무기가 바로 사회생활입니다. 가만히 놓아두면 인간은 집단을 만드는 방향으로 나아갑니다. 조그만 무리, 자신만의 집단을 만들려고 하는 것이지요. 집단을 만드는 가장 빠른 길은 집단이 아닌 사람을 설정하는 거예요. 내부와 외부를 먼저 구분하고, 내부와 외부의 긴 장감을 만들어 내부를 끈끈하게 하는 겁니다. 자신이 어떤 내부 안에 속한다는 것은 자신의 생각이나 행동에 대해 든든한 '빽' 역할을 해주기도 합니다. '빽'이라는 말은 영어 단어 '백그라운 드Background'에서 유래된 단어입니다. 그러니까 내부, 이너서클 안에서 움직이면 그 이너서클이 곧 자신의 든든한 뒷배경이 되 어줍니다.

어른들의 말버릇 중에 "나는 그렇게 안 한다"라고 하지 않고 "우린 그렇게 안 한다"라고 말하는 식이 있죠. 분명 자기 생각을 이야기하는데도, '나'가 아닌 '우리'라는 말을 가져다 쓰는 경우 가 있습니다. 자신이 어떤 이너서클 안에서 움직이고, 자신의 생 각이 그 이너서클의 전체 생각인 양 말하는 것입니다.

가장 효과적인 이너서클의 뭉치기 기술은 차별과 혐오, 배제 입니다. 정치인들이 콘크리트 지지표를 위해 활용해 먹는 기술 이기도 합니다. 미국에는 인종차별을 이용한 선거의 기술이 있 고요, 예전에 우리나라에선 지역감정을 활용하는 선거 전략을 펼치곤 했습니다. 이런 방법의 문제는 '우리'가 대단하다, 좋다 보다는 '쟤네'가 나쁘다, 이상하다는 식으로 간다는 것입니다. 인간은 긍정적인 것보다는 부정적인 것에 더 쉽고, 빠르게 반응 하거든요.

그렇기 때문에 인간의 본능에서 벗어나 이성의 길로 가기 위해서는 계속 이야기하고, 공론화해서 내재화된 가치를 끄집어내 다시 한 번 점검해야 합니다. 사회생활을 시작하면서 우리는 어느새 자기만의 바운더리를 만들면서 파를 만들고 집단을 만들고 이너서클을 만듭니다. 그것이 사회생활의 스킬이라고 생각하거든요. 하지만 그 과정에서 바운더리 밖의 사람들에 대한 배려는 당연히 부족해집니다. 언제든 자신이 서클 바깥의 사람이 될 수 있다는 생각은 그래서 더욱 필요합니다.

『앵무새 죽이기』에서 아이들은 공기총을 선물 받는데, 이때 아버지에게 "앵무새를 죽이는 것은 죄가 된다"는 말을 들어요. 이유를 묻자, 앵무새는 우리에게 해를 끼치지도 않고 아름다운 노래를 불러주기 때문이라고 하죠. 앵무새는 사회적 약자를 의미해요. 인종, 성, 나이, 재산 등 사회적 약자는 늘 존재합니다. 혹 주류의 입장이라도 입장을 바꾸고 관점을 바꾸면 이들의 처지를 이해하고, 그에 맞춰 행동할 수 있습니다. 이 소설은 그런 이야기를 아이들의 눈으로 하고 있습니다. 결국 아이들의 목숨을 구한 것은 백인 사회에서 왕따 당하던 옆집의 부 래들리였습니다. 주류 사회에 속할 수 있는 백인이지만 실제로는 백인 사회에서 왕따를 당하던 사람이거든요. 그런 경험이 있기 때문에 부 래들리는 사회적 약자의 입장을 이해할 수 있던 거죠. 사회적 약자에 공감할 수 있는 부 래들리가 결국 아이들을 구했다는 사실은 이 소설의 지향점이 무엇인지 잘 말해주고 있어요.

집 나간 노라는
어디로 갔을까?

헨릭 입센『인형의 집』

금서로 지정된『해리포터』

제가 가르치는 성신여대 학생들을 대상으로 '인생 책'을 조사해본 적이 있습니다. 이런 조사를 하면 보통은 책에 대해 약간의 허세가 있기 때문에 흔히 얘기하는 세계 명작이나 최근의 인문학 서적 같은 것 위주로 대답하거든요. 말하자면『카라마조프가의 형제들』이나『사피엔스』같은 책이요. 그런데 놀랍게도 200여 명이 참여한 조사에서 압도적인 1위는『해리포터』였습니다. JTBC예능 프로그램인〈한끼줍쇼〉에 출연한 적이 있는데, 그때 만났던 걸그룹 공원소녀의 레나도 자기는 해리포터를 너무 좋아한다며 덕심을 고백하더라고요.

『해리포터』 시리즈는 영화로 만들어져 전 세계적인 메가 히트를 치며 〈해리포터〉 프랜차이즈 영화 전체 수익을 합하면 역대 3위에 해당합니다. 1위는 마블 시네마틱 유니버스의 〈아이언맨〉이나 〈어벤져스〉 같은 영화들 22편을 합한 액수라서 그야말로 넘사벽이고요, 2위가 〈스타워즈〉 시리즈 11편, 그리고 〈해리포터〉 시리즈가 3위예요. 영화 〈해리포터〉가 얼마나 유명했는지 마지막 시리즈의 포스터 중에는 〈해리포터〉라는 영화 제목 없이 배우들 얼굴만 나온 포스터가 있을 정도였어요. '이게 뭔지 이제 다 알지?'라는 느낌이랄까요.

재미있는 것은 이렇게 유명한 『해리포터』도 미국에서 종종 금서로 지정되곤 했다는 겁니다. 미국 학교들은 학부모들 입김이 강해서, 학부모들과 같이 도서관의 추천 도서나 금서 목록을 작성하곤 하는데, 기독교 색채가 강한 종교 계열 학교들에서는 『해리포터』가 금서로 지정되는 일이 종종 있어요. 테네시주 내슈빌에 있는 성에드워드 가톨릭 학교에서는 『해리포터』 책 속에 등장하는 저주문이 실제 악령을 부를 수 있다는 이유로 도서관에서 이 책을 없애버렸죠.

1999년 첫 시리즈인 『해리포터와 마법사의 돌』이 출간된 후 10여 년간 해리포터는 미국도서관협회ALA에 가장 많은 금서 지정 요청을 받은 책으로 기록돼 있습니다. 이유는 '마법과 주술

을 미화하고 아이들이 주문을 따라 하게 해서 혼란에 빠트린다'
는 것이었죠.

사실 『해리포터』는 서양권에 잘 알려져 있는 마녀 전설에 기
초해서 만들어진 책입니다. 늑대인간이나 거인족 등 전체적으
로 서양의 전설들이 많이 차용됐지만 그중에서도 마녀에 관한
이야기가 가장 많이 나오기도 하고, 가장 기초를 이루기도 합니
다. 지팡이로 조화를 일으키고, 빗자루를 타고 날아다니고, 부엉
이를 이용해 통신하고, 벽난로로 이동하죠. 모두 서양 마녀 전설
에 나오는 마법들입니다. 기숙사를 정해주는 모자 역시, 생긴 게
전형적인 마녀 모자잖아요.

마녀 사냥의 역사

마녀는 서양 역사에서 정말 빼놓을 수 없는 어두운 부분이
자, 오래된 역사예요. 마녀 사냥은 중세 시대 잠깐 유행한 것으
로 알려져 있지만, 실제 서양 역사로 보면 800년 이상이나 지속
되었을 정도로 긴 전통을 가집니다.

서기 785년 카롤루스 대제가 발표한 파더보른 공의회에선
"악마에게 홀린 자, 그리고 이교의 믿음을 가진 자로서 사람을
마녀라고 믿고, 마녀라고 의심받은 사람을 불태워 죽이고 그 살

점을 먹거나 남에게 먹인 사람은 사형에 처한다"라는 내용이 있습니다. 그러니까 사람들을 마녀라고 몰아세우거나, 마녀라고 혐의를 씌어 죽이는 것을 경계한다는 얘기예요. 억울하게 마녀로 몰린 자를 구제한다는 의미의 법이지만, 이런 법이 존재한다는 것 자체가 이때도 마녀라는 개념이 있었고, 누군가를 마녀로 몰아서 해하는 세력이 있었다는 의미이기도 하죠. 1431년에는 프랑스 백년전쟁의 영웅인 잔다르크가 재판에서 마녀로 낙인 찍혀 이단 선고를 받고 화형을 당하기도 했습니다.

마녀 사냥의 최절정기는 1570~1630년인데요, 신교와 구교가 갈려서 격렬하게 싸우던 기간이었습니다. 사회는 종교개혁으로 어수선하고, 흑사병이 도래했으며, 전쟁은 끝나지 않고 지속되기만 했죠. 이런 분위기에서는 불행의 원인을 누군가에게 돌리지 않으면 민중의 분노를 다스리기 어려워져요. 그래서 그 희생양이 된 것이 마녀였습니다. 마녀들의 저주와 악의 때문에 불행이 닥친 것이고, 마녀를 제거하면 그 불행이 사라질 것이라는 믿음이 권력자들과 종교인들을 타고 전 유럽을 광기로 물들인 것이죠.

이 광기는 1692년 미국으로 건너가 메사추세츠주 세일럼에서 마녀 재판을 일으키고 난 후에 사그라들기 시작합니다. 세일럼의 지명은 미국에서는 저절로 마녀를 떠올리게 하는 지명이에요. 세일럼에는 마녀 박물관도 있습니다.

청교도 사회의 허례와 경직성을 고발한 소설 『주홍글씨』를 쓴 너새니얼 호손은 세일럼 세관에서 일하던 공무원이자 작가였는데, 호손의 할아버지가 바로 이 세일럼 마녀 재판의 재판관 중 한 명이었다고 합니다. 그래서 호손은 할아버지를 부끄러워해서 그에게 물려받은 호손Hathorne이라는 이름을 스펠링을 바꿔서 호손Hawthorne으로 썼다고 합니다. 우리나라로 치면 '제훈'이라는 이름을 '재훈'이라고 바꿔버린 셈이죠.

마녀인가, 아닌가를 확인하는 방법

마녀를 찾을 때 지침서 역할을 한 책은 『말레우스 말레피카룸』으로 『마녀를 심판하는 망치』로 번역이 되어 있습니다. 1846년작인데요, 이 책에는 마녀를 감별하는 방법이 나와 있어요. 물론 전혀 과학적이지도, 그렇다고 신학적이지도 않고 그저 어떻게 하면 무고한 사람을 마녀로 몰 것인가가 단계적으로 기술되어 있는 책이라고 보시면 될 것 같습니다.

이 책에서 소개한 마녀 감별법 중에서 잘 알려진 것은 마녀라고 의심되는 사람을 물속에 던져보는 것이죠. 물속에 가라앉으면 마녀가 아니지만, 물에 뜨면 마녀로 판별되어서 화형에 처해집니다. 그런데 사람이 물속에 가라앉으면 그건 곧 물에 빠져 죽는 거잖아요. 이와 비슷하게 불로 달군 뜨거운 쇠판 위를 걷게 해서 사망하면 마녀가 아니지만, 거기서 살아나오면 마녀로 판별되어서 화형에 처해집니다. 그러니까 어떠한 경우라도 한 번 마녀로 몰리면, 마녀로 죽거나 마녀가 아닌 게 증명된 채로 죽거나 둘 중 하나라는 얘기죠.

이 방법들은 마녀로 몰린 사람이 실제로 마녀인가 아닌가 확인할 때 쓰는 것이고요. 일반인들 속에 숨어 있는 마녀를 찾아낼 때는, 그러니까 마녀라는 혐의를 씌우는 데는 총 100가지가 넘는 기준이 있습니다. 이 지침들을 보면, 조금 황당한 것도 있는데요, 요리나 집안일에 서투르면 일단 마녀로 의심했어요. 나돌아 다니기를 좋아해도 의심받았고요, 밤 외출이 잦으면 100퍼센트였죠. 사마귀, 주근깨 같은 것도 마녀의 징표가 되곤 했습니다. 정말 황당한 사례가 하나 있는데요, 나무꾼인 남편이 평소보다 일찍 귀가했는데, 아무리 문을 두들겨도 안 일어나서 문을 부수고 들어갔더니 아내가 너무 깊이 잠들어서 문 두드리는 소리를 못 들은 겁니다. 결과는 마녀 확정이었어요. 낮잠 자는 척하며 유체이탈을 해서 숲속 집회에 갔기 때문에 소리를 못 들었을 것이라는 이유에서였습니다.

이런 지침에서 찾을 수 있는 공통점은 대부분 집안일이나 여자들이 감당해야 하는 의무로 책정된 일을 소홀히 하는 사람을 마녀로 봤다는 겁니다. 그러니까 여성이 마녀로 몰리지 않기 위해서는 집 안에 머무는 것이 제일 안전하고, 여성의 역할이라고 여겨지는 음식 만들기, 집 안 청소하기 등 집안일을 등한시하거나 서툴게 하면 안 되는 겁니다.

그렇게 보자면 마녀 사냥의 역사는 사실 여성을 여성다움이라고 상정되는 특성 안에 가두어버리려는 남성들의 욕망이 집약된 결과라고 할 수 있습니다. 여성은 집 안에 있으면 여성이지만, 밖에 나돌아 다니며 여성의 본분에서 벗어난 일을 하려고 하면 마녀가 되는 거죠. 그러니까 마녀 사냥의 역사는 곧 여성을 집 안에만 가두어놓으려는 '여성 억압의 역사'이기도 합니다.

그녀는 왜 엽기적이었을까?

예전에 〈무비위크〉라는 영화 잡지에 4년 정도 영화 칼럼을 기고한 적이 있습니다. 그때 영화 〈엽기적인 그녀〉를 분석한 글을 썼는데요, 기존 분석과는 좀 달라서 좋은 평을 받았죠. 〈엽기적인 그녀〉는 전지현이라는 광고계의 블루칩을 배우로 각인시킨 작품입니다. 이 영화는 당시 나우누리라는 인터넷 서비스에서 연재되던 굉장히 엽기적인 여자에 대한 이야기를 영화화 한 작품이에요. (나우누리라는 얘기를 하니 마치 근대 개항기 이야기를 하는 것 같은 느낌이 드는데, 다행스럽게도 이때는 이미 개항이 완료된 때이니 오해 없으시기 바랍니다.)

　제가 분석한 것은 '왜 엽기적인 그녀인가?' 하는 것이었어요. 극 중 전지현은 술 취한 옆 테이블 사람에게 시비를 걸기도 하고, 학교 연못에 빠지기도 하고, 지하철에서 토하기도 합니다. 흔히 생각하는 얌전한 여성과는 거리가 너무 먼데요, 단순히 전지현이 맡은 캐릭터가 얌전하지 못해서 엽기적인 것은 아닙니다. 여성에게 기대되는 통념보다 조금 심한 장난을 치고, 통통 튀는 것은 셰익스피어의 『말괄량이 길들이기』라는 작품 제목처럼 '말괄량이'라는 말로도 표현될 수 있거든요.

　왜 엽기적일까요? 전지현이 했던 일을 남자 대학생이 했다고 생각해보면 이에 대한 실마리가 잡혀요. 여자 대학생이 하면 엽기적이라고 하는 행동, 조금은 과격하거나 선을 넘은 듯한 일들이 남자 대학생이 하면 젊은 날의 치기 어린 장난 정도로 순화되어서 보이거든요. 그리고 실제로 혈기 왕성한 남자대학생들이 곧잘 하는 행동들이기도 합니다. 술 취한 옆 테이블 사람에게 시비를 걸기도 하고, 학교 연못에 빠지기도 하고, 지하철에서 토하기도 하는 일들 말이죠.

　그걸 여성이 하니까 엽기적이라고 하는 겁니다. 물론 지금 시대 상황에서는 이 정도로는 엽기적이라는 말을 듣지 않겠지만, 이 영화가 개봉한 2001년에는 달랐지요. 그런데 전지현의 엽기적인 행각이 급격하게 전환되는 시점이 있습니다. 견우에게 다른 산봉우리에 가 있으라고 한 다음에 산 위에서 "나도 어쩔 수 없는 여자인가 봐"라고 외치는 장면이 나온 이후인데요. 전지현의 캐릭터는 믿을 수 없을 정도로 급변해 사람들이 여성에게 원하는 바로 그 모습의 여자가 되죠.

여성이 사회가 원하는 스테레오 타입의 여성에서 벗어나는 순간, '엽기적'이 되는 이 구조는 좀 심하게 표현하면 마녀 사냥의 구조와 크게 다르지 않습니다.

남자 역시 일정한 틀 안에서 남성답기를 강요받지만, 여기서 벗어난다고 해서 화형에 처해지지는 않았습니다. 하지만 여성은 여성에게 강요되는 모습과 의무에서 벗어나려면 마녀가 될 각오를 해야 하던 때가 있었습니다. 사실 여성은 집 안에 있을 때 가장 아름답다는 담론에 균열이 가기 시작한 것 자체가 얼마 되지 않습니다. 1879년 집 나간 여성을 그린 희곡 하나가 사회에 큰 논쟁을 일으켰죠.

호의호식하는 반려견과 불확실한 인간

환생의 기회를 얻게 되었는데 여러분에게 선택권이 있다고 해볼게요. 만수르네 집까지는 아니어도 잘사는 집의 반려견으로 다시 태어나 호의호식하며 한평생 살 수 있는 기회가 있고요, 그냥 평범한 집의 인간으로 태어나 불확실한 미래를 개척하며 살아가는 삶이 있습니다. 어떤 삶을 택하시겠습니까? 먼저 이것부터 얘기해볼까요? 이 선택이 쉽습니까? 어렵습니까?

사실 이 문제는 자유의지를 가지고 자신이 주체적으로 삶을 사는가의 문제죠. 우리가 아는 인간, 인간의 삶을 생각해보면 이 선택은 무척 쉽고도 당연해 보입니다. 인간의 종특이 바로 자유의지잖아요. 자유의지가 빠진 채 타의에 의해 좌우되는 삶은 그래서 인간적이지 않습니다.

그런데 이런 당연한 인간적인 삶을 선택한 게 논란이 되어 상징적인 의미를 가지게 된 작품이 있습니다. 1879년 발표된 헨릭 입센의 『인형의 집』입니다. 자유의지가 없이 아버지, 남편의 의지대로 살아야 하는 인형의 삶. 물론 사랑받고 보호받으며 '종달새'로서의 삶을 살지만, 그건 그야말로 인형의 삶이죠. 인형으로서의 삶을 거부하고 인형의 집을 뛰쳐나간 노라, 과연 노라는 인형의 집 바깥에서 그 후 잘 살아남았을까요?

노라의 숨겨진 사정

『인형의 집』은 기본적으로 연극 대본이라, 책을 읽으면서 장면을 상상하고 읽는 것이 이 책을 이해하는 데 조금 더 효과적입니다. 이 연극이자 책은 행복한 가정을 꾸리는 세 아이의 엄마인 노라와 남편 헬메르가 크리스마스를 준비하는 모습을 보여주면서 시작합니다. 노라는 살짝 낭비벽이 있는 것 같지만, 대부분 남편과 자식을 위해 비싼 물건을 사지 자신을 위해서는 뭘 사야 할지도 잘 모릅니다. 헬메르는 이런 노라를 '종달새'라고 부르며 예뻐하는데요, 헬메르는 새해부터 은행 총재로 부임할 예정이라 이번 크리스마스가 아주 즐겁습니다.

그런데 이런 노라에게는 비밀이 하나 있습니다. 사실 몇 해 전 헬메르가 죽을 병에 걸려 남쪽으로 가서 요양할 필요가 있었는데, 돈이 없어서 다른 사람에게 빌렸거든요. 대외적으로는 심지어 헬메르에게조차 노라의 아버지가 돈을 주었다고 했지만 이는 자존심 강한 헬메르를 배려하고자 노라가 속인 것이고요. 실은 아버지의 서명을 위조해서 보증을 받아, 크로그스타드라는 평판이 그다지 좋지 않은 사람에게 빌린 것입니다. 그 후 노라는 자신 몫의 지출을 아끼고 아껴서 이 돈을 갚고 있었습니다.

노라는 오랜만에 만나는 어린 시절 친구 크리스티네를 위해 남편에게 일자리를 부탁하는데, 헬메르는 자기 부하 직원이었던 크로그스타드를 해고하고, 그 자리에 크리스티네를 앉힙니다. 크로그스타드는 예전에 자신의 아내를 살리고자 서명을 위조하고 거짓말을 한 적이 있었는데 그 일에 대해 헬메르는 계속 부정직한 사람이라고 혐오감을 가지고 있었거든요. 당연히 노라가 자신을 위해 아버지의 서명을 위조한 사실을 모르는 채 말입니다. 이 사실을 알고 있는 크로그스타드는 자신의 자리를 지킬 수 있게 해달라고 노라를 협박해요. 아니면 노라의 서명 위조 사실을 남편에게 알리겠다고 하죠. 남편이 부정직한 것을 얼마나 싫어하는지 잘 알고 있던 노라는 지옥 같은 나날을 보내다가 남편의 명예를 지키기 위해 죽을 각오까지 합니다.

노라의 노력에도 불구하고 이 일을 폭로하는 크로그스타드의 편지가 남편의 손에 들어가고, 남편은 그 편지를 보고 노라를 비난하며 대외적으로 부부의 관계만 유지하지 사실은 파경임을 선언합니다. 그러곤 경박한 여자 때문에 자신의 인생을 망쳤다며 비난하죠. 게다가 아이들을 교육할 자격이 없다며 아이들 근처에도 가지 말 것을 명령합니다. 그런데 크로그스타드는 크리스티네와 결혼을 하게 되면서 극적으로 변화가 됩니다. 이 협박을 멈추고 없었던 일로 하겠다는 겁니다. 그러자 헬메르는 흥분해서 자신이 말을 잘못했다며 노라에게 다시 예전으로 돌아가자고 말하는데, 노라는 이미 이 남편이란 인간에게 자신이 어떤 위치였는지를 알아버렸거든요.

노라는 남편을 위해 목숨까지 바칠 작정이었습니다. 실제로 헬메르의 목숨이 왔다 갔다 하는 상황이 오자 노라는 그렇게 한 것이나 마찬가지였죠. 그런데 남편은 위기가 닥치자 노라를 비난하며 자신만 살고자 했습니다. 그러니까 노라는 남편에게 동등한 위치의 사람이 아니라 일종의 인형이었던 것이죠. 남편의 뜻대로 남에게 예쁘게만 보이면 되는 인형, 하지만 그것을 위해서 자신의 일부분도 희생하지 않는 인형이죠. 동등한 위치는 아닌 겁니다. 노라는 그래서 인형의 집을 나오기로 결심합니다. 헬메르는 노라를 말리지만, 노라는 낯선 사람처럼 느껴지는 남편의 곁에 하루도 더 못 있겠다며 집을 뛰쳐나옵니다.

인형의 집 바깥에는 무엇이 있을까?

노라가 인형의 집을 뛰쳐나온 이 사건이 일어난 때는 1879년입니다. 140여 년 전 이야기죠. 집을 나가려는 노라에게 헬메르는 이렇게 말합니다. "아내와 어머니로서의 신성한 의무를 저버려도 좋냐"고요. 노라는 그만큼이나 신성한 의무가 있다고 대답합니다. 바로 자기 자신에 대한 의무지요. 누구의 어머니, 누구의 아내가 아닌, 바로 자기 자신이 되어야 한다는 메시지입니다. 이 선택으로 인해 '노라이즘'이라는 말이 생기기도 했습니다. 인간으로서 여성의 독립된 지위를 확립하려는 주의라고 하죠. 바꿔 말하면 그전의 인습은 여성에게 독립된 인격체로서의 지위를 보장하지 않았다는 뜻이기도 합니다.

여성의 투표권은 1893년 뉴질랜드에서 세계 최초로 주어졌습니다. 그전에는 여성에게는 투표권이 없었죠. 그런데 이 작품은 그보다 4년 앞서니, 그야말로 『인형의 집』은 무척 선구적인 작품이라고 할 수 있습니다.

여성이 어머니, 아내로서의 정체성을 뛰어넘어 자아를 찾겠다는 선언이 있은 지 140여 년이 지난 지금, 이 땅의 노라들은 얼마나 자기 자신을 찾을 수 있었을까요? 여전히 어머니, 아내로서의 의무가 강력하게 여성들의 정체성 위에 군림하고 있는 것 같습니다.

무엇보다도 이런 정체성은 사회적으로 형성되어 있는 것이 사실 문제거든요. 예를 들어 중년 여성들은 집 안에 있을 때는 어머니로 추앙되지만, 집 밖에 나가면 아줌마라며 희화의 대상이 되곤 합니다. 이런 인식은 여성을 집 안에 있어야만 하는 존재로 각인시켜버립니다. 당신이 운전을 못한다고, 비하한 김 여사는 누군가의 어머니라는 사실을 기억하시기 바랍니다.

노라는 주체적 삶을 찾기 위해 인형의 집을 나왔지만, 사실 노라가 잘 살았을 것 같지는 않습니다. 노라만 바뀐다고 세상이 바뀌는 것은 아니니까요. 하지만 노라들이 많아지고, 노라의 선택을 지지하는 그녀의 아들들이 많아진다면 사회적 인식도 점점 달라져 노라들이 주체적이고 독립적으로 살 수 있는 세상을 만들어 나갈 수 있을 것 같습니다.

SECTION 5

◆

자신과의 싸움

진정한 도전은 결국 매일매일

어니스트 밀러 헤밍웨이 『노인과 바다』

시간의 상대성 이론

초등학생 때는 방학이 그렇게나 오지 않잖아요. 지난 방학이 전생의 일인가 싶게 멀게 느껴지고, 앞으로의 방학은 고등학생이나 되어야 올 것처럼 아득하게 느껴집니다. 그런데 대학생만 되어도 시간 감각이 달라져요. 중간고사를 보고 시험이 끝난 뒷풀이로 몇 번 친구들과 놀다 보면 어느새 기말고사 날짜예요. 놀았던 대가로 벼락치기 밤샘을 몇 번 하다 보면 어느새 한 학년이 끝나버립니다. '시간이 쏜살같이 흘렀다'는 표현이 있잖아요. '쏜살'은 줄임말인데요, '쏘아놓은 화살' 같다가 줄이기 전

말입니다. 예전에는 화살이었다면 지금 느낌은 총알이죠. 이 표현이 지금 만들어졌다면 '쏜 총 같다'고 표현했겠네요. 나이 들수록 시간의 속도는 가속이 붙습니다.

직장인이 되면 이 시계는 더욱 빨라지죠. 신년 하례식을 하나 싶었는데, 분기 보고를 해야 하고요. 여름휴가를 어떻게 보내나 싶었는데, 내년도 계획을 짜야 합니다. 아인슈타인의 상대성이론은 도무지 이해할 수 없더라도 이 시간의 상대성 경험은 많이들 해보셨을 거예요. 하지만 이렇게 말했을 때, 보통 공감 못하는 분이 계세요. 그런데 재미있게도 이분들의 특징이 비슷합니다. 어떤 분들일까요?

'나이 들어서 느끼는 시간 감각은 젊을 때보다는 빠르다'는 이야기를 시간 수축 효과라고 하는데요, 이에 대해서는 과학적으로 연구한 두 가지 근거가 있습니다. 하나는 1996년 연구인데요, 노던애리조나대 심리학과 피터 맹건 교수 연구팀이 젊은 실험 참가자와 나이 든 실험 참가자들을 대상으로 3분으로 짐작되는 시간을 맞히는 실험을 했어요. 대학생 나이에 해당하는 참가자들은 3분 언저리를 대강 맞혔는데, 60세 이상의 실험참가자들은 3분 40초 정도를 3분이라고 인식했습니다. 자기 생각보다 시간이 더 빨리 가버린 거죠.

이에 대해서 과학자들은 도파민의 작용을 이유로 제시했습니다. 도파민은 뇌에서 전달되는 신경 전달 물질인데, 도파민의 분비가 줄어들면 시간이 빨리 가는 것처럼 느껴진다고 해요. 그런데 도파민은 자연적으로는 20대에 최고로 많이 분비되고, 그 이후 점점 분비되는 양이 줄어서 10년마다 5~10퍼센트씩 감소합니다. 그래서 나이가 들면 자연적으로 시간의 흐름을 '쏜 총' 같이 느끼게 된다는 거죠.

또 하나의 근거는 2019년에 듀크대 기계공학과 에이드리언 베얀 교수가 발표한 신경망의 노화 이론입니다. 나이 들면서 신경망이 노화되고, 그렇게 되면 다양한 이미지를 처리하는 능력이 떨어집니다. 인체는 인지한 이미지가 바뀔 때 시간의 흐름을 인식하는데, 이 이미지가 상대적으로 적으니 시간이 굉장히 빠르게 지나가는 것처럼 느껴지는 겁니다.

이 두 가지 근거를 살펴보면 다양하고 많은 경험이나 행동들이 시간을 상대적으로 길게 느껴지게 한다는 것을 알 수 있어요. 도파민 같은 경우는 원래 분비되는 양이 있지만, 행복을 느끼거나 흥분된 경험을 하면 조금 더 분비된다는 것은 많이 알려져 있는 사실입니다. 그러니까 지루한 상황보다는 변화가 많은 상황에서 시간의 흐름은 조금 더 역동적으로 느껴집니다. 그리고 신경망 이론으로 봐도 보다 많은 다양한 이미지를 계속적으로 흘려 보내면 상대적으로 시간의 흐름을 더 인식해서 시간의 상대적 빠름을 잡아채는 효과가 있지요.

나이 들수록 시간이 빠르게 간다는 것에 공감하지 못하는 분들을 보면 대부분 규칙적인 일에 종사하는 직장인이 아니라, 프리랜서처럼 다양한 변화가 수반되는 일에 종사하는 경우가 많습니다. 같은 직장인이라도 비슷한 서류 뭉치만 들여다보는 일을 하기보다는, 다양하고 변화 있는 현장 경험을 하는 분들 역시 그렇습니다.

반대로 나이 먹어갈수록 시간이 정말 빠르고, 1년이 한 달 같이 느껴지는 사람들은 매일매일 비슷한 일을 하며 비슷한 일 상을 살아가는 사람들입니다. 그러니까 정말 덧없이 인생이 빠 르게 지나가버린다고 느껴지게 하는 가장 큰 적은 바로 우리의 지루한 '일상'입니다. 별다른 변화 없이 같은 일을 반복할수록 우리의 시간은 숨 막힐 속도로 줄어듭니다.

인생과 일탈

〈월터의 상상은 현실이 된다〉라는 영화가 있습니다. 잡지사 에서 필름 사진 현상 담당으로 16년째 일한 월터 미티가 잡지의 오프라인판 폐간에 쓸 마지막 사진을 구하기 위해 매일 반복되 는 뻔한 일상에서 벗어나 뜻하지 않은 여행을 떠나게 되는 이야 기입니다.

데이팅 사이트의 '가본 곳?'이라는 질문에도 답할 수 없을 정도로 지루하고 따분한 일상을 살던 월터는 할 수 있는 것이 상상밖에 없습니다. 그래서 종종 '멍때리기'에 들어가요. 하지만 반강제로 자신이 영위하던 일상에서 벗어나 그린란드, 아이슬란드, 아프가니스탄, 히말라야 등에 가게 되죠. 미국인들이 생각하기에 극한의 일탈이라고 느껴지는 지명들이에요. 상상도 못했던 곳에서 상상 속에서도 못해볼 만한 경험들을 하고 난 후 월터는 "상상을 덜 하게 되었다"고 말하죠. 직장에서는 결국 해고되었지만, 월터의 생활은 오히려 자신감과 활기가 넘칩니다. 그러니까 월터에게 일상은 스스로를 좀 먹는 곰팡이 같은 것이었지요.

월터가 일하던 잡지사가 바로 '라이프'사입니다. 〈라이프 Life〉라는 시사 잡지를 발간하는 곳인데, 포토 저널리즘을 개척한 잡지예요. 1936년 헨리 루스가 원래는 유머 잡지였던 잡지를 사들여 사진 중심의 시사 잡지를 만든 거죠. 헨리 루스가 만든 잡지는 이 외에도 경제 전문지 〈포춘〉이나, 시사 잡지 〈타임〉이 있습니다. 이 정도면 '연쇄 잡지 창업마'라고 할 수 있죠.

그런데 이 전통의 〈라이프〉지는 실제로 2007년 종이 잡지를 폐간하고 온라인으로만 발행되기 시작했습니다. 〈월터의 상상은 현실이 된다〉는 그런 실화를 바탕으로 한 영화입니다.

〈월터의 상상은 현실이 된다〉에서는 〈라이프〉의 모토가 계속 반복적으로 강조됩니다. 하지만 전부를 고스란히 옮겨놓은 것은 아니고 최초 발간사를 조금 축약하고 각색해서 영화적으로 보기 좋게 만든 것입니다. 그래도 그 핵심 내용은 보존되는데요, 영문 그대로 소개해보겠습니다.

To see the world, things dangerous to come to, to see behind walls, to draw close, to find each other and to feel. That this the purpose of 'Life'

"세상을 보고 무수한 장애물을 넘어 벽을 허물고 더 가까이 다가가 서로를 알아가고 느끼는 것. 그것이 바로 우리가 살아가는 인생의 목적이다"라는 뜻인데요, 여기서 '라이프Life'라는 단어는 중의적으로 잡지 이름이기도 하면서 실제 우리의 인생을 뜻하기도 합니다.

그런 〈라이프〉지에서 일하던 월터가 일상이라는 감옥에 갇혀 자신의 인생을 제대로 살지 못하다가 며칠 동안의 일탈로 인해 비로소 자신의 인생을 살게 된다는 전개는 그래서 아이러니합니다. 그리고 영화 속에서 인생의 정수가 담긴 사진이라고 내놓는 것이 월터가 일상 속에서 열심히 일하는 사진인 것도 아이러니합니다.

그렇게 보면 인생은 일상과 일탈이 같이 붙어 있어야 완성되는 같습니다. 일상만 있어서는 곧 아무것도 한 것 없는 것 같은 느낌으로 인생의 종반에 쉽게 도착할 수 있고요, 반대로 일탈만 있으면 그것 역시 강약 없는 세계이므로 쉽게 쓰러져버릴 것 같아요.

그런데 일상은 대부분의 사람들이 원래 가지고 있는 거잖아요. 그러니까 일상이죠. 중요한 것은 일상에 매몰되지 않아야 한다는 겁니다. 그 방법이 일탈을 덧붙이는 게 되거나, 일상을 끊임없이 의식하는 것이나, 아니면 아예 그냥 일상에 묵묵하게 임하는 것이나 그 어떤 것이 되더라도 일상에 매몰되는 순간 자신의 인생은 없어지고 그냥 '살아지는 몸뚱아리'만 남게 됩니다.

우리 자신보다 큰 물고기를 견디는 법

〈라이프〉를 통해 엄청나게 큰 성공을 거둔 소설로 헤밍웨이의 『노인과 바다』가 있습니다. 『노인과 바다』는 이 잡지에 실림으로써 독자들을 처음 만나게 되는데요, 이 소설이 실린 잡지가 발행된 지 이틀 만에 500만 부가 팔려 나갔다는 기록이 있습니다. 그래서 부랴부랴 단행본으로 만들었죠. 돈 되는 것을 미국 회사가 놓칠 리 없으니까요.

노인이 고기를 잡았다가 상어 떼에게 다 뜯겼다. 『노인과 바다』의 줄거리입니다. 이 단순한 줄거리의 소설, 『노인과 바다』는 어니스트 헤밍웨이의 최고 소설 중의 하나이며, 헤밍웨이가 퓰리처상, 노벨문학상을 받는 데 결정적 계기가 된 소설입니다.

『노인과 바다』는 어렸을 때 읽은 거랑 나이 들었을 때 읽은 느낌이 다른데요. 10대 때 읽으면 그런가 보다 정도이거나, 아니면 상어떼에게 고기를 빼앗기게 될 걸 알면서도 배 옆에 매달고 온 노인의 비합리성을 비판하는 방향으로 흐르기 쉽습니다. 그런데 이 책을 조금 더 나이 들어서 읽게 되면 느낌이 다릅니다. 노인은 왜 고기를 잡으러 바다에 나간 걸까요? 그리고 왜 중간에 포기하지 않고 죽을 위험에 처하면서도 고기를 잡은 걸까요?

놀랍게도 이 책에는 그 '왜?'에 대한 직접적인 답은 없습니다. 여든 살이 넘은 노인 산티아고는 84일 동안 고기가 잡히지 않았는데도 오늘도 내일도 그저 고기를 잡으러 나갑니다. 엄청나게 큰 청새치가 잡혔지만 목숨과 바꿀 수 있는 위협에 몰리면서 그 고기를 잡는 게 이득일까, 가져가려면 어떻게 가져가야 하는 고민 따위는 없습니다. 소설에선 청새치 길이가 5.5미터 정도로 묘사됩니다. 이 정도면 무게가 700~800킬로그램 정도 나간다고 해요. 말하자면 배보다 큰 고기를 노인 혼자서 감당하기가 애당초부터 불가능합니다. 하지만 노인은 재거나 따지지 않아요. '왜?'에 대한 고민 없이 그냥 합니다. 그런데 이 책을 읽는 사람들은 바로 '그 왜?'를 아는 거죠. 자신의 나이대에 따라서요.

많은 사람이 큰 고기를 잡았을 때 어떻게 할지 계획도 없으면서 사투를 벌여 고기를 잡는 노인의 맹목에 의아한 시선을 보내지만, 그 시선으로 거울을 보세요. 거기에 노인의 형상이 보일 겁니다. 10년 후, 20년 후를 생각하며 지금을 살고 있는 사람이 얼마나 될까요? 오늘 출근한 이유는 그냥 출근해야 하니까 한 것이지, 10년 후 이룰 어떤 것을 계획해서 오늘 출근길에 오른 것은 아니잖아요.

미래에 대한 거창한 계획 없이 그냥 오늘, 내일을 열심히 살아가는 직장인들의 모습과 노인의 고기 잡는 모습은 크게 다를 게 없습니다. 그러니까 거창한 비전이 점점 희미해져가는 나이가 될수록, 그리고 2년 전 여름과 올 여름이 구체적으로 어떻게 달랐는지 설명하기 곤란할 만큼 평범한 나날들이 익숙해져 가는 나이가 될수록 노인이 이해되기 시작합니다. 눈앞의 고기를 잡는 것 외에 달리 어떤 것도 할 수 없는 겁니다.

노인의 고기가 상징하는 바는 어려움일 수 있어요. 그런데 그 어려움은 가난, 실업, 늙음처럼 이 책을 읽을 때의 자신의 나이와 환경에 맞게 제각각입니다. 어쨌든 이런 어려움은 우리에게 닥친 현실들이죠.

이렇게 어려운 우리의 현실을 어떻게 살아 나가야 할까요? 이 현실들에 당위성과 의미를 부여하고 그런 것을 어떻게 타파해 나갈지 고민하는 것보다는 그냥 열심히 그 현실을 살아내는 것. 그리고 그 현실을 넘어서 있을 수도 있고, 아니면 그 현실에 잠식당해 실망스러운 결과를 손에 받아들고 있을 수도 있지만, 일단 눈앞에 현실은 살아내는 것. 그 과정에서 최선을 다하는 것. 이것이 우리 인류가 '인생'이라는 우리 자신보다 큰 물고기를 견디는 방법일 수 있습니다.

인생은 원래 승산이 없는 싸움

원래 헤밍웨이의 작품은 『무기여 잘있거라』나, 스페인 내란에 직접 참가한 그의 체험이 녹아난 『누구를 위하여 종은 울리나』같이 현실 참여적인 성향이 강해요. 그런데 『노인과 바다』는 배경이 그야말로 바다입니다. 바다, 하늘, 밤 그리고 노인과 고기. 어떻게 보면 초현실적인 이 공간 속에서 독자들은 오히려 자신의 인생을 느끼는 거죠. 초현실적인 공간에서 가장 현실적인 것을 느끼는 겁니다.

그래서 많은 이들이 『노인과 바다』의 노인을 슈퍼 히어로 영화의 주인공처럼 생각하기도 해요. 인생의 큰 고난에 맞서 싸우는 슈퍼 히어로인 거죠. 슈퍼맨처럼 외계인도 아니고, 배트맨이나 아이언맨처럼 돈이 많지도 않고, 캡틴 아메리카처럼 사명감이 있는 것도 아니지만, 자신의 인생에 주어진 하루하루의 과업에 최선을 다하는 자세. 그러니까 우리가 정말 필요한 일상의 영웅입니다.

비록 그 결과물은 상어들에게 뜯겨서 남는 게 없습니다. 사실 우리들 대부분이 그렇죠. 열심히 살아왔지만, 남들이 "뭐 잡았냐?"고 물어봤을 때 자랑스레 내 인생에서 어떤 것을 이루었다고 답할 수 있는 사람은 많지 않을 겁니다. 하지만 그럼에도 초연하게 하루하루의 일상을 충실하게 살아내는 것, 그러면서 그 일상에 영혼을 지배당하지 않는 것. 그것이 바로 우리가 『노인과 바다』를 보고 또 보는 이유일 겁니다. 노인은 이런 말을 하죠.

"파멸당할 수는 있지만 패배하지는 않는다."

인생이란 원래 승산 없는 싸움입니다. 누구나 죽게 되니까요. 그러니까 여기서 얘기하는 파멸이 곧 육체적인 의미라면, 패배는 정신적인 의미입니다. 어떤 어려움도 싸워서 이길 수 있다는 불굴의 의지. 그 의지는 특별한 사람이 가지는 것이 아니라 쿠바 어촌 마을의 80세 넘은 노인 산티아고도 가지고 있는 것입니다.

헤밍웨이가 그린 최고의 전쟁은 『무기여 잘있거라』나 『누구를 위하여 좋은 울리나』의 전쟁이 아니라 인간이라면 누구나 맞닥뜨려야 하는 삶과의 투쟁, 일상을 살아가는 사람의 전쟁입니다. 『노인과 바다』에 그 전쟁을 치르는 방법이 나와 있는 거죠.

일상을 살아가는 인간의 모습

청춘 때에는 성장기이고 사회 적응기이기 때문에 그만큼 다양한 사건이 일어나고, 환경이 변합니다. 평생을 같이 할 사람을 찾기 위해 여러 사람을 만나고 헤어지는 것도 보통 이 시기에 집중되어 일어나죠. 하루하루가 다채로워 지루할 틈이 없어요. 그러니 시간 역시 길게 느껴집니다. 그런데 직장을 가지게 되고, 애인을 찾고, 결혼하고, 자신의 아이를 만나게 되면서 우리의 인생은 안정되기 시작합니다. 다른 말로는 다람쥐 쳇바퀴라고 표현하기도 하죠.

인생의 제일 가치가 '안정'이 되다 보니, 기본적으로 똑같은 일상이 반복되는 것을 지향하면서도 막상 실제로 그런 일상이 전개되면 한없이 지루해하기도 합니다. 그 일상은 우리의 인생을 잡아먹는 괴물이 될 때도 있습니다. 20대까지 학업을 마치고 직업을 찾아 어느 정도 안정을 찾으면, 곧 그 안정이 일상이 되어 자신을 옥죄기 시작하죠. 그래서 30대가 되면 이직 생각을 많이 하게 돼요.

일상은 다루기에 따라 관상용 물고기가 될 수도 있고 언제라도 주인을 물 수 있는 애완용 호랑이가 될 수도 있습니다. 그 일상을 어떻게 다룰지, 어떤 식으로 일상이라는 달리는 호랑이에 매달려 있을지 그 방법을 익히지 않으면 평생 일상에 깃눌리게 됩니다.

『노인과 바다』는 일상을 대하는 여러 방법 중 하나를 제시합니다. 하지만 훨씬 더 중요한『노인과 바다』의 효용은 우리에게 일상을 살아가는 인간의 모습을 생각해보게 하는 계기를 가지게 한다는 것입니다. 정신을 번쩍 들게 말이죠.

여섯 단어 소설

로스트 제네레이션Lost Generation은 '잃어버린 세대'라고 번역을 하는데, 최근 들어서는 '길 잃은 세대'라고 해야 하는 것 아닌가 하는 의견도 있습니다. 하지만 아무래도 '잃어버린 세대'라는 말이 은유적인 느낌이 강해 조금 더 '있어 보이는 것'이 아닌가 하는 생각도 듭니다.

헤밍웨이는 바로 이 로스트 제네레이션의 대표적인 작가였어요. 로스트 제네레이션은 1차 세계대전 이후에 느끼는 서구권의 절망과 허무를 느끼는 세대들을 말하는데요. 이런 경향들은 소설에 허무함과 길 잃음 같은 것으로 반영이 됩니다.

그래서 헤밍웨이 글의 특징은 하드보일드hard-boiled 스타일의 문체로 드러나요. 하드보일드는 1930년을 전후에 나타난 문학적 방법으로 감정을 최대한 배제하고, 짧고 건조하게 상황만 묘사하는 것입니다. 냉혹하고 비정하다라는 느낌이 있는데요, 슬프거나 기쁨 같은 감정을 드러내지 않고 무감정으로 쓰거든요. 그렇다고 소설 자체에서 감정을 전달하지 않는 것이 아닙니다.

유명한 일화가 하나 있는데요, 사실 헤밍웨이 일화가 아니라는 말도 있고, 증거도 있으니 맞다고 하는 주장도 있지만, 진위 여부를 떠나 헤밍웨이 성격과 문체적 특징을 잘 보여주는 이야기임에는 틀림없습니다.

헤밍웨이가 짧은 말로도 감동을 줄 수 있는 소설을 쓸 수 있다고 하니까, 친구들이 '어디 얼마나 짧게 쓸 수 있냐?'면서 내기를 겁니다. 그러자 헤밍웨이는 여섯 단어로 쓴 이야기를 보여주죠.

"For Sale: Baby Shoses. Never Worn."
"팝니다: 아기신발, 한 번도 사용한 적 없음."

감정 없이 짧게 묘사되었지만, 저 뒤에 숨어 있는 이야기들이 보이잖아요. 그래서 친구들이 '이건 레전드'라고 하면서 내기에서 졌음을 인정했다고 하죠.

이 일화가 워낙 유명하고 재미있다 보니, 여러 가지 문장으로 패러디도 많이 됩니다. 이 문장도 만만치 않게 슬프잖아요.

"For Sale: Couple-T. Never Worn."
"팝니다: 커플 T, 한 번도 사용한 적 없음."

사라진 후
알게 되는 것

알베르 카뮈 『페스트』

지루한 일상의 그리움

우리에게 일상은 여백처럼 존재합니다. 그리기 위해선 색깔이 필요하지만, 기본적으로는 여백을 제공하는 캔버스가 없다면 그림 그릴 밑바탕이 없는 것이잖아요. 그렇지만 그림을 그리다 보면 막상 여백은 잊게 됩니다. 일상 역시 마찬가지예요. 늘 탈출하려고 꿈꾸는 장소로 묘사되지만, 막상 제일 그리운 공간이기도 합니다. 일상이 사라지는 순간, 우리는 일상을 그리워하게 돼요.

그래서 객관적 인식을 위해서는 이 환경이나 시간에서 한

발짝 떨어져서 볼 필요가 있는 거예요. 하지만 그러기 참 힘든 것이 우리의 일상이죠. 그야말로 우리의 하루하루니까요.

그런데 전 세계인의 일상이 갑자기 사라져버린 사건이 일어 났죠. 코로나19 팬데믹의 충격은 정말 강렬했습니다. 이렇게 세 기적이고 세계적인 사건을 전 세계인의 공유한 경험은 전무합 니다. 앞서 있었던 세계대전이나 스페인 독감 같은 사건들 역시 크나큰 문제이긴 했지만, 그때는 SNS나 미디어가 지금처럼 발 달하지 않았기 때문에 세계 곳곳의 충격을 공유하지 못했으니 까요. 역사의 기록에서 세계는 코로나19 이전과 코로나19 이후 로 나뉠 것이라는 말이 괜히 나온 것이 아닐 겁니다.

팬데믹 시기에 가장 많이 나오고 있는 말은 '일상이 그립 다', '일상으로 복귀한다'는 말입니다. 일상이 사라진 후 사람들 은 일상의 소중함에 대해 말하기 시작했습니다. 코로나19 이후 의 세상은 우리가 코로나19 이전에 누리던 일상과는 다를 테지 만, 우리가 돌아가고 싶어하는 일상은 시스템적인 표준과는 다 른 개념일 겁니다.

투덜대면서도 평범하게 출근하고, 졸릴 눈을 비비며 학교에 가서 친구들을 만나고, 연인과 만나서 볼 영화가 너무 없다면서 도 굳이 또 영화관에 가고, 저녁에는 너무 많이 먹어서 부른 배 를 꺼뜨리겠다며 자연스럽게 동네 한 바퀴 산책에 나서고, 주말 에는 가족들과 나들이를 가서 예상외의 지출에 당혹해하는 그런 일상, 지루하고 뻔해서 인생의 낙이 없다고 우리를 옥죄던 그 일상으로 돌아가고 싶어 합니다.

전염병을 견디는 인간의 모습

알베르 카뮈의 『페스트』는 페스트가 창궐한 오랑시에서 인간이 어떤 모습으로 그 재난을 견뎠을까에 대한 이야기입니다. 카뮈를 『이방인』처럼 조금은 이해하기 난해한 책으로만 접하신 분들에게는 다른 모습의, 그러니까 『이방인』에 비해 읽기가 쉬운 소설입니다. 스토리를 따라가며 읽을 수 있고요, 무엇보다 『이방인』의 뫼르소처럼 왜 이렇게 생각하고 행동하는지 도무지 이해가 안 되는 사람들이 없습니다. 모두 다 재난 상황에서 각자에게 주어진 환경에 맞게 행동을 하거든요. 감정 과잉이나 극적인 갈등은 없어요. 그래서 더욱 페스트라는 재난이 객관적으로, 그리고 심각하게 다가옵니다.

알제리의 평범한 항구 도시 오랑시에서 쥐들이 죽어 나가는 모습이 발견되며 『페스트』는 시작됩니다. 알제리는 100여 년간 프랑스의 식민 통치를 받다가 1962년에야 독립했지요. 『페스트』가 발표된 것은 1947년이니 『페스트』의 배경이 된 알제리는 프랑스령이라고 봐야 하죠.

의사인 리외가 이 소설의 주인공입니다. 그리고 리외의 친구이자 그전의 행적이 불분명하지만 도시가 폐쇄되기 몇 주 전부터 호텔에서 묵고 있던 타루, 신부 파늘루, 공무원 그랑, 그랑의 옆집에 살다가 자살 미수 사건을 일으킨 코타르, 그리고 취재차 오랑에 왔다가 페스트로 인한 도시 봉쇄 때문에 나가지 못하고 남게 된 랑베르. 이 정도가 이 소설의 주요 등장인물입니다.

이 소설에는 주요 갈등이 없습니다. 굳이 갈등이라고 하면 페스트라는 자연과 그것에 맞서 싸우는 인간이 되겠네요. 하지만 그 과정이 그다지 장엄하게 그려지지 않습니다. 자연과 맞서 싸우는 인간이라고 하면 불굴의 투지와 감동적인 사건 같은 것이 연상되잖아요. 그런데 그렇지 않아요. 사실 그게 작가가 말하고자 하는 핵심이죠.

이 소설은 페스트의 전개 과정에 따라 인물들의 사건과 심리가 진행됩니다. 의사인 리외는 페스트의 최전선에서 직접 싸우는 역할을 맡고 있으면서 서술자이기도 하죠. 하지만 큰 공명심이나 사명감보다는 그저 앞에 환자가 있으니까 치료하고 버티는 겁니다. 타루는 민간보건대를 조직해서 리외를 돕는데, 마지막 페스트의 희생자가 되기도 하죠. 처음에 페스트는 신이 준 재앙이라고 말한 파늘루 신부도 아이의 고통스러운 죽음을 눈으로 목격하고, 신념이 약간 흔들리게 돼요. 하지만 이 신부도 악역은 아닌 것이 페스트 퇴치를 위한 자원봉사에 나서거든요. 랑베르는 몇 달 동안 고생해서 밀거래 망을 통해 도시를 빠져 나갈 기회를 얻는데요, 갈등하다 결국 도시에 남기로 해요. 죄책감을 가지며 살기 싫다는 거죠. 등장인물들은 모두 자신의 직업과 상황에 맞는 선택을 하고, 그런 선택들이 모여서 페스트를 견디는 인간 군상들이 그려집니다. 중요한 포인트는 견딘다, 이 말에 있는데요. 무슨 대단한 약을 개발해서 페스트를 없애는 것이 아니라, 처음 생겨날 때 아무 이유 없이 생겨났듯, 페스트가 지나갈 때도 그저 갑자기 지나간다는 거죠. 그러니까 사람들은 페스트를 정복한 것이 아니라 '페스트'라는 재난을 견딘 겁니다.

『페스트』는 실존주의 작가 알베르 카뮈의 작품입니다. 실존주의는 철학자나 작가마다 생각하는 바가 조금씩 다 달라서 사실 일정한 경향이라기보다는 세계대전이 끝나 전쟁으로 사람들이 죽어 나가는 것을 목격한 사람들이 느끼는 삶에 대한 관점과 태도라는 것이 제 생각입니다.

그런 면에서 보자면 『페스트』는 세계대전 같은 전쟁의 은유가 되겠죠. 아니면 세계대전을 초래했던 나치즘이나 파시즘 같은 전체주의의 은유가 될 겁니다. 그런데 지금 이 시대에는 페스트가 전쟁이나 사상으로서의 은유보다는 그냥 전염병 자체에 대한 직유가 되고 있습니다. 사스, 메르스, 코로나19 바이러스 등 계속적으로 전염병이 고개를 쳐들고 있거든요. 그래서 이 페스트를 견디는 모습은 그대로 우리의 모습이 되기도 합니다.

일상의 선택으로 세상을 견뎌내는 법

주목할 것은 『페스트』의 서술자가 이 이야기의 진정한 주인공이라고 말하는 이가 공무원인 그랑이라는 거예요. 하급 공무원인 그랑은 계약을 잘못하고 소심하기까지 해서 박봉에 시달립니다. 그에게는 멋진 소설을 쓰겠다는 꿈이 있습니다. 공무원 일을 끝내고 저녁 때는 집에 틀어박혀서 소설 쓰기에 몰두하지만 한 문장을 이리 고치고 저리 고치고 하느라 몇 년째 진전이 없어요. 페스트를 맞닥뜨린 뒤 그는 낮에는 공무원 일을 하고 저녁에는 민간 보건대에서 자원봉사를 하고, 밤이 되면 다시 소설을 써요. 그러다가 나중에 페스트에 걸리지만 이겨내고 살아납니다. 그랑이 회복된 이후로 페스트는 진정세에 접어듭니다.

그랑은 전형적인 소시민입니다. 카뮈가 이야기하고자 하는 것은 바로 이런 소시민의 투쟁입니다. 영웅주의가 아니에요. 영웅이 나타나서 페스트를 퇴치하는 그런 이야기가 아니라 그저 자기 자리에서 자신이 할 수 있는 일을 하는 사람들이 결국 페스트를 견뎌내는 이야기거든요. 중요한 것은 페스트를 이기거나 정복한 게 아니라는 겁니다. 페스트는 파늘루 신부의 이야기처럼 신이 주신 벌이나 자연의 경고 같은 것이 아니라, 그냥 오는 것이니 그것을 이겨내는 것이 아니라 견뎌야 한다는 것이죠.

그 과정에서 대단한 휴머니즘이 필요한 것도 아닙니다. 알베르가 탈출하려고 애쓸 때도 리외는 그를 전혀 비난하지 않고 그의 선택은 당연한 것이라 말합니다. 각자 페스트를 견디기도 하고 이용하기도 하는데, 그 선택들을 비난하거나 자신이 하는 일에 동참하라고 강요하지 않고 서로를 존중하며 자신의 일을 해나갑니다. 그런 과정에서 민간보건대가 조직되고 페스트에 대한 대처가 이루어져요.

진정한 휴머니즘은 신념에 대한 강요나 거창한 희생정신 같은 소영웅주의가 아니라, 그저 눈앞에 벌어진 일을 개개인들이 상식적이고 합리적인 방향으로 처리해가는 일상의 선택들이 쌓여서 이루어지는 겁니다. 그게 페스트로 상징되는 부조리한 세상을 이겨내는 방법인 거예요.

감염의 공포

그런데 『페스트』가 미처 담아내지 못한 현상이 하나 있어요. 코로나19가 한창 유행일 때 음식점에 갔는데, 손님 중 한 분이 재채기를 하는 거예요. 그러니까 그 안에 있던 많은 사람들의 주의가 그 사람에게로 확 쏠려지는 것이 느껴졌습니다. 정말 그런 느낌 있잖아요. 대놓고 보는 것은 아닌데 모든 신경이 한 사람에게 가 있는 그런 느낌이요. 순간의 재채기인지 아니면 감기 같은 것인지 알아내려는 그런 탐색의 시선 같은 것이죠. 그런데 그 느낌 중에 살짝 적의 같은 것도 느껴졌어요. '몸 안 좋으면 나돌아 다니지 말지'라든가 '재채기는 입을 틀어막고 해야지' 같은 그런 무언의 비난이 일순간 쏟아지는 느낌이 한낮의 그 음식점을 감쌌습니다.

코로나19 바이러스의 공포는 예전의 사스와 메르스 때와는 다른 경험을 양산하고 있습니다. 코로나19는 다른 전염병과 달리 비증상일 때도 전파된다는 점이 문제인데요. 증상이 있으면 당사자가 덜 돌아다니게 되지만, 증상이 없으니 감염된 당사자가 자신이 슈퍼 전파자가 될 수 있다는 사실을 인지하지 못한 채, 감염병 전파의 핵이 되어버릴 수 있습니다.

엘리베이터를 같이 탄 타인이 언제든 나에게 바이러스를 전파할 가해자일 수 있는 거죠. 이런 상황에선 기본적으로 타인에 대한 불신이 생길 수밖에 없습니다. 타인에 의한 감염이라는 공포는 좀비 영화에서 많이 확대 재생산되었습니다.

불신과 신뢰의 경계

코로나19가 재설계한 일상이라는 패러다임에서 가장 무서운 것은 바로 타인에 대한 불신입니다. 좀비를 무조건적으로 보고 죽여야 하는 가장 큰 이유는 좀비 바이러스의 전파력 때문이거든요. 1명이 2명으로, 2명이 4명으로, 4명이 8명으로 2배씩 전파되다 보면 순식간에 전 인류가 좀비가 되어버릴 것입니다. 그러니 좀비 바이러스가 유행하는 세상이라면 기본적으로는 전혀 모르는 타인은 좀비 바이러스를 가지고 있다고 전제하고 대하는 것이 생존하는데 보다 유리할 것입니다. 한순간의 방심이 나와 내 가족을 좀비로 만들어버릴 수도 있으니까요.

그와 똑같은 프로세스가 코로나19 바이러스가 유행하는 세상에도 적용됩니다. 기본적으로 타인은 코로나19 바이러스를 나에게 감염시킬 가해자일 수 있습니다. 코로나19 바이러스가 유행하자 영화 〈부산행〉에서 김의성이 연기한 악역 캐릭터가 다시 조명되기도 했습니다. 눈으로 보기에도 좀비가 아닌 주인공 일행을 좀비들이 있던 칸에서 왔다는 이유만으로 문을 안 열어줘 격리해버리는 사람이죠. 좀비도 아닌 주인공 일행을 단지 가능성이 있다는 이유만으로 극한 상황에 몰아넣는 모습이 너무 한다 싶었는데요. 막상 현실에서 코로나19 바이러스에 의한 감염이 일어나니 우리 모두 김의성 같은 모습이 되어버릴 수밖에 없었습니다.

증상은 없지만 보균자일 수 있는 사람들, 이를테면 외국인들, 외국에서 들어온 사람들, 단순 감기 증상이 있는 사람들을 대하는 우리의 태도 역시 크게 다르지 않은 것 같거든요. 우리의 일상 가운데 타인에 대한 의심과 경계라는 필요악이 끼어들 어오게 된 것이지요.

서로에 대한 신뢰가 있어야 자연에서 인간이 생존할 수 있었던 가장 큰 무기인 사회라는 시스템이 돌아가는데요, 기본적으로 사람에 대한 불신이 깔린다는 것은 바로 그 사회의 기본전제에 대한 반박입니다.

많은 윤리, 문화, 종교가 타인에 대한 사랑을 가르치지만 코로나19뿐 아니라 사회생활을 하며 쌓여가는 여러 경험이 '불신'이 생존하는데 더 유리한 게 아닐까 하는 생각을 유도합니다. 『페스트』는 페스트라는 대재난을 버텨낸 것은 사람들 사이의 믿음이 있었기 때문이다라고 얘기합니다. 방역을 위해 타인과의 거리두기와 경계하기를 가르치는 코로나19 시대의 실제적경험 사이에는 분명 약간의 간극이 존재합니다.

필연적으로 사회생활을 영위해야 하는 우리는 도대체 타인에 대한 신뢰를 어디까지 가지고 있어야 하는 걸까요? 반대로 타인에 대한 경계는 어디까지가 적절할까요? 오늘도 평화로운 중고나라에 올라온 게시글을 그대로 믿고 지정한 송금장소로 송금해야 할지, 돈을 들여서 보증 같은 약간의 안전장치를 마련하고 택배 거래를 해야 할지, 도무지 못 믿겠으니 시간과 돈을 들여 반드시 직거래를 해야 할지, 직거래를 해도 속을 수 있으니 무조건 신상만 사야 할지, 이것저것 다 어려우니 거래 자체를 혐오해야 할지, 선택지는 많아요.

이렇게 혼란스러운 와중에 사회는 점점 불신을 가르치고 있습니다. 기껏 선거를 해서 대통령을 뽑아놓고도 부정 선거네 뭐네 하면서 엄청난 사회적 비용을 들이고 비효율성을 드러냈던 미국 대통령 선거는 사실 이 정도에서 그치는 것이 아닙니다. 선거 자체에 대한 불신의 씨앗을 뿌려놓았기 때문에 앞으로의 선거에서도 진 쪽이 항상 부정 투표의 의혹을 제기할 가능성이 많고, 쉽사리 승복하지 않을 수 있습니다.

나만 신뢰를 가지고 사회생활을 한다고 해서 신뢰감 있는 사회가 되는 것은 아니지만, 내가 불신을 전제로 사회생활을 하면 결코 신뢰 사회는 오지 않을 것은 명확합니다.

좀비의 시초

대중 감염에 대한 공포는 드라큘라를 거쳐 좀비 같은 은유들로 계속 재생산되곤 했습니다. 보다 대중적이고 즉각적인 감염이라는 점에서는 드라큘라보다는 좀비가 팬데믹과 조금 더 닮아 있고요. 그래서인지 아이티의 부두교에서 나온 좀비는 전세계적인 히트상품이 되죠. 그 이면에는 '대중감염'과 그에 따른 '익명성의 공격'이라는 팬데믹 공포에 대한 은유가 내재되어 있습니다.

좀비는 부두교에서 비롯된 서양의 몬스터 중 하나죠. 부두교는 아프리카 토속신앙을 기반으로 해서 크게 아이티의 부두교와 미국 뉴올리언스의 부두교 두 가지 흐름이 있습니다. 정령을 섬기는 부두교는 주로 아프리카에서 끌려온 노예들에 의해서 전승되었고, 아이티에서는 부두교의 사제와 비밀결사들이 백인들의 지배를 끝내게 하는 데 결정적인 역할을 했기 때문에, 부두교는 서양권의 미움을 받게 됩니다. 그래서 부두교는 악마의 종교로 인식되어서, 좀비라는 유산을 남기게 되죠.

좀비는 '언데드Undead', 그러니까 살아 있는 시체를 말합니다. 사실 좀비의 유래는 조금 슬퍼요. 아이티에는 약물을 투여해서 사람들을 노예로 만드는 방법이었다고 합니다. 테트로도톡 신이라는 맹독이 있는데, 보통 복어에 함유된 독입니다. 이 독을 사람의 피부에 바르면 가사 상태에 빠집니다. 그래서 죽은 줄 알고 장례식까지 치르지만 일정 시간 지나면 다시 깨어납니다. 그때 다시 독풀 등을 먹여서 2차 약물 공격을 가한 다음에 폭력을 가하고 정신적 충격을 주면 그야말로 좀비처럼 자신의 의지 없이 시키는 것만 하는 상태가 됩니다. 이 사람들을 노예로 부려먹는 거예요. 실제로 최근까지도 아이티 부근의 한 섬에는 약물을 이용한 노예 농장이 존재했다고 합니다.

이 사람들은 독에 중독된 상태이기 때문에 몸이 굼뜨고, 얼핏 죽은 사람처럼 보여서 살아 있는 시체라고 여겨지는 것이죠.

매니아들만 알 것 같은 오컬트적인 좀비 개념을 세계인이 다 알게 된 것은, 좀비 영화라는 장르 때문이에요. 월 스미스가 출연한 〈나는 전설이다〉라는 영화는 원래 미국 SF공포소설의 거장인 리처드 매드슨의 1954년작 소설을 원작으로 합니다. 리처드 매드슨이라는 이름이 낯설다면 미드 〈환상특급〉의 작가이자 〈X-File〉의 원작자라고 하면 조금 더 친숙하실 거예요. 사실 리처드 매드슨이 〈나는 전설이다〉에서 사용한 것은 좀비가 아니라 드라큘라이긴 했습니다. 이 소설이 나올 때만 해도 좀비는 대중문화에 등장할 만큼 낯익은 개념은 아니었거든요. 하지만 리처드 매드슨의 소설에 나오는 드라큘라는 기존 드라큘라의 모습에 비해 지능이 떨어지고 집단 감염을 일으키고 떼 지어 행동하는 등 좀비적인 특징을 많이 가지고 있었어요. 그래서 영화화되었을 때는 아예 좀비로 묘사되었죠.

대중문화에서 좀비라는 개념을 정립시킨 것은 조지 로메로 감독입니다. 조지 로메로 감독은 1969년 발표한 영화 〈살아있는 시체들의 밤〉에서 좀비라는 명칭을 쓰지는 않았지만, 지금 우리가 알고 있는 좀비의 개념을 대부분 선보였습니다.

이후 좀비 영화가 많이 나오는데요, 아무래도 설정상 느리고 둔하고 사람만 죽이는 좀비들은 점점 덜 자극적으로 느껴졌죠. 그래서 좀비 개념의 진화가 이루어져 지금의 좀비는 사람보다 빠르게 달리고, 때로는 총도 쏘고, 약간의 지능을 가지게 됩니다. 가장 무서운 점은 좀비에게 물리면 그대로 좀비가 되어버린다는 점이에요. 이 전염력은 너무나 강력해서, 물려버린 지 얼마 안돼 잠복기도 거의 없이 그대로 좀비가 되어버립니다.

도전하고 축적하는 인간

사이먼 싱 『페르마의 마지막 정리』

에베레스트에 올라가는 이유

에베레스트는 오래도록 인간의 정복 욕구에 불을 지펴온 산입니다. 지구 최고봉인 8848미터를 자랑하는 네팔과 중국(티베트 자치구)에 있는 산인데요. 원래 이 지역은 세계의 지붕이라고 해서 높은 산들이 몰려 있잖아요. 그런데 그 산들 이름은 칸첸중가(8603미터)나 마칼루(8463미터)처럼 현지 느낌이 물씬 풍기는 이름이 많은데, 에베레스트는 지극히 서양적인 이름입니다. 마치 '필립 조', '리디아 서' 같은 느낌을 주지요. 그 이유는 1865년 에베레스트산을 측량한 동인도회사의 측량국장 앤드루 워가

이 산이 세계 최고봉임을 확인하고, 자신의 전임자를 기리는 의미에서 그 사람의 이름을 따서 명명했기 때문입니다. 전임자의 이름이 조지 에베레스트였거든요. 자신의 이름을 땄으면 워 산이 될 뻔했으니, 그나마 다행이랄까요.

네팔에서 원래 부르던 이름은 '사가르마타'로 하늘의 이마라는 뜻이에요. 티베트에서 세상의 어머니라는 뜻의 '초모랑마'로 불렀다고 합니다. 중국에서는 티베트 발음을 따서 '주무랑마'라고 부르고 있습니다. 서양인이 멋대로 정한 이름을 현지 이름으로 바꾸려고 해도 사실 현지에서도 이렇게 두 개의 이름이 존재하기 때문에, 쉽사리 통일이 안 된다고 해요. 그래서 에베레스트는 아직도 에베레스트인 겁니다.

사람들은 8층 정도만 돼도 절대 계단으로 걸어서 올라가려하지 않는데, 8000미터가 넘는 이 산은 기어서라도 올라가려고 애를 씁니다. 이 산을 오르려는 시도는 예전부터 있어왔지만, 등반 장비가 미비하고, 등반 기술 역시 발달하지 않아 대부분 실패로 끝났죠.

그러다가 1924년 영국의 조지 말로리와 앤드루 어빈이 최초로 정상에 등정하는 데 성공했다는 설이 있습니다. 이게 왜 설이냐 하면 이들이 살아 돌아오지 못했거든요. 정상을 향해 가긴 했는데 그들이 정상에 올랐다가 돌아오는 길에 사고를 당한 것인지, 정상에 가기 전에 사고를 당한 것인지 불분명해서 논란이 있었어요. 하지만 당시 기술로는 정상까지 오르기 힘들었다는 현실적 상황과, 나중에 실제로 정상에 가보니 이들의 흔적이 어디에도 없었다는 점 때문에 (관광지에도 암벽에 글을 새겨 넣는 사람들이 있는데, 정상까지 가서 흔적 하나 남기지 않는다는 것은 말이 안 된다는 합리적 추론이죠.) 이들의 정상 등극은 인정되지 않고 있습니다.

그래서 확실하게 정상까지 가서 사진을 찍고 증거를 남기고 돌아온 뉴질랜드의 에드먼드 힐러리가 최초의 에베레스트 정상 등극자로 알려져 있습니다. 1953년의 일이죠. 하지만 이건 서구권의 시각이고요, 실제로 힐러리는 같이 등반한 셰르파 텐징 노르가이와 영광을 나누고자 했습니다. 텐징 노르가이는 언제나 앞서서 힐러리를 안내했기 때문에 마음만 먹으면 최초의 정상 정복자가 될 수 있었으나, 힐러리에게 먼저 올라가며 영광을 양보했다는 설과, 둘이 동시에 정상을 밟았다는 설이 있습니다. 두 사람에 따르면 동시에 정상에 등극했다고 하니, 실제 사실이 어떻든 이 둘의 말을 따르는 것이 좋을 것 같아 지금은 에베레스트의 최초 등반자는 힐러리와 노르가이 두 사람이라고 세계적으로 인식되고 있어요.

앞서 언급한 조지 말로리는 산악계에서 가장 유명한 명언을 말한 사람입니다. 상사가 쉬는 토요일에 등산을 가자고 해서 "도대체 왜 쉬는 날 부장님과 산에 가야 하죠?"하고 반문하면 부장님들이 바로 이 명언을 이야기하곤 하죠. "거기에 산이 있기 때문에…."

바로 이 말이 말로리가 한 말입니다. 기자들이 "왜 산에 오르는가?"라고 질문했더니 이렇게 대답했다고 하죠. (그런데 이 말은 달관자적 포스가 넘쳐흐르는 듯 보이지만, 사실은 기자가 자꾸 귀찮게 물어보는 바람에 짜증 나서 아무렇게나 대답한 말이었다고도 해요.)

젊은 날에 이런 인생의 도전거리를 만나, 평생을 그 도전에 바치는 사람도 많습니다. 하지만 자신의 생애에서 그 도전이 이루어지면 좋겠지만, 그렇지 않은 경우도 있죠. 그러면 그 사람은 평생에 걸쳐 소원한 바를 못 이루었으니 불행한 삶이라고 해야 할까요? 그 판단은 잠시 유보해두고 여기 350년에 걸친 도전을 한번 보도록 하죠.

페르마의 정리를 향한 350년의 여정

『페르마의 마지막 정리』라는 책의 광고 문구에는 "카이스트 정재승 교수 추천"이라고 쓰여 있어요. 단 한 권의 수학책을 추천한다면 단연 이 책을 권한다고요. 저는 이 광고 문구를 보면서 '당연하지. 수학책이라고는『수학의 정석』정도가 그나마 유명한데 그것보다는 이게 낫겠지' 하고 농담처럼 생각했는데요, 이 책을 다 읽고 난 후에는 '수학책'이라는 말에서 '수학'을 떼어버려도 괜찮겠다는 생각이 들었어요. 이 책은 〈어벤져스〉의 일원이 되어 거대한 빌런인 타노스와 같이 싸우는 느낌이 드는 그런 책이에요. 이 책에서 빌런은 당연히 페르마의 마지막 정리고요, 이 수수께끼가 풀리기까지 350년의 여정이 아주 재미있게 그려져 있어요. 인류사에 이름을 올려놓은 유명한 수학자들이 모두 언급되며 마지막 앤드루 와일즈 교수에 이르기까지 연결되는데 다들 제각각 각자의 역할을 충실히 해내고 있습니다. 타노스를 물리친 것은 아이언맨의 핑거스냅이었지만, 그 과정에 이르기까지 각 히어로들이 일정한 역할을 했던 것처럼, 페르마 정리를 증명해낸 것은 많은 학자들의 이론과 의지의 고귀한 협업의 결과라고 할 수 있습니다.

수학 역사상 가장 유명한 수수께끼이며 독일의 사업가 볼프스켈이 이 수수께끼를 푸는 사람에게 10만 마르크를 주겠다고 해서 유명해진 페르마의 마지막 정리는 의외로 간단합니다. 아마 이 책을 보시는 분들 정도의 지적 수준이라면 피타고라스의 정리를 아실 거예요. 직각삼각형에서 두 변의 제곱의 합은 빗변의 제곱과 같다. 그러니까 '$x^2+y^2=z^2$'이죠. 이걸 조금 확장시켜서 이렇게 씁니다. '$x^n+y^n=z^n$', 이때 n이 3 이상의 정수일 때, 이 방정식을 만족시키는 정수해 x, y, z는 존재하지 않는다. 바로 이것이 페르마의 정리예요.

간단해 보이는데 의외로 이것이 증명이 안 된 겁니다. 페르

236

마 정리의 수수께끼는 17세기의 아마추어 수학자인 페르마가 (실제로 그의 직업은 공무원이고 수학은 취미였다고 하네요.) 노트 사이에 적어놓은 구절에서 시작됩니다. 저 정리를 적어놓고 "나는 경이로운 방법으로 이 정리를 증명했다. 그러나 책의 여백이 너무 좁아 여기에 옮기지는 않겠다"라고 하면서 이 수수께끼의 여정이 시작됩니다. 페르마가 실제로 증명을 한 것인지, 아니면 증명했다고 착각한 것인지는 알 수 없습니다. 이런 상황을 비꼬아서 뉴욕 지하철에 이런 낙서가 있었다고 해요. 페르마의 정리를 적어놓은 다음에 "나는 경이로운 방법으로 이 정리를 증명했다. 그러나 지금 내가 탈 기차가 오고 있기 때문에 여기 적을 만한 시간이 없다"라고요.

페르마의 정리는 정말로 많은 수학자들의 도전을 이끌어냅니다. 이 책에서는 그 점을 흥미진진하게 소개해주고 있어요. 우리가 한 번쯤 이름을 들어보았을 만한 여러 수학자들의 이야기와 그들의 업적이 소개되는데요, 그 이야기들이 재미있기도 하지만, 중요한 것은 그 수학자들의 업적이 결국 이 페르마의 정리를 향하는 데로 나아가는 한 단계 한 단계의 초석이 된다는 점입니다. 사실 수학에 대한 이야기가 이렇게 재미있을 줄 몰랐는데, 의외로 흥미진진하더라고요.

350년에 걸쳐 쌓아온 수학자들의 도전과 실패 끝에 이론이 발전해서 페르마의 수수께끼는 조금씩 풀려 드디어 마지막으로 한 단계만 남겨놓게 됩니다. 바로 그 연결 고리를 풀어낸 것이 프린스턴대학 수학과 교수 앤드루 와일즈입니다. 7년의 연구 결과였죠. 하지만 350년간 세계의 지성계를 괴롭힌 문제는 결코 쉽게 풀리지 않았습니다. 발표 과정에 오류가 발견되어 거의 1년여의 시간을 다시 그 오류를 잡는데 보내고, 1997년 앤드루 교수는 마침내 페르마의 정리를 증명했다는 공인을 받으며 볼프스켈상의 주인공이 됩니다. 수학계가 350년간 힘을 합해 도전해온 수수께끼를 풀어낸 거죠.

그리고 350년 전의 수수께끼를 푼 것이지만 사실 이것을 증명하는 과정에서 서로 상관없는 수학의 분야들이 알고 보면 긴밀하게 연결되어 있다는 것이 밝혀지게 되거든요. 그래서 대통일 수학 이론을 향한 발걸음을 디디게 되기도 합니다. 하나의 이론으로 수학의 모든 문제를 해결할 수 있다는 것은 물리학에서 말하는 대통일장 이론이나 마찬가지로, 그야말로 경이로운 꿈의 경지거든요.

그런 이유에서 저는 이 책을 보면서 마블의 〈어벤져스〉를 보는 듯한 인상을 받았습니다. 각 방면의 히어로들이 힘을 합해 거대 빌런에 대항하는 얘기니까요.

과정과 축적, 그리고 과업

수학에 대한 책인데도 불구하고 이 책은 한 번 손에 잡으면 놓기가 쉽지 않습니다. 수학자들의 삶을 재미있게 풀어내는 솜씨가 정말 탁월하고요, 그들의 이론 역시 쉽게 설명해줘요. 가끔 수학적 퀴즈 같은 것도 등장하는데, 그것을 풀어보는 재미도 쏠쏠합니다. 물론 여전히 x라는 미지수 기호도 보기 싫으신 분들이라면 느낌이 조금 다르실지도 모르겠습니다.

페르마의 정리가 증명되기까지 350년이나 걸렸다는 것은 그만큼 중간에 실패한 경험이 많다는 얘기잖아요. 어떤 사람은 자신의 평생을 이것을 증명하는 데 바치지만 결국 아무것도 이루지 못하고 죽기도 했거든요. 하지만 이들이 아무것도 얻지 못한 것은 아니라는 거죠. 이 증명이 이루어진 것은 결과이지만, 그 결과를 만들어내기 위해선 과정이라는 것이 필요하고요, 때로는 그 과정만으로도 값진 도전이 되기도 하는 것 같습니다. 페르마의 정리를 증명하지는 못했지만, 도전했던 과정 하나하나가 모두 현대 수학 이론을 발전시키고 확립하는데 큰 시금석이 됐거든요. 마치 연금술 같죠. 사물을 금으로 만들고 싶은 결과는 이루지 못했지만, 연금술사들에 의해서 결국 화학이 발전했듯이 말입니다.

"거인의 어깨"라는 말이 있습니다. 그전에도 존재한 말이지만 최종적으로는 과학자인 뉴턴이 말해서 유명해졌는데 그대로 옮기면, "내가 멀리 보았다면, 그것은 거인들의 어깨 위에 올라서 있었기 때문이다"라는 말입니다. 자신이 이룬 업적은 선인들의 지혜 위에 쌓여진 결과라는 뜻인데요. 그만큼 우리는 착실한 과정을 거쳐서 원하는 목적지에 다다른다는 것을 잊지 말아야 할 것 같아요.

『페르마의 마지막 정리』는 원하시는 어떤 일을 앞에 두신 분이라면 한 번쯤 읽어볼 만한 책입니다. 하나의 목적을 위해 얼마나 많은 사람이 얼마나 많은 의지와 시간을 불태우며 과정을 쌓아 결국 결과에 이르는가를 깨달으실 수 있을 겁니다.

그리고 또 하나 평생에 걸쳐 시간과 열정을 바칠 만한 하나의 과업을 가지고 있다는 것은 축복이라는 생각이 들어요. 페르마의 마지막 정리가 유명해진 계기는 앞서 언급한 볼프스켈이 증명하는 사람에게 10만 마르크의 상금을 걸면서인데, 볼프스켈은 젊은 시절 실연을 당해 자살을 생각했다고 해요. 그래서 하루는 생각한 대로 실천에 옮기려고 결심하고 수학을 좋아하는 사람답게 정확히 몇 시에 죽으려고 일정을 정했답니다. 그런데 자신이 정한 시간까지 약간 시간이 남아 기다리다가 페르마의 정리를 접하게 되고 밤새 그 풀이를 고민하다가 자살할 시간을 놓쳤다고 하죠. 그러고서는 삶에 의욕을 회복하고 유서를 찢어버렸다고 합니다. 그래서 자신의 생명을 구한 것이나 마찬가지인 페르마의 정리를 푸는 사람에게 10만 마르크를 주겠다고 상금을 건 거든요. 볼프스켈을 구한 것은 그가 순간적으로 몰두한 구체적인 일이었습니다.

해야 할 일이 분명한 사람은 쉽게 좌절하거나 지치지 않습니다. 뭘 해야 하나 고민하는 게 사실 가장 힘든 일이니까요. 젊은 시절 그렇게 열정을 바쳐 이루어 나갈 과업을 찾는다면, 그 인생은 참 축복받은 인생인 것 같은데요, 그런 과업을 찾기 위해 열정을 다하는 것도 나쁘지 않습니다. 지금 만약 자신이 할 일, 하고 싶은 일, 해야 하는 일을 못 찾았다면 그래서 그런 부분이 고민이라면, 그런 일을 찾는 것 자체가 지금 주어진 과업이라 생각하고 최선을 다해 보는 것도 좋겠습니다.

몇 년이나 그런 일을 가지고 있었는가가 중요한 게 아니라, 죽을 때 그런 일을 가지고 있는가가 더 중요한 것 같습니다. 마른 풀처럼 의지와 의욕을 다 잃고 죽는다면 여러모로 슬플 것 같아요.

아! 사실 저도 이 페르마의 정리를 아주 간단한 방법으로 증명했습니다만, 『지식 편의점』에 대한 찬탄과 구매가 부족해 여기에 소개하지는 않겠습니다.

역사상 치열한 라이벌

인류의 발전은 협력을 통해서도 이루어졌지만, 치열한 경쟁을 통해서 이루어진 예도 많습니다. 특히 라이벌의 존재는 자신의 한계를 넘어서는 가장 강력한 동력이 되기도 합니다.

역사상 치열한 라이벌들이 있죠. 제갈량과 사마의, 모차르트와 살리에리, 스탈린과 트로츠키, 메시와 호날두 등인데요. 보통 라이벌들의 이야기는 전승 과정에서 조금씩 과장된 부분도 있어서 진짜보다는 극적이 되기 마련입니다.

하지만 정말로 끝까지 손에 땀을 쥐게 하는 진짜 경쟁을 벌인 사람들도 많은데요, 그중에서도 손꼽히는 것이 바로 아문센과 스콧의 남극 탐험 경쟁입니다. 이들의 남극 탐험 전쟁은 1911년 발발했어요. 승자는 알려진 대로 노르웨이 출신의 로알아문센으로, 그만이 남극을 정복한 정복자로 기록되죠. 영국 출신의 로버트 스콧 역시 남극에 도달하지만 아문센보다 늦었습니다.

아문센과 스콧의 희비가 엇갈린 이유는 아문센은 현지화 전략에 성공했고, 스콧은 자국의 방식을 남극에서도 그대로 밀고나갔다는 차이 때문이었어요. 아문센은 운송 수단으로 남극에서 사용하는 개썰매를 썼는데, 스콧은 영국에서 실어온 조랑말을 운송수단으로 택해요. 당연히 초반에는 조랑말이 개보다 썰매를 끄는 힘이 탁월했지만, 문제는 조랑말에게 남극의 추위는 견디기 힘든 재난이었던 것이었죠. 남극점을 향해 가던 도중 조랑말들은 죽고 말아요.

그리고 아문센은 옷도 이누이트족이 입는 털가죽 옷을 입었는데, 스콧은 영국에서 만들어진 모직 방한복을 입었습니다. 모직의 방한성이 나쁜 것은 아니나 영하 40도로 내려가는 추운 날씨에는 방한 기능이 급격하게 떨어진다는 것을 남극에 오기 전까지는 몰랐던 거죠.

그 외에도 여러 요소들이 합해져서 아문센은 결국 남극점에 1911년 12월 14일 도착하게 됩니다. 스콧도 남극점에 도달하기는 했지만 해를 넘겨서 1912년 1월 18일이 돼서야 도착했죠. 출발 시간은 4일 정도 차이가 났지만, 도착 시간은 한 달여 가량 차이가 나버린 거예요.

당시에 스마트폰이 있었던 것도 아니고 무전기가 발달해서 연락할 수 있었던 것도 아니었기 때문에 스콧은 자신들이 처음이라고 한껏 기대에 부풀어 남극점에 도착했을 것예요. 하지만 그들은 남극에 도착해서 그야말로 얼어붙어버릴 듯이 놀랄 수밖에 없었습니다. 이미 노르웨이 국기가 꽂혀 있었거든요. 패배로 인한 절망감은 그들의 귀환길을 덮쳤습니다. 결국 아무도 돌아오지 못하고 사망하고 말았거든요.

아무도 가보지 않은 길을 처음으로 가는 것은, 성공하면 엄청난 명예의 길을 걸을 수 있지만, 실패하면 누구나 갈 수 있지만 아무도 돌아온 사람은 없는 전혀 다른 길을 갈 수도 있습니다. 죽음 말이에요. 그런데도 수많은 사람은 새로운 도전에 나섭니다.

SECTION 6

◆

달콤쌉싸름한 희망

멈춰 선 여행자

프리츠 오르트만 『곰스크로 가는 기차』

철도 여행의 역사

철도는 16세기 말이 끄는 광산용 수레에서 비롯되었다고 말하는 사람도 있지만, 그건 궤도 위를 움직인다는 측면에서의 이야기이고, 우리가 생각하는 기차는 기본적으로 엔진이 발명된 뒤인 산업혁명 이후에 출연했다고 보는 것이 맞습니다. 최초의 승객 운송 기차는 역시 산업혁명의 본고장인 영국에서 나타나서 1830년경 맨체스터와 리버풀을 오갔습니다. 지역명만 보면 영국의 축구 리그인 프리미어 리그의 빅게임 응원단이 많이 이용할 것 같은 노선이네요.

이후 철도는 빠른 속도로 발전을 거듭해서, 1869년 미국에 대륙 횡단 철도가 깔리고, 1916년에는 9900킬로미터에 이르는 시베리아 횡단철도가 건설됩니다. (참고로 서울에서 부산까지 거리는 경부고속도로 기준으로 425킬로미터입니다.) 옛날 배경인 서부 영화 같은 것을 봐도 열차 강도가 등장하니, 열차가 꽤 예전부터 있었다는 것을 알 수 있죠.

볼프강 쉬벨부쉬의 책 『철도여행의 역사』에 의하면 철도가 근대적 시간 개념을 탄생시키는 데 결정적인 역할을 했다고 합니다. 그전까지 약속이라면 그저 "해질 무렵에 찾아갈게"라든가, "동트면 일하러 나와"처럼 시간 개념이 매우 거시적이었죠. 그런데 철도가 생기면서 시간표라는 것이 만들어지고, 그 시간표는 시간뿐 아니라 분 단위까지 기재되어 있어서 시간 개념이 세분화됩니다. '동틀 무렵 출발하는 부산행 기차' 이럴 수는 없잖아요. '7시 15분발 부산행 기차' 같은 표기는 분 단위로 쪼개지는 근대적 시간 개념을 나타냅니다. 기차 시간표를 계기로 세분화된 시간 개념이 배포되기 시작한 것이죠.

멈추지 않는 은하철도 999

기차를 좋아하는 사람은 꽤 많아요. 미국의 인기 드라마 시리즈인 〈빅뱅 이론〉은 과학 분야에서는 천재적이지만, 일상생활에서는 너드(지능이 뛰어나지만 강박관념에 사로잡혀 있거나 사회성이 떨어지는 사람)인 네 명 친구들의 이야기를 다룹니다. 그중에서도 주인공 격이라고 할 수 있는 셸든은 괴짜 같은 다른 친구들 중에서도 괴짜로 취급받는 슈퍼 너드라고 할 수 있는데요, 이 셸든이 푹 빠져 있는 게 기차예요. 정확한 규칙 지키기에 강박이 있는 셸든은 시간표에 정확히 맞춰서, 일정한 속도로 목적지를 향해 가서, 정확한 시간에 내려주는 기차를 좋아합니다.

그런데 기차 매니아가 되는 것은 이런 이유뿐만은 아닙니다. 사람들마다 이유가 다르긴 한데요, 또 하나 아주 중요한 이유 중 하나는 뒤돌아보거나 곁눈질하지 않고 목적지를 향해서만 쭉쭉 나아가는 기차의 웅장한 힘 때문입니다. 정확한 시간에 도착하기 위해 목적지를 향해 끌고 나가는 기차의 추진력은 직선과 직진의 매력을 최대화 시키죠.

〈은하철도 999〉는 30년 전 작품이지만 지금도 명작으로 뽑히는 애니메이션입니다. 기계 인간이 되어서 영원한 생명을 얻으려는 철이와 그를 도와주는 수수께끼의 여인 메텔이, 기계 인간으로 만들어준다는 프로메슘 행성으로 가기 위해 은하철도 999호를 타고 여행을 하는 과정을 그린 작품입니다.

〈은하철도 999〉 TV 시리즈의 113화에 이르는 에피소드들은 기계 행성으로 가는 은하철도가 중간역에 들러서 머무는 동안 그 행성에서 일어나는 일들을 담고 있습니다. 행성들의 특징이 극단적이어서 여러 가지 일이 일어납니다. 예를 들어 어둠 속에 잠겨 있는 행성에서 한 과학자가 이들에게 빛을 주기 위해 인공 태양을 만들려고 하는데요, 하지만 그녀의 아버지가 그녀를 말립니다. 어둠에 익숙한 사람들에게 태양은 오히려 해가 된다면서요. 하지만 그녀는 아버지의 방해를 뚫고 결국 인공 태양을 쏘아 올리는데요, 안타깝게도 행성의 사람들이 대부분 죽게 돼요.

일반적인 애니메이션이라면 인공 태양으로 인해 어둠에 익숙해져 안주하던 사람들이 새로운 세계를 알게 되었다는 희망적 메시지로 끝나기 마련이거든요. 그런데 〈은하철도 999〉는 이런 식으로 과학이 오히려 인간에게 위해를 가할 수도 있다는 메시지를 줍니다. 모든 에피소드가 이렇게 철학적인 생각거리를 주기 때문에, 어른이 된 후에 보면 조금 더 깊이 있게 볼 수 있는 애니메이션입니다.

〈은하철도 999〉의 에피소드들은 대부분 기차 시간에 쫓겨요. 은하철도 999는 프로메슘까지 가는 과정에 들르는 행성들에 잠시 머물 뿐이어서 일정 시간이 지나면 반드시 떠나거든요. 예를 들어 내일 6시에 떠나니까 반드시 그때까지 돌아오라는 식인데요, 철이와 메텔은 그 별에서 일련의 사건들을 겪으며 거의 매번 열차 시간에 간신히 맞춰서 옵니다. 당연히 에피소드들마다 시간에 쫓겨 간신히 열차를 타는 모습이 그려지는 때가 많죠.

때로는 여행을 중단하고 그냥 지금 있는 행성에 머물까 고민하기도 합니다. 평화롭고 안정적이고, 고민할 거리조차 없는 그런 행성에서는 기계 인간이라는 여행 최종의 목적이 의미 없게 느껴지기도 하거든요. 하지만 철이는 그런 고민에 빠질 때마다 결국 자신이 목적지로 정한 프로메슘으로 가기 위해 은하철도 999에 다시 몸을 싣는 선택을 해요. 마지막 결말은 TV판, 극장판, 만화판이 모두 조금씩 다르지만 철이는 기계 인간이 되지 않는 선택을 합니다. 그건 갑자기 변덕이 생긴 것이라기보다는 이런 여행의 과정에서 쌓인 성찰들의 최종적인 결과라고 할 수 있어요.

철이는 어렵게 얻은 티켓으로 은하철도 999를 타고 자신의 목적지에 도달해서 스스로 선택을 했습니다. 하지만 오래전에 시작한 여행을 마무리하지 못한 사람들도 있습니다. 곰스크로 가는 여행을 시작한 한 청년이 그렇습니다.

곰스크로 가는 길

『곰스크로 가는 기차』는 대학가의 전설입니다. 구전되다시

피 전해지는 『곰스크로 가는 기차』의 유래는 이 책 뒤편에 있는 해설에 서술되어 있어요. 교생 실습 때문에 수업에서 빠지는 대가로 독일어 교수님이 내주신 과제가 바로 『곰스크로 가는 기차』의 번역이었고, 그 번역본이 대학가를 돌다가 연극 대본이 되었고 나중에는 TV 〈베스트극장〉까지 되어서 유명해졌다고 해요. 그러니까 『곰스크로 가는 기차』는 리포트로 시작해서 TV까지 간 그야말로 입소문으로 생명력을 얻게 된 작품인데요, 도대체 이 소설의 어떤 면이 청년들의 공감을 자아내고, 세월을 거슬러 재생산되게 만들었을까요?

그건 이 소설이 그대로 우리의 인생이기 때문입니다. 이 소설을 읽으신 분들 중에 공감이 안 가는 분은 없을 겁니다. 너무나 현실적인 은유 때문에 소설을 보고 때로는 우울하실 수도 있고 때로는 위로를 받으실 수도 있습니다.

주인공은 어려서부터 아버지의 못다 이룬 꿈인 곰스크에 가는 것을 이루고 싶어 합니다. 특별히 뭐가 있다기보다는 그냥 곰스크로 가는 것 자체가 꿈인 거죠. 곰스크에 어떤 것이 있고 가서 무엇을 할 것인가 하는 계획은 없어요. 그냥 아버지가 가지 못한 곰스크에 가는 것 자체가 꿈입니다.

이런 꿈을 꾸다가 결혼하고 아내와 함께 거의 전 재산을 털어 곰스크로 가는 기차표를 산 주인공은, 기차를 타고 가는 동안 기뻐서 들뜨지만 사실 그의 아내는 이 여행을 달가워하지 않습니다. 낯선 시골 마을에 정차하는 동안 잠깐 쉬던 주인공은 아내의 의도적인 꾸물거림 때문에 결국 기차를 놓쳐요.

다시 기차가 올 때까지 마을의 허름한 호텔에서 일을 도와 주며 숙식을 해결하던 이 부부는 며칠 뒤 온 기차의 차장에게 유효 기간이 지난 표로는 기차를 탈 수 없다는 이야기를 듣습니다. 다시 기차표를 사기에는 상당히 비쌌거든요. 전 재산을 기차 티켓에 쏟아 부은 주인공으로서는 기차표를 다시 살 수 없었어요. 그래서 주인공은 호텔에서 본격적으로 일을 도우며 가끔 들르는 손님들에게서 팁을 받아 돈을 모으기 시작합니다.

어느 정도 시간이 흘러 주인공은 기차표 살 돈을 마련하는데요, 사실 아내는 곰스크로 가는 것을 좋아하지 않아요. 어렸을 때의 꿈이라는 막연한 희망 때문에 무엇이 있을지도 모르고, 어떤 일을 해야 할지도 모르는 곳에 무작정 가고 싶지는 않다는 거죠. 무엇보다 안정되고 평화로운 이 시골 마을의 일상을 깨뜨리면서까지는 더더욱요. 그래도 남편은 어릴 때부터의 꿈이니 무조건 가자고 아내를 다그치죠. 결국 곰스크로 가기로 한 날, 남편은 삯을 지불하고 아내를 기다리는데 아내는 자신이 일해서 얻은 안락의자를 꼭 가져가야 한다며 고집을 부립니다. 결국 남편은 혼자서라도 갈 테니 잘 있으라며 아내와 안락의자를 기차역에 버려두고 떠나려 합니다. 그런데 이때 아내가 자신이 임신했음을 고백해요. 그러니까 남겨두는 것은 안락의자와 아내

뿐 아니라 아이까지 포함해서가 된 것입니다. 결국 주인공은 남습니다.

TV 〈베스트극장〉에도 이 장면이 나오는데요, 아내가 다른 것도 아니고 굳이 꼭 가져가야겠다며 낑낑대며 안락의자를 기차역까지 가져오는 장면이 이해되지 않을 뿐더러 조금 우스꽝스럽게 보이긴 했어요. (그리고 그때 그런 생각도 했죠. 만약 지금 모든 것을 버리고 여행을 떠난다면 내가 소유한 것 중 가지고 가고 싶은 단 한 가지는 무엇일까 하고요.)

책을 보며 느낀 것은 사실 이 안락의자는 머무름의 상징이라는 것입니다. 나아가려는 주인공은 애써 의식적으로 이 안락의자를 무시하고 앉으려고도 하지 않아요. 하지만 이 안락의자는 아내의 최애 물건입니다. 그리고 결국 주인공을 이 마을에 남게 만든 것 중 하나가 안락의자가 되고 말죠.

인생 계획은 있어도 그에 맞춰서 가족 계획은 잘 못하는 사람인지 주인공에게는 둘째까지 생깁니다. 그리고 좋은 기회가 생겨 주인공은 마을에 선생님 자리를 구하게 됩니다. 주인공이 곰스크로 가고자 하는 계획은 사라진 것은 아니지만 자꾸 미뤄지게 되죠. 주인공에게 선생님 자리를 물려준 전임자가 자신 역시 멀리 떠나려다가 그러지 못했다고 하면서 주인공에게 이야기합니다. "사람이 원한 것이 곧 그의 운명이고, 운명은 곧 그 사람이 원한 것"이라고요.

주인공은 여전히 낯선 시골에서 평범한 일상을 보내는 것이 그의 운명이 아니라고 생각하며 곰스크로 떠나기만을 기대하고 자신의 인생을 부정하는데요, 이 전임자 선생님은 주인공에게 그런 인생이 실패한 인생이 아니라고 다독입니다. 모든 순간의 선택이 자신의 운명을 만든 것이며, 그래서 그것 역시 자신이 원한 삶이라는 것을요. 그리고 그것을 깨달은 순간, 자신은 만족하게 되었다고요.

희망한 인생까지 가지 못했어도 보람찬 인생

〈홀랜드 오퍼스〉라는 영화도 이 소설과 약간 비슷한데요, 자신은 위대한 곡을 쓰고 말 것이라는 목적을 가지고 살아가는 홀랜드라는 작곡가가 경제적 사정 때문에 어쩔 수 없이 고등학교 교사로 재직하게 되는 이야기예요. 교직 생활을 하며 틈나는 대로 작곡을 하리라 생각했던 주인공의 계획이 잘못된 것임을 영화가 시작하자마자 금방 알 수 있습니다. 틈이 안 나는 거예요. 생각보다 교사라는 직업은 시간이 너무 없습니다. 주인공은 빡빡한 교직 생활, 의욕 없는 아이들에게 지쳐가면서 사표를 던져야겠다고 마음먹은 순간, 『곰스크로 가는 기차』에서처럼 아내가 임신했음을 알게 됩니다.

교직에 매여 생활하는 홀랜드는 조금씩 가르치는 아이들과 친해지고, 그들에게 좋은 선생이 되어갑니다. 항상 사표를 마음속에 품고 다니던 홀랜드가 정신을 차려보니 어느새 30년 동안 교직 생활을 한 거예요. 긴축 재정으로 인해 60세가 된 홀랜드는 학교에서 퇴임하게 되는데, 그때 지금까지 가르쳤던 제자들이 모두 모여서 그를 위한 깜짝 콘서트를 열어줍니다. 악기 하나하나가 모여 관현악이 되듯이, 자신이 작곡하려고 했던 위대한 교향곡은 결국 제자 한 사람 한 사람의 인생이었다는 메시지를 주며 영화는 끝납니다.

『곰스크로 가는 기차』에 비하면 조금 더 감동적인 결론이지만, 그건 영화라는 극적인 필요에 의해서라고 할 수 있죠. 어쨌든 자신이 희망한 인생까지 가지 못하고 현실과 타협한 인생을 살지만, 그 타협한 인생도 나름 보람찬 거 아니냐고 소설과 영화는 모두 이야기합니다. 그렇지만 영화가 그런 결론에 매우 긍정적인 느낌을 주는 반면, 소설은 그런 결론에 이를 때조차 씁쓸한 느낌을 줍니다.

방향만큼은 곰스크를 향해서

『곰스크로 가는 기차』가 인생의 우화라고 말하지만 읽다 보면 전혀 비유 같지 않고 있는 그대로의 다큐 같은 느낌입니다. 인생에서 '하고 싶은 일'은 '해야만 하는 일'에 언제나 밀립니다. 우리들 대부분은 자신이 어렸을 때 꿈꾸던 인생과 다른 삶을 살아가고 있을 겁니다. 그 어긋남 때문에 괴로워서 평생을 구시렁대며 우울하게 살아갈 수도 있지만, 이렇게 살아온 인생 역시 자신의 선택이며 운명이기 때문에 즐겁게 받아들이며 살아갈 수도 있습니다.

『곰스크로 가는 기차』는 특별한 해법을 제시하는 책은 아닙니다. 하지만 마치 비밀 서적처럼 대학가를 떠돌다가 정식 출판될 정도로 많은 청춘의 공감을 받았다는 사실은 얼마나 많은 사람들이 곰스크를 꿈꾸지만 막상 떠나지 못하는 삶을 살고 있는가를 간접적으로 증명합니다.

열정을 가지고 의욕이 충만하던 청년의 때가 지나고, 생활의 안정을 찾고 평범한 일상이 반복된다 싶어 문득 정신을 차려보면 어느새 중년이 되어 있는 자신을 발견합니다. 아직 청년이라고 스스로 생각해보지만, 엘리베이터 고장 때문에 고작 3층 밖에 안 되는 아파트 계단을 오른 뒤 헉헉거리면서 금방 죽을 듯이 숨을 몰아쉬는 자신의 모습을 보고 이미 청년이 아니구나 하고 깨닫게 됩니다. 곰스크로 가기에는 늦어버렸다는 생각이 절로 듭니다.

그래도요, 저는 그렇게 생각합니다. 그렇다고 곰스크를 꿈꾸는 것을 그만두면 우리의 일상을 유지하는 긴장이 풀어져서 무척 지루해질 것이라고요. 곰스크로 발걸음을 떼지는 못하더라도 머리만은 곰스크를 향하고 '언젠가'라는 희망을 품고 산다면 오히려 곰스크에 가지 못하더라도 우리의 삶은 조금 더 재미있을 수 있을 것이라고 말이죠.

제게는 아마도 이렇게 책을 쓰고 유튜브 영상을 만드는 것이 곰스크로 얼굴을 향하는 행위인지도 모르겠어요. 강의 같은 생업에 투자하면 훨씬 효과적일 시간과 기회들을 책을 쓰고 채널 영상을 유지하는 데 쓰고 있는데, 비용과 수익을 비교해보면 형편없는 선택입니다. 하지만 책으로, 그리고 영상으로 사람들과 만나고, 그런 만남을 기대하며 이렇게 주말 아침을 읽고 쓰며 보내고 있는 시간 덕에 제 일상은 더욱 즐거워집니다.

여러분의 곰스크는 어디에 있나요?

언제나 자유를 꿈꾸지만

니코스 카잔차키스 『그리스인 조르바』

미국의 상징인 프랑스인 자유의 여신

유명한 도시들에는 랜드마크가 있죠. 유명한 도시니까 랜드마크도 따라서 유명해진 것도 있지만, 랜드마크 덕분에 도시가 더 유명세를 타게 되는 경우도 많습니다. 파리와 에펠탑, 런던과 빅벤, 세계적인 명성의 예로 들기엔 약하지만 희망을 약간 반영해서 서울과 남산타워 같은 것들이죠. 그중에서도 원톱을 뽑으라면 역시 뉴욕과 자유의 여신상일 겁니다.

자유의 여신상은 원래 '메이드인 USA'가 아니에요. 1886년 미국 독립 100주년을 맞아 프랑스가 선물로 준 겁니다. 아마 역

외젠 들라크루아, 〈민중을 이끄는 자유의 여신〉, 1830

대 가장 값진 생일선물 중 하나가 아닌가 싶어요. 파리의 센강
에 가보면 조그만 자유의 여신상이 있어요. 받침대부터 여신상
까지 25미터 정도 되는데요, 뉴욕에 있는 것은 받침대가 47.5미
터에다가, 여신상 자체가 46미터라 거의 100미터 가까이 됩니
다. 4배 차이죠.

여신상도 하나의 조각으로 프레데리크 오귀스트 바르톨디
라는 작가가 전체를 디자인했고, 안의 철골 구조의 설계에는 에
펠탑 설계자로 잘 알려진 귀스타브 에펠도 참여했습니다. 그래

서 여신상의 모델이 에펠의 어머니라고 잘못 알려지기도 했지만, 사실은 작가인 바르톨디의 어머니와 들라크루아의 그림 〈민중을 이끄는 자유의 여신〉의 여인이 모델이라고 해요.

그런데 자유의 여신상은 이런 내력 때문에 유명해진 것이라기보다는 전쟁을 피해, 종교적 박해를 피해, 그리고 아메리칸 드림을 꿈꾸며 유럽에서 뉴욕항으로 들어오는 이민자들에게 가장 먼저 눈에 띄는 구조물이었기 때문에 유명해졌습니다. 유럽에 있었던 재산과 집을 모두 처분하고 전 가족이 함께 낯선 배에 몸을 싣고 대서양 바닷길을 헤쳐온 것은 오로지 자유와 꿈을 향한 의지 때문일 겁니다. 그리고 그들 앞에 '드디어 미국이구나!' 하고 실감을 주며 기대와 두려움을 동시에 가지게 하는 것이 바로 이 자유의 여신상이었습니다.

원래 인구가 8300만 명에 불과하던 미국에 1905년부터 1914년 사이에 1000만 명의 이민자가 들어왔다고 합니다. 이민자들이 들어오는 동부 쪽 도시들에는 1920년대에는 4분의 3 정도의 인구가 이민자들로 채워졌다고도 해요.

이들이 모든 것을 버리고 미국에 온 것은 바로 자유와 꿈을 위해서였을 겁니다. 그래서 미국은 지금도 자유와 꿈을 가장 앞에 놓인 가치로 여깁니다. (그들의 말과 행동이 일치하는가는 잘 모르겠지만요.)

자유의 여신상은 그래서 독립 100년을 기념하는 의미도 있지만, 자유와 꿈을 찾아 미국으로 들어오는 첫 번째 마중물로서 이름이 갖는 의미가 큽니다. 자유의 여신상은 영어로 '스태추 오브 리버티Statue of Liberty'입니다. 자유의 여신상이 있는 조그만 섬은 원래 앨리스 섬이었으나, 리버티Liberty 섬으로 이름을 바꿨죠.

리버티와 프리덤

자유는 원래 프리덤Freedom이잖아요. 리버티Liberty와 프리덤 Freedom은 둘 다 한국말로는 자유로 번역되지만 뜻이 조금 다릅니다. 리버티는 법과 조금 더 관계 있고, 프리덤은 자연적인 자유를 뜻해요. 언제든 밥을 먹을 자유는 스스로 내키면 하고 내키지 않으면 하지 않아도 되는 것을 말하죠. 하지만 무력을 써서 남의 밥을 뺏어 먹거나 영업하는 식당에서 돈도 안 내고 밥을 먹을 자유는 없습니다. 이럴 때의 자유는 리버티 개념이 됩니다. 그래서 리버티를 정확하게 번역하려면 자유권 정도가 더 적절하긴 합니다. 자유와 자유권의 구분이죠. 그런데 그러면 '자유권의 여신상'이라고 불러야 되니까 조금 이상하긴 합니다.

불법적인 억압으로 인해 통제되고 법적 권리가 지켜지지 못할 때 자유를 위해 싸우는 것은 정확하게는 자유에 대한 권리,

리버티를 위해서 싸우는 것이죠. 하지만 육아에 힘든 엄마가 하루만 아이에게 벗어나서 자유롭게 친구들도 만나고 즐거운 저녁 시간을 가지고 싶다고 배우자에게 요청할 때의 자유는 프리덤을 말하는 것입니다.

우리는 일상에, 그리고 가족의 의무에 허덕일 때, 문득 자유를 그리워하면서 일탈을 통한 자유를 꿈꾸기도 하는데요. 이럴 때의 자유는 프리덤이지요. 이런 자유는 법적 의무 사항을 위반하는 것이 아니기 때문에 사실 마음 한번 먹으면 누릴 수 있기도 합니다. 하지만 그 마음이 절대로 쉽게 먹어지지 않는다는 것이 문제입니다.

그런 의미에서 자신의 인생 책으로 『그리스인 조르바』를 뽑는 사람들이 꽤 있습니다. 사실 『그리스인 조르바』는 조금 더 자신에게 표현할 자유, 행동할 자유를 허하는 요즘 세대보다는 상대적으로 자신에게 엄격했던, 나이가 어느 정도 있는 세대들에게 인생 책으로 뽑히는 경우가 많아요. 그때는 번역된 제목이 '희랍인 조르바'였어요. 이 제목으로 이 책을 기억하시는 분들이 많을 겁니다. 희랍은 그리스의 한자식 표현입니다. 그리스의 정식 명칭은 헬레니공화국Hellenic Republic인데, 광둥어로 희랍을 읽으면 '헬라'와 비슷하게 읽힌다고 해요. 그래서 희랍이었다가, 그 사이에 한자식 표현을 없애고, 가능한 우리식 표현을 쓰자는 움직임이 있어서 '그리스인 조르바'가 된 거죠.

희랍인이든 그리스인이든 사람들이 조르바를 보며 부러워하는 것은 조르바가 누리는 자유입니다. 인생, 가족, 의무, 책임 이런 것에서 훨훨 벗어나 자유를 누려보고 싶다는 거예요.

조르바의 자유

캐릭터 예능이라는 장르가 있는데요, 특별한 형식을 취하기보다는 캐릭터들을 여러 상황에 가져다 놓고 나오는 재미에 의존하는 예능을 말합니다. 이 책 『그리스인 조르바』를 굳이 따지자면 그야말로 캐릭터 소설이라고 할 수 있어요. 『그리스인 조르바』는 처음부터 끝까지 조르바를 독자들에게 소개하는 이야기예요. 그러니까 이 소설의 성패는 독자들이 조르바에게 얼마나 깊은 매력을 느끼는가에 달려 있어요, 과거에 통했던 그 매력이 지금 이곳에서도 통하는가는 조금 생각해보아야 할 문제 같습니다. 가치도 조금 변했고, 그때보다는 의무에 조금 자유롭기도 하고, 그리고 무엇보다 여성에 대한 태도가 많이 변했거든요.(지금 시대에는 조르바를 읽으면서 불편해하실 분도 많을 거 같아요. 지금부터 70년 전, 정확히는 1946년 작품이라는 것을 감안해도 말입니다.)

『그리스인 조르바』의 줄거리는 간단합니다. 지식인인 나는 크레타에서 갈탄광 사업을 시작하는데요, 처음 만난 조르바라는 노인을 광부들의 감독관으로 삼아요. 나와 조르바는 같이 지내게 되는데 그러면서 조르바의 지나온 과거를 듣거든요. 그런데 그 내용들이 지식인인 나의 기준에는 파격적이죠. 한마디로 조르바는 야생의 길들여지지 않은 날것의 인간입니다. 사회 규범이나 도덕과는 거리가 멀고, 보고 느끼고 생각나는 대로 행동하는 인물이 바로 조르바죠. 중요한 사업 재료와 도구들을 사러 큰 돈을 들고 갔다가 거기서 어린 여성을 만나 호텔에서 뒹굴면서도 속이는 게 아니라 당당하게 얘기하며 언제까지 이렇게 농땡이 쳐도 되는지 묻는 사람이 바로 조르바죠.

그러다가 갈탄광 사업의 효율을 높이려고 큰돈 들여 설치한 케이블이 시공식 날 무너지며 쫄딱 망하게 돼요. 그런데 주인공은 오히려 춤을 춥니다. 조르바한테 물든 거죠. 사실 갈탄광 사업이 주인공에게는 하나의 족쇄 같았는데, 그게 없어졌으니 어떻게 보면 자유로워진 것일 수도 있고요.

이 소설을 읽고 나서 감동을 받았다고 하는 분들 가운데는 일상적으로 평온한 삶을 살고 계신 분들이 많더라고요. 말하자면 틀에 얽매인 생활을 하시고 계신 분들이 조르바의 자유로운 영혼을 보고 부러워하는 느낌이랄까요. 퇴사하시는 분들 중에 카톡 프로필을 '조르바의 자유를 꿈꾸며' 정도로 해놓으신 분도 있는 걸 봤어요. 어딘가에 구속받거나 매여 있지 않은 자유로움이 조르바를 수식하는 단어고, 기쁘면 산투리를 연주하거나 춤을 추는 등으로 감정 표현을 꼭 해야 하는 어린아이 같은 모습이 조르바를 상징합니다.

니체의 위버멘쉬

『그리스인 조르바』를 읽으면서 도대체 이렇게 말도 안 되는 인물이 어디 있으며, 어떻게 보면 정신 나간 이 사람에 대한 이야기가 왜 세계 명작의 반열에 오르는가 의문을 갖는 분들이 많습니다. 사실 조르바를 이해하기 위해서는 텍스트를 벗어나 이 소설 밖으로 나와야 합니다. 그리고 만나야 할 사람이 바로 니체죠. 이 소설에서도 화자에 대해 설명할 때 영혼에 깊은 울림을 준 사람으로 니체를 뽑습니다. 사실 이 글의 저자인 니코스 카잔차키스는 베르그송 밑에서 니체 연구를 해 박사 학위를 받기도 했습니다. 그가 만든 소설에서 니체의 사상을 체현한 인물을 만나는 건 의외가 아닙니다.

니체가 말한 위버멘쉬Übermensch, 한국말로는 초인이라고 번역하는 바로 이 초인의 실현태가 조르바입니다. 니체에 의하면 인간은 끊임없이 반복되는 쳇바퀴 같은 인생을 살아가게 되는데, 이를 깨뜨릴 사람이 바로 규범이나 관습, 그리고 책임에 얽매이지 않는 위버멘쉬죠.

그런데 이 초인의 단계를 그냥 갈 수 있는 것이 아닙니다. 낙타에서 사자로, 그리고 어린아이가 되죠. 자신의 짐도 아닌 짐을 지고 아무 생각 없이 사막을 건너야 하는 낙타의 단계가 가장 밑바닥인데, 이는 보통 이성을 가지고 사는 일반인들입니다. 그다음 단계는 남의 짐을 날라야 하는 것에서 벗어나 자유의지를 가지고 행동하는 사자가 됩니다. 사회의 의무에서 조금은 벗어나 있고 주관적이고 주체적이긴 하지만, 끼니를 걱정해야 하는 불완전한 자유를 누리는 상태죠. 이성이 발달하고 자아가 강한 인간입니다. 마지막 단계가 바로 어린아이인데요, 어린아이는 무엇에 얽매이지 않고 억압받거나 구속도 당하지 않는 순진무구한 존재잖아요. 이를 초이성적인 존재로서 생각해 어린아이가 마지막에 다다르는 초인의 단계입니다. 이런 개념을 가지고 조르바를 보시면 바로 조르바가 이런 단계를 사람으로 묘사한 형태라는 것을 알게 되실 거예요.

마냥 부럽지만은 않은 자유

하지만 그래도 여전히 의문은 남습니다. 조르바가 바람직한 인간상일까요? 초인의 실현은 바람직할지 모르지만, 개개인의 해탈에 가까운 이 개념으로 사회라든가 도덕, 규범을 설명하긴 어려울 것 같아요. 그러면 사회, 관계가 없는 행복은 가치가 있을까 하는 의문이 들죠. 가족도 버리고, 아무데나 떠돌며, 내키는 대로 하는 조르바의 자유가 마냥 부럽지만은 않은 이유입니다.

마초macho라는 말이 있잖아요. 마초는 원래 스페인어로 '남자'라는 뜻인데, 지금은 폭력적이고 위압적으로 여성들을 비방하거나 비하하는 여성 차별주의자, 혹은 남성 우월주의자 정도의 의미로 쓰이고 있습니다. 그런데 이 마초라는 사람이 어떤 사람인지 형태가 잘 안 떠오르시면 조르바를 보면 됩니다. 조르바가 사실 마초적 인물이거든요. 여자를 감정을 교류하는 인격체로 인정하지 않고, 도구로만 대합니다.

그리고 이 소설 자체의 시각이 여자를 입체적으로 그리지 않아요. 수도원에 불을 지르는 수도사라든가, 조르바와 목숨 걸고 싸우는 영감 등 남자들은 여러 가지 이유로 여러 가지 행동을 하는데, 여자들은 남자들에게 선택받고 싶어 한다는 오로지 한 가지 이유로 한 가지 행동을 하죠. 조르바의 마초적인 행동 때문에 이 소설을 읽기 힘들었다는 분도 계시는데, 조르바의 행동도 그렇지만 작가의 서술 기조 자체가 편향되어 있어서 힘드셨을 겁니다. 옛날에 쓰인 것이고, 이 소설의 기본 전제가 되는 니체의 사상은 이보다 더 오래전이라는 것을 생각해보면, 이해가 가긴 하는데 그것을 그대로 지금 현대에 적용하려면 아무래도 무리가 생기긴 하더라고요.

그래서 지금 사람들에게 조르바는 평이 갈리는 인물이에요. 초인이라는 개념으로 보는 경우나 그렇지, 우리같이 평범한 낙타들이 보기에 사실 조르바는 제멋대로이고, 여자만 밝히는 사람이니까요. 이 소설의 서술자 역시 그런 조르바를 처음에는 이해하지 못하잖아요. 마지막에도 여전히 이해하지 못합니다. 갑자기 날아온 조르바의 편지를 받고도 조르바에게 당장 달려가지 않으니까요. 이해하기보다는 그저 자유롭게 사는 영혼을 부러워합니다.

조르바의 부정적인 면보다는 긍정적인 면에 주목해서 조르바를 부러워하시는 분도 많습니다. 그런 분들은 조르바의 자유를 부러워하는 거죠. 조르바의 자유는 사실 마음만 먹으면 지금 당장 누릴 수 있습니다. 하지만 그런 자유를 위해 버려야 할 것들이 너무 많죠. 그래서 직장이나 자식이나 사회적 위치가 어느 정도 정리되는 나이가 되어서야 초탈한 모습이 되는 것 아니겠습니까. 구속할 것들이 조금씩 없어지니까요.

자아의 신화를 찾아서

파울로 코엘료 『연금술사』

가장 유명한 벨기에인

벨기에 하면 떠오르는 가장 대표적인 것 중 하나가 오줌싸개 동상입니다. 부루마블이라는 보드 게임을 하면 거기 선택할 수 있는 말 중에 하나여서, 한 번쯤 부루마블을 해본 사람이라면 오줌싸개 동상을 보신 적이 있을 겁니다. 유럽연합EU 본부가 있는 벨기에는 정치적인 의미도 있는 곳이지만, 한국 사람들에게는 벨기에 하면 떠오르는 것이 많지 않아요. 와플 정도가 아닐까요. 벨기에 사람 중 아는 사람도 거의 없죠.

그런데 전 세계 사람들이 알고 있는 아주 유명한 벨기에 사

270

람들이 있습니다. 그들은 조금 특이합니다. 일단 아주 조그맣고요, 한두 명만 빼고는 늘 하얀 옷만 입고 다녀요. 그리고 숲속에서 살지요. 결정적으로 피부가 파란색이에요. 바로 스머프들입니다. 스머프는 벨기에에서 만든 만화입니다.

대학 후배 하나가 어학 연수를 갔다가 첫 번째 시간에, 8개국에서 온 사람들이 어색하게 모여 있는데, 갑자기 창밖에서 "랄라라라라라~" 하면서 스머프 주제가가 들려왔대요. 그러자 8개국 학생들이 다 웃더라면서, 스머프가 이렇게 전 세계적으로 알려져 있는 줄은 몰랐다고 얘기하더라고요.

스머프가 유명한 만큼 빌런인 가가멜 역시 잘 알려져 있습니다. 그런데 가가멜의 직업은 잘 모르는 분이 많더라고요. 스머프를 잡는 게 직업이라고 생각하는 분들이 많은데, 직업으로 삼기에는 스머프가 한정되어 있는 데다가, 딱히 가가멜 외에는 스머프를 원하는 사람이 없으니 거래가 될까 싶기도 해요.

가가멜의 직업은 연금술사입니다. 연금술사는 쇠나 여러 가지 물건을 금으로 바꾸는 방법을 연구하는 사람들이죠. 가가멜이 스머프를 잡으려는 이유는 스머프가 연금술 재료로 쓰인다고 믿기 때문이에요. 그런데 번번이 스머프들에게 당하다 보니 스머프에 대한 원한이 깊어져서 그중 몇 마리는 잡아먹고 말겠다는 삐뚤어진 마음을 먹게 된 것뿐입니다.

현자의 돌

일견 가가멜이 황당해 보이지만, 연금술은 꽤나 오래된 학문이자 믿음입니다. 세계적인 대히트를 기록한 책『해리포터』1편의 제목은 바로 '해리포터와 마법사의 돌'입니다. 영화에서는 붉은색이 도는 돌로 묘사되는데요, 이름을 말해서는 안 되는 해리포터의 악당인 그가 (하지만 영화 안에 등장하는 사람 빼놓고는 해리와 관객들 모두 볼드모트라고 부르는) 이 돌을 찾아 호그와트 마법학교에 잠입하는 것을 막으려는 이야기가『해리포터』1편의 이야기 줄거리예요.

현자의 돌은 연금술의 중요한 아이템인데, 바로 이 돌로 금을 만들어낸다고 하죠. 사실 연금술은 모든 것을 무조건 금으로 만든다는 개념이 아니라 사물을 빠르게 진화시켜 그 진화의 끝에 다다르게 한다는 개념이에요. 금속이 진화를 거듭하면 마침내 마지막 진화태인 금이 되는 것이고요, 사람을 현자의 돌로 진화시키면 그 진화의 끝에 모든 것을 초월한 불로장생이 기다리고 있다는 것이지요.

연금술은 기원전 시작되었어요. 이집트는 원래 범람하는 나일강을 측량하는 것 같은 이유로 기술이 발달해 있었는데요, 여기서 황금을 만들려는 시도가 있었고, 그것이 알렉산더의 세계 정복이라는 계기를 통해 그리스 철학과 만나면서 이론과 합쳐

272

졌어요. 그렇게 시작된 연금술은 이슬람 지역으로 건너가 많이 연구되다가 중세에 들어서면서 유럽에도 널리 퍼지게 돼요. 심지어 신학자들도 연금술을 연구합니다. 로저 베이컨은 연금술을 연구한 대표적인 신학자인데요, 움베르토 에코의 『장미의 이름』에서는 주인공 윌리엄 수사의 스승으로 설정되어 있는 사람이기도 합니다.

『해리포터』에서 현자의 돌을 만든 사람으로 설정되어 있는 니콜라스 플라멜은 중세 시대에 현자의 돌을 만들었다는 소문이 전해지는 실존 인물이기도 합니다. 다만 납으로 금을 만들었다는 플라멜의 기록이 사실이라고 가정하더라도 진짜 금이 아니라 납에 황동이나 금으로 도금한 수준이 아닐까 추측되고 있어요.

연금술은 금속의 본질을 연구해 그 본질을 전환시켜서 금으로 만든다는 개념을 가지고 있고, 그런 방향으로 연구하다 보니 본의 아니게 화학을 발전시키게 됩니다. 화학을 뜻하는 단어 '케미스트리chemistry'는 바로 연금술을 뜻하는 '알케미Alchemy'에서 비롯된 단어이거든요. 그러니까 연금술사는 기본적으로 초창기의 화학자들인 거죠. 심지어 만유인력의 법칙과 운동 법칙으로 유명한 아이작 뉴턴 역시 연금술에 매진한 적 있어요. (하긴 뉴턴은 영국의 조폐 국장도 했으니 이것저것 관심이 많은 사람이긴 했죠.)

연금술사들은 끝내 연금술에 성공하지는 못했어요. 지금의 화학 기술로는 금이 아닌 것에서 금을 만들어낼 수는 있는데요, 입자 가속기를 2만 년 동안 돌려야 되는 등 상상을 초월할 정도로 비용이 많이 들어서, 그냥 금은방에서 금을 사는 게 가장 경제적으로 금을 획득하는 방법이라고 하죠. 그리고 금이 될 확률이 그나마 높은 게 백금인데, 백금은 금보다 비싸요. 주식으로 1억 원을 버는 방법은 2억 원으로 시작하는 거라는 주식 시장의 오랜 격언이 떠오르네요.

하지만 연금술사들의 2000년 이상 지속된 노력은 그냥 허공으로 날아간 것은 아니에요. 이들의 기술과 연구 결과들이 결과적으로 화학을 발전시켰으니까요.

그런데 연금술은 이런 실천적인 연금술도 있지만, 비유적인 연금술도 있어요. 금속을 전환시키는 것을 비유적인 의미로 해석해서 완전무결하게 바꾼다는 의미로 보는 거죠. 사실 종교적 의미로서의 완전무결로, 이건 아마 해탈의 경지를 이르는 것일 텐데요. 어떤 사람들은 그 완전무결의 의미를 불로장생으로 이해하고, 그 비법을 찾아내기 위해 연금술에 매진했습니다.

부귀와 권세를 손에 넣은 사람이 무언가를 더 추구한다면 손에 넣은 부귀와 권세를 가능한 한 오래 누리는 거잖아요. 그래서 예전부터 부자들은 불로장생을 위해 자신의 많은 재산을 쏟아 부었어요. 최초로 중국을 통일한 진의 시황제, 그러니까 진

시황제는, 이 연금술을 찾기 위해 백방으로 사람을 보냈어요. 심지어 한국으로도 사람을 보냈다고 하죠. 그때 한국의 불로장생초 후보가 산삼이었다는 얘기도 있고요.

자아의 신화

연금술의 이런 배경을 모르면 브라질의 작가 파울로 코엘료가 『연금술사』라는 제목의 책을 들고 나왔을 때는 그래서 참 이상하게 들렸을 겁니다. 『연금술사』는 '자아의 신화'라고 표현한 자아의 성장을 이루어 나가는 과정을 소설로 그린 것인데, 책의 내용과 연금술이 무슨 상관이지 하고 생각할 수밖에 없죠.

『연금술사』 말고도 세계적으로 유명한 코엘료의 소설에는 스페인의 산티아고 순례길을 널리 알린 계기가 된 소설 『순례자』가 있습니다. 여기서는 보다 직접적으로 자신의 성장에 대해 이야기해요. 『순례자』는 주인공이 자신이 속한 기독교 신비주의 단체인 람의 마스터가 되는 서품식에서 마지막 검을 받지 못하고, 그 검을 찾으려면 산티아고 순례길을 걸어야 한다는 메시지를 받으면서 시작해요. 산티아고 순례길의 안내자인 페트루스를 만나고, 그의 지도를 받아 영적인 체험을 하면서 주인공은 내면의 성장을 이루게 됩니다. 이 과정에서 자신 안의 사자를 만나기도 하고, 개의 형상을 입고 나타난 자신의 적과 싸우기도 하죠. 그리고 마지막에는 안내자마저 떠나고 홀로 남아 깨달음을 얻은 주인공이 자신의 검을 찾게 되고, 순례의 결과물로 책을 내게 되죠. 줄거리가 이렇다 보니『순례자』는 진짜 작가의 경험을 담은 기행문인지 소설인지 구분이 안 갈 정도예요.

『연금술사』는 종교적이고 신비주의적인 자신의 성장이라는 주제를『순례자』처럼 대놓고 이야기하는 책이 아니라 조금은 간접적으로 이야기하는 책이에요. 아무래도『순례자』가 1987년에 나온 첫 작품이고,『연금술사』가 1988년에 나온 두 번째 작품이다 보니, 조금은 더 소설적인 기교가 들어간 것 같아요. 그래도 직유라 하기에는 그렇게까지 직접적이지 않은 것뿐이지, 사실 은유라고 하기에는 너무 직접적인 비유이긴 합니다.

코엘료는 원래 세계적인 음반 회사의 중역이었는데, 38살 때 영적 탐구에 빠져 그 일을 박차고 순례길을 떠났다고 해요. 그리고 그때의 경험을 바탕으로『순례자』,『연금술사』등을 발표합니다. 그런데 처음 시작은 그렇게 거창하지 않아서『연금술사』만 해도 브라질의 작은 출판사에서 900부를 찍었다고 해요. 하지만 30년 넘게 지난 지금,『연금술사』는 전 세계적으로 2000만 부 이상이 팔린 초베스트셀러가 되었습니다.

머묾과 정지의 유혹

『연금술사』의 줄거리는 간단한데요. 스페인의 양치기 산티아고가 늙은 왕의 계시에 따라 꿈속에 보았던 보물을 찾기 위해 자신의 전 재산인 양을 팔아치우고 이집트로 건너갑니다. 하지만 가자마자 전 재산을 도둑에게 털리고 크리스털 가게에서 일하게 되죠. 그런데 장사에 소질이 있어서 굉장히 물건을 잘 팔아요. 그래서 거기서 머무르며 큰 부를 쌓겠다는 욕망이 생겼지만, 결국에는 과감히 그 가게를 털고 일어나 사막을 횡단하는 상단 무리에 끼어들어요. 사막의 부족 전쟁을 피해 찾아간 오아시스에서 운명의 여인 파르마를 만나기도 하는데요, 여기서도 안주할까 하는 유혹을 이겨내고 결국 계시된 피라미드로 갑니다.

그 과정에서 산티아고는 우주의 소리를 듣고, 자신에게 주어진 자연의 표지를 읽을 줄 아는 자아의 신화를 이룩한 사람이 됩니다. 산티아고에게는 늘 머무름과 정지에 대한 유혹이 오는데요, 그때마다 산티아고는 계속 변화하고 전진합니다. 그리고 꿈에 대한 열정을 포기하지 않고 계속 변화를 시도했던 태도가 그에게 보물을 선사합니다.

여기서 재미있는 것은 실제로 마지막에 보물을 발견하게 되는데, 그건 멀리 이집트에 있지 않고 그가 양치기를 하면서 머물렀던 그러니까 멀리 일탈을 꿈꾸었던 그 일상에 있었어요. 이

런 설정은 약간 파랑새 같죠. 결국 자아의 신화를 이룩하고 다
다른 지점이 자신의 일상이라는 거죠.

다르게 보면 자신의 일상도 자아의 신화를 이룬 사람에게는
보물이 될 수 있다는 뜻이기도 한 것 같아요. 우리는 늘 일상에
서 탈출하기를 꿈꾸잖아요. 이 뻔한 일상과 한계를 벗어나면 무
언가 크게 이룰 수 있을 것 같은 느낌이 드는데, 이 소설은 오히
려 그 일상에 큰 보물이 숨겨져 있다고 이야기합니다. 가장 다
른 점은 일상을 사는 주인공인 자아가 성장했다는 사실이죠. 그
러니 연금술은 자신의 내면에서도 충분히 이룩할 수 있는 것이
고요, 자신의 내면이 성장해서 자아의 신화를 이룩하면 우리 주
변에 눈 닿는 것이 모두 황금처럼 빛나게 될 것이라는 메시지
같기도 합니다.

주변을 황금으로 바꾸는 연금술의 비밀

연금술은 자아의 신화를 찾아 떠난 사람에게 그 자신의 본
질과 마주치게 해서 결국 깨달음을 얻게 하는 것입니다. 그런데
연금술을 위해서 도구인 현자의 돌만 있으면 되는 게 아니거든
요. 일단 원재료가 되는 금속이 있어야 합니다. 많은 연금술사가
그 원재료로 주로 납을 선택했습니다. 납은 일반적으로 얼마든

지 구할 수 있는 금속이잖아요. 그래서 『연금술사』에서도 우리의 일상이 얼마든지 금이 될 수 있는 원재료가 될 수 있다고 이야기하는 겁니다.

앞서 보았던 『곰스크로 가는 기차』나 『그리스인 조르바』에서 우리의 안정적인 일상이 우리의 꿈이나 자유를 방해하는 빌런처럼 등장하는 것과 비교하면 이 차이는 큽니다. 꿈은 멀리서 찾는 것이 아니라, 내일이 아닌 오늘, 일탈이 아닌 일상에서 찾을 수 있다는 것이거든요.

사표를 내고 직장을 나가서 새로 이직하거나 자신만의 일을 시작하면 더 즐겁고 보람 있는 인생을 살 것 같다고 생각하지만, 그건 솔직히 자신을 기만하는 것일 수도 있습니다. 오히려 익숙한 지금의 회사에서 최선을 다하는 것이 자신의 능력과 웅지를 펼 수 있는 최상의 방법일 수도 있습니다.

한 가지 덧붙이자면, 제가 어렸을 때 읽었던 책들을 성인이 되어 다시 읽으면 새로운 걸 발견하곤 합니다. 왜 예전에는 이런 메시지가 안 보였을까요? 생각해보니 우리는 책에서 작가가 써놓은 메시지를 읽는 것이 아니라, 자신이 읽고 싶은 메시지를 읽는 게 아닐까 싶더라고요. 그래서 나이대에 따라서 책을 읽었을 때 그 감동과 깨달음의 정도가 다른 것 같아요. 결국 주변을 황금으로 바꾸는 연금술의 비밀은 자기 내면의 성장에 있는 것 같습니다.

불행을 건너는 법

프란츠 카프카 『변신』

카프카를 느끼는 밤

유럽 배낭여행을 하던 중 체코의 프라하에 갔을 때였습니다. 밤 11시 50분, 헝가리의 부다페스트행 기차 티켓을 끊어놓고, 기차역 로커에 짐을 맡겨놓은 채, 프라하의 마지막 날을 만끽하고 있었어요. 프라하에서 유명한 마리오네트 인형극을 보러 갔다가 우연히 한국인들을 만나서 인형극이 끝난 후 같이 카를교로 가서 프라하의 고전미가 물씬 풍기는 야경을 보며 체코의 유명한 맥주 부드바이저를 나눠 마셨습니다.

그런데 카를교의 장중한 분위기, 여름밤의 산뜻한 바람, 관광객들의 들뜬 수다 등에 취해 있다 보니, 원래 10시쯤 기차역으로 가려고 했는데 시간을 훌쩍 넘겨버리고 말았어요. 시계를 보니 11시. 짐 찾고 플랫폼 찾고 하는 시간까지 고려하면 30분 내 역에 도착해야 했습니다. 같이 맥주와 야경을 나눴던, 다시는 볼 일이 없겠지만 지금 이 순간만은 매우 친했던 여행동무들과 급하게 작별 인사를 나눈 후 역을 향해 출발했어요.

그런데 아무리 생각해도 신시가 길로 가면 시간이 빠듯할 것 같았어요. 그래서 과감하게 구시가로 들어섰어요. 신시가는 비교적 최근에 생겨서 길이 반듯반듯했지만, 구시가는 중세 때 생긴 시가의 틀을 유지하고 있기 때문에 길도 구불구불하고 무엇보다 좁은 골목에 높직하게 건물들이 솟아 있어 방향 감각이 잘 안 잡히는 조금은 어려운 길이었습니다.

하지만 이미 프라하에서 5일째 머무는 중이어서 어느 정도 길에 익숙해졌다는 생각에 방향만 잘 잡으면 30분이면 갈 수 있겠다 싶은 계산을 하며 구시가로 들어가는 모험을 택했습니다. 하지만 웬걸요. 좁은 골목길에 건물은 높고 꾸불꾸불하다 보니 앞이 안 보이고 위의 하늘만 보이는 겁니다. 밤하늘이 그냥 천장 같더라고요. 구시가에 들어서고 1분도 안 돼서 방향 감각은 카를교에 놓고 왔음을 발견했죠.

길은 모르겠고, 기차 시간은 다가오고 마음은 급해지니 무조건 뛰게 되더라고요. 그런데 기차역 쪽이라고 생각하는 방향으로 내달렸는데, 한참 뛰다 보니 다시 원래 그 자리인 겁니다. 방향 감각은 없죠, 보이는 것은 더욱 없죠, 시간 내에 도착하리라는 희망은 더더욱 없는 상황이었습니다. 뛰면 뛸수록 길은 더더욱 미궁으로 빠져들고, 정말 갑갑하고 무기력한 느낌이 들더라고요. 그야말로 '난 누구인가? 여긴 어딘가?'라는 상황이었어요.

그런데 그때 불현듯 이런 생각이 들었어요. 이게 바로 『변신』에서 그레고리 잠자가 아침에 깨어나서 자신이 벌레로 변한 것을 보고 느낀 그 감정이 아닐까? 벌레가 된 몸으로 느꼈던 바로 그 갑갑함과 무기력함이 이런 느낌이 아닐까 싶은 거죠. (궁금하신 분이 있을 것 같아 그날의 결말을 마저 알려드리면 11시 50분 기차에 맞춰서 가려고 구시가로 들어갔지만 한밤중의 러닝을 마치고, 이 미로를 빠져나온 것은 새벽 2시였어요. 시간만 보면 거의 마라톤급이었던 거죠. 그래서 예상과 달리 프라하의 밤을 하루 더 맞이해야 했습니다.)

카프카의 불온한 상상력

프라하는 카프카가 살았던 도시입니다. 카프카는 독일계 유대인이지만, 체코 프라하에서 태어나 체코에서 폐결핵으로 죽습니다. 그사이 보험 회사에서 회계사로 일했고요. 직장인 작가의 가장 위대한 롤모델이 카프카예요. 2~3시에 퇴근하고 잠깐 휴식을 취한 후, 항상 늦게까지 글을 쓰는 등 아주 성실하게 집필을 했다고 합니다. 그런데 이런 성실한 회계사의 글이라고 하면 자기계발서 같은 게 어울릴 것 같은데, 카프카는 자기 파괴적이라고 할 만한 글들을 썼어요. 특히 그중에서도 『변신』은 아주 이상하고 파격적인 소재를 가지고 있습니다.

『변신』은 앞뒤 없이 갑자기 그레고리 잠자라는 사람이 자고 일어나니 벌레가 되는 것으로 시작합니다. 그러니까 독자들은 잠자가 인간일 때 만난 적은 없는 거죠. 하루아침에 벌레가 된 잠자는 말도 못 하게 되고, 꾸물꾸물 기어다니는 게 전부예요. 당연히 직장에선 잘리고 가족들은 잠자의 모습을 제대로 보지 못해요. 가족들을 아껴서 사실 적성에도 안 맞는 세일즈맨 일을 꾸역꾸역 해왔던 잠자가 이런 무기력한 모습이 되자, 어머니는 기절하고 아버지는 사과를 집어 던지며 적의를 보입니다. 유일하게 누이동생만 잠자를 돌봐주지만, 오빠라고 짐작되니까 어쩔 수 없이 하는 티가 역력하죠.

잠자가 일을 못하게 되니 그동안 놀던 아버지나 어머니, 누이동생이 일을 하기 시작해요. 하숙인도 3명이나 받으면서 어느 정도 적응하는가 싶던 어느 날 잠자가 누이동생의 바이올린 소리에 홀리다시피 해서 벌레인 모습 그대로 방 밖으로 나왔다가 하숙인들에게 들키게 되고, 이로 인해 갈등이 최고조에 이릅니다. 이런 소동이 있은 후 결국 잠자는 종소리를 들으며 죽는 데요, 잠자의 죽음으로 이 집안에는 모처럼 평화가 찾아듭니다.

어떻게 보면 『변신』은 특별한 스토리텔링이 있는 소설이 아니라 특별한 설정과 배경이 있는 소설이에요. 그런데 이 설정이 정말 충격적이에요. 어느 날 갑자기 벌레로 변해서 아무것도 못하는 상황이라니, 초현실적이라는 말이 절로 나오지요. 그런데 과연 『변신』은 정말 현실에서는 있을 수 없는 상황일까요?

사실 저는 정반대로 생각합니다. 잠자가 갑자기 벌레로 변신한 것은 어느 날 회사에서 졸지에 해고 통보를 받은 상황으로 생각해볼 수 있어요. 아니면 자신의 가게를 하거나 사업을 하던 사람이 불의의 사고로 몸을 다치게 되어서 더 이상 경제 활동이 불가능해진 상황이라고 할 수도 있겠네요. 그런 구체적인 가정을 하고 잠자에게 자신의 심정을 대입해보면, 하루아침에 벌레로 변신한 상황이 사실은 우리 주변에서 너무 흔히 일어나는 상황이고 누구라도 처할 수 있는 상황이라는 것에 공감이 갑니다. 그러니 시대와 공간을 초월한 공감을 일으켜 세계적인 명작이 된 게 아닐까 해요.

우리 모두는 잠재적 잠자

지금 같은 자본주의 사회에서는 돈을 벌 수 있고, 또 돈을 가지고 있으면 '사람 구실'을 할 수 있죠. 그런데 돈이 없다면, 돈을 벌고 싶어도 벌 수 없는 답답한 처지라면 어떨까요? 돈이 있으면 뭐든 할 수 있는 세상이라는 이야기는, 반대로 보면 돈이 없으면 아무것도 할 수 없다는 얘기와도 같습니다. 많은 이가 이런 처지의 사람을 벌레가 된 잠자를 대하듯 합니다. 도와주어야 할 대상이라기보다는 처치곤란한 존재로 취급하는 거죠. 그런데 실업, 장애, 병, 우울증 같은 정말 옴짝달싹할 수 없는 삶의 위협들은 갑자기 닥칩니다. 어느 날 일어나보니 '사람 구실' 못하는 벌레가 된 자신을 발견한 것처럼요. 그러니 우리는 모두 잠재적 잠자인 것입니다.

잠자는 어느 날 갑자기 해고 통보를 받고 무기력함을 느끼는 직장인의 은유입니다. 자본주의 만능 사회에서 돈 버는 기능이 제거된 사람이죠. 그래서 소설은 벌레가 된 잠자에게 매니저가 와서 해고하는 것으로 시작합니다.

카프카의 『변신』은 언제든지 자본주의 사회 레이스에서 탈락될 수 있는 인간이 얼마나 위태롭게 살고 있는가 보여주는 소설 같아요. 어느 날 아침 갑자기 벌레가 된 자신을 발견하는 것처럼, 실업이나 장애, 병 같은 돌발 상황이 예고편 하나 없이 찾아오니까요. 그렇게 보면 『변신』은 초현실적 소재로 아주 현실적인 이야기를 하는 소설이라고 할 수 있습니다. 그래서 경제가 어려운 시기에 카프카의 변신은 늘 사람들의 손에 집히는 책입니다.

약간 어려운 말로 이런 상황, 그러니까 경제 활동의 유무에 따라 사람을 벌레 취급할 수도 있는 상황을 우리는 인간 소외라고 부릅니다. 여기서 말하는 '소외'는 왕따 같은 것을 말하는 게 아니고, 수단이 목적을 뛰어넘어 전도되는 현상을 말하거든요. 예를 들어 사람들은 생활이 편해지고 즐거워지기 위해 그 수단으로 돈이 필요하니까 돈을 버는 거거든요. 이 경우 목적은 즐거운 인생이 되겠죠. 그런데 어느 순간 돈 버는 게 목적인 인생을 살고 있다면 그걸 돈에 의한 인간 소외 현상이라고 불러야 합니다. 사람이 먼저가 아니라 돈이 판단의 기준이 되고, 그 사람의 유용성은 돈을 벌고 못 벌고, 얼마나 벌고 같은 것으로 판단되는 상황인데요. 인간성은 유지하고 있지만, 벌레의 외연에 갇혀 있기 때문에 그냥 벌레로 죽게 된 그레고리 잠자의 상황은 인간 소외라고 생각할 수 있습니다.

불행의 근원

벌레로 변신한 잠자는 자신이 노력한다고 사람이 될 수 있는 것도 아니고, 벌레인 상태에서 애교를 부린다고 새로운 쓸모가 생기는 것도 아닙니다. 심지어 어느 날 갑자기 벌레가 된 이

유조차 모르기 때문에 되돌리려는 시도조차 불가능해요. 이렇게 아무것도 할 수 없이 외부에서 주어진 상황. 이런 상황에서 우리들은 '불행'을 느낍니다.

그러니까 사람들이 느끼는 '불행'이라는 것은, 자신은 어쩔 수 없는 외부 상황의 변화를 인지할 때 생기는 것이 아닌가 싶어요. 외부 상황이 불가항력적으로 자신에게 부정적으로 작용할 때, 불행하다고 느끼게 되죠.

그렇게 보면 불행의 근원은 외부에 있습니다. 불행의 근원이 되는 요소를 통제는커녕 짐작조차 못하고 있다가, 이렇게 불가항력의 일을 당하면 더더욱 좌절하게 되죠. 마음의 준비조차 되지 않았는데, 막상 닥친 상황에서 자신이 할 수 있는 일은 하나도 없다면, 우리는 한없이 무기력감을 느낄 것입니다.

오랫동안 준비해서 카페를 개업했는데, 손님이 하나도 없다고 가정해봅니다. 그 이유가 홍보가 안 돼서 그런 거라면 그건 지금부터라도 SNS 활동, 마케팅 활동을 하면 됩니다. 급하면 나가서 전단지라도 돌릴 수 있지요. '아크앤북'과 '성수연방'을 기획한 공간기획자 손창현 OTD 대표는 직장 생활을 하다가 대기업의 제안을 받고 창업하게 되었답니다. 처음 의뢰받은 것이 건대 스타시티 3층 공간을 활성화 시키라는 미션이었는데요, 건대 스타시티 2층에는 롯데시네마 극장이 있었어요. 극장이나 대형 마트 같은 점포는 사람을 끄는 효과가 있기 때문에 앵커 스토어라고 하는데, 앵커 스토어는 대부분 꼭대기층 아니면 지하에 있습니다. 꼭대기층에 있으면 여기에 들렀다가 폭포처럼 내려가는 식으로 사람들이 움직이고요, 맨 아래층에 있으면 분수처럼 올라가는 식으로 사람들의 동선이 짜여집니다. 그래서 경영학에서는 이를 각각 폭포 효과, 분수 효과라고 불러요. 그런데 3층인 스타시티 쇼핑몰에는 극장이 2층에 있다 보니 3층은 계속 죽은 공간으로 있었던 거죠. 손창현 대표는 당시로선 생소한 맛집 편집숍을 기획하고 어렵게 맛집 대표님들을 설득해서 국내 최초의 맛집 편집숍인 오버더디시를 엽니다. 그리고 야심차게 맞이한 개장 첫날, 자신의 표현에 의하면 "거짓말 하나 보태지 않고 3층으로 올라오는 손님이 단 한 명도 없었다"고 합니다.

대기업에 다닐 때는 자신이 기획하면 마케팅팀이 움직이고, 홍보팀이 움직이는 등 자동적으로 돌아가다 보니 홍보 마케팅에 대한 개념이 없었다고 해요. 그날 밤 집에 가서 잠을 이루지 못하고 전전긍긍하다가, 다음 날부터 밑바닥부터 뛴다는 마음으로 아르바이트를 고용해서 전단지를 뿌리고, 자신도 아파트 경비 아저씨한테 쫓겨 다니며 아파트에 전단지를 붙이고 다녔다고 해요. 3주 정도 지나니 입소문을 타면서 사람들이 몰려오기 시작하고, 지금은 맛집 편집숍이라는 트렌드의 선두주자로 자리매김했죠. 오버더디시에 처음 입점해서 뜬 브랜드로 무지개 케이크로 유명한 '도레도레'와 프리미엄 김밥 전문점 '로봇

김밥' 같은 브랜드들이 있습니다.

손님이 단 한 명도 없더라도, 그것이 자신 내부에서 비롯된 문제고 충분히 통제 가능하거나, 노력해서 개선할 수 있는 변수들이라면 좌절할 것은 전혀 없습니다. 문제를 진단하고 힘들지만 대안을 실천하면 되니까요. 하지만 손님이 단 한 명도 없는 것이 완전히 불가항력적인 외부 변수에 의한 것이라면 이야기는 180도 달라집니다.

코로나19가 시작되었을 때 카페를 연 사장님들은 그야말로 할 수 있는 것이 아무것도 없었습니다. 특히 거리두기 2.5단계가 발령된 시기에는 아예 카페에 앉아서 커피를 못 먹게 되었으니 이런 상황은 개인이 개선시킬 수 있는 상황이 아니죠. 그야말로 어느 날 아침에 일어나보니 자신이 벌레가 되어 있는 상황과 유사합니다.

이런 경우 우리는 불행을 느낄 수밖에 없습니다. 당장 발 딛고 있는 현실도 어렵지만, 더욱 좌절감을 주는 것은 내일을 위해 무엇을 할지 아무것도 모르겠다는 것이죠. 내가 뭘 할 수 있는 상황도 아니고, 뭐를 한다고 해서 개선될 상황도 아니라는 감각은 한없는 무기력함을 줄 수밖에 없어요. 그야말로 불행에 빠진 것이죠.

불안의 경제학

누구나 불행에 빠지지는 않죠. 하지만 누구나 불안감에는 빠집니다. '불행'이 이미 닥친 외부 환경의 거대한 변화에 적응하지 못하고 거기서 소외되는 자신에 대한 감정이라면, '불안'은 '앞으로 닥칠 환경 변화에 적응하지 못하면 어떻게 하나?' 하고 미리 걱정하는 마음이라고 할 수 있습니다. 불안은 불행과 달리 내부의 작용입니다. 외부 환경이 아직 변하지 않은 상황에서 앞으로 변화가 올 것을 두려워하는 마음이 불안이라고 할 수 있습니다. 회사에서 이미 '잘린' 사람은 불안하지 않습니다. 불행하죠. 회사에 다니고 있기 때문에 직장을 잃을까 봐 불안한 겁니다. 그래서 불안은 남들보다 못 가질까 봐, 혹은 자신이 가진 것을 잃을까 봐 두려워하는 마음이라고 할 수 있습니다.

불행이라는 이름이 붙을 정도면 사실 노력으로는 개선되지 않을 정도가 되어 있을 때입니다. 그러면 불행을 견디는 법은 두 가지밖에 없어요. 버티거나 불행에 빠지지 않게 불안의 수준에서 근절하는 것이죠.

불안은 스트레스를 유발하지만, 사실 유용한 면도 있습니다. 넷플릭스는 콘텐츠가 중요한 비즈니스로 떠오르는 4차 산업혁명 시대에 가장 주목받는 기업입니다. 넷플릭스는 업계 최고 대우를 해서 인재를 유지하는 것으로 유명합니다. 연봉 협상에서 직원이 부른 연봉보다 1.2배를 더 책정해서 주기도 한다는 게 넷플릭스입니다. '연봉 협상'이라고 쓰고 '연봉 통보'라고 읽어야 하는 보통의 한국 직장인들에게는 꿈 같은 일이죠.

하지만 업계 최고의 인재를 유지하기 위해 업계 최고의 연봉을 지급한다는 넷플릭스의 이런 인재 정책은 항상 달콤하지만은 않습니다. 업계 최고의 인재라는 타이틀을 유지하기 위해서는 보통 정도의 성과를 내는 직원에게는 언제든 해고 통보를 해버리거든요. 이 직원이 실수할 때 해고 통보를 하는 것이 아니라, 키퍼 테스트를 통해서 상시적으로 해요.

이렇게 보면 키퍼 테스트라는 것이 굉장히 대단한 것 같지만 별게 아니라, '이 직원이 당장 나간다면 상사로서 이 사람을 반드시 잡을 것인가?'라고 자문해보고, '그렇지 않다'고 생각하면 그 사람이 지금 그 자리에서 최고가 아니라는 이야기니까 퇴직금을 좀 챙겨서 지금 바로 내보내는 거예요.

그러니까 직원 입장에서는 어느 날 아침 출근해보니 상사가 자신에게 해고를 통보할 수 있는 거죠. 눈에 띄는 실수도 없었는데 말이에요. 그래서 넷플릭스 직원들은 언제라도 해고될 수 있다는 불안감에 시달린다고 해요.

이런 불안감 때문에 스트레스를 견디지 못하는 사람은 결국 스스로 그만둘 수밖에 없지만, 그런 사람은 소수고, 대다수는 그런 불안의 스트레스를 생산성의 원동력으로 삼아 자신의 분야에서 최고의 성과를 내기 위해 열심히 일한다고 합니다.

원래 우수한 인재들인데, 이렇게 동기 부여된 상태와 합쳐지니까, 확실히 일당백 효과가 있어요. 2020년 기준으로 아마존의 자산은 260조 달러 정도입니다. 반면 넷플릭스는 40조 달러 정도 됩니다. 6~7배 정도의 차이가 나죠. 그런데 아마존의 직원수는 84만 명이고요, 넷플릭스의 직원 수는 600명이에요. 100배 정도 차이가 납니다. 직원 한 사람의 매출액을 단순 비교해보면 거의 15~17배 차이가 나는 거죠.

넷플릭스 직원들은 그에 따라 업계 최고의 연봉, 때로는 2~3배 정도의 연봉으로 대우 받습니다. 회사와 개인 모두 좋으니 사실 넷플릭스 출신이 다른 직장에서 일자리를 구하지 못할 일은 없을 겁니다. 그러니까 이런 경우는 불안감이 개인의 수입과 커리어 둘 다에 긍정적으로 작용한 케이스가 되겠죠.

불안을 이용하기

불행은 외부 상황의 변화가 이미 주어진 상태이기 때문에 자신이 되돌릴 수 없어요. 그래서 타임머신이 있었으면 하고 바라는 영화가 많이 나오는 걸 거예요. 그런 방법 말고는 되돌릴 수 없거든요. 그래서 불행한 사람이 많은 현대에 와서 타임머신에 관계된 영화가 그렇게 많이 나오나 봐요.

하지만 불안은 내부에서 일어나는 작용이고 사실 상황적인 외부 변화는 아직 오지 않은 상태이기 때문에, 자신의 각성과 노력으로 불안감을 일으킨 변화가 오지 않도록 막을 수 있는 여지가 있거든요. 불안을 장작 삼아 열정을 태워 앞길을 따뜻하게 만들어줄 수 있는 거죠.

보통 우리 인생에서 30대까지는 쓰러져도 다시 일어날 수 있다는 생각이 있는데, 한 번 쓰러지면 타격이 크고 다시 일어나기 힘들 것 같은 40대 이후부터 불안의 그림자가 자라기 시작하는 것 같아요. 나이가 들수록 이 불안은 더욱더 커지죠. 하지만 불안을 이기는 힘은 의지에서 나오지 어린 나이에서 나오는 것이 아닙니다. 미래가 존재하는 한, 그 미래에 대한 걱정 역시 반드시 존재합니다. 불행에는 버텨야 하지만, 불안에는 적극적으로 대응해야 합니다.

모호할수록 강력한
희망의 힘

빅터 프랭클 『죽음의 수용소에서』

거짓말의 색깔

거짓말이 무조건 나쁜 건 아닙니다. 하얀 거짓말이란 말도 있잖아요. 아내가 미용실에 갔다 와서 "오늘 머리 어때?"라고 물어보는 순간, 정직함이 최선이라 생각해서 뱉은 말은 자칫 무기가 될 수도 있어요.

영국의 비영리 언론 팩트 체킹 기관인 〈풀팩트〉에서 편집자로 일하고 있는 톰 필립스는 그의 저서 『진실의 흑역사』에서 거짓말을 색깔별로 나눴습니다. 하얀 거짓말 외에도 노란 거짓말이 있습니다. 부끄럽거나 겁이 나서 하는, 결점을 감추기 위한 거짓말입니다. 원고 독촉을 하는 편집자에게 원고를 거의 다 썼는데 컴퓨터가 다운되어 시간이 더 걸릴 것 같다는 작가의 변명 같은 겁니다. (편집자 님. 저번에 원고가 날아간 것과 이 거짓말을 굳이 연관시키지는 말아주세요.)

파란 거짓말은 겸손함에서 나온 거짓말이에요. 독자 여러분들이 너무 사랑해주셔서 좋은 책이 나온 것 같다고 말하는 작가의 말 같은 것이라고 보시면 돼요. (하지만 『지식 편의점』은 '모두' 독자 여러분들이 사랑해주셔서 나온 책입니다.) 빨간 거짓말은 말하는 사람, 듣는 사람 모두가 거짓말인 것을 알고 있지만, 그냥 통용되는 거짓말입니다. 지난밤 회식 자리에서 술 취한 것을 핑계로 팀장에게 할 말 못 할 말 다했던 사원이, 다음 날 팀장과 다시 만났을 때 양자 사이에 흐르는 기류 같은 거죠. 술에 취해서 무슨 이야기했는지 전혀 기억나지 않는다는 팀원과, 나도 술 취해서 무슨 이야기를 들었는지 전혀 기억나지 않는다는 팀장 사이의 대화 같은 것 말이에요.

살아가다 보면 거짓말이 필요할 때가 있습니다. 사실 많습니다. 사회생활은 진실만 가지고 한다면, 그의 진실은 아마 검은색일 것입니다. 적절한 수사와 과장, 때로는 눈감고, 또 때로는 적절히 속아주는 기술들이 필요하죠. 말들에 색깔을 칠해서 우리의 하루를 그려보면 총천연색일 겁니다.

특히 인생을 거시적으로 볼 때 거짓말의 효용은 필수적입니다. '열심히 하면 반드시 성공할 수 있다'는 말, '착하게 살면 언젠가 보상 받을 수 있다'는 말들은, 우리의 인생을 떠받치는 신념이 될 수 있잖아요. 비록 살짝 빨간색이라고 하더라도 말이에요.

기이한 시간 감각

예전에 한 번 제 SNS에서 인생 책 투표를 한 적이 있어요. 주관식으로 했기 때문에 책들이 많이 분산되었지만, 1위는 어느 정도 의견의 일치가 이루어졌습니다. 바로 빅터 프랭클의 『죽음의 수용소에서』였어요. 명작이나 고전을 뽑자가 아니라 인생 책을 뽑자라고 했을 때, 느낌이 확 다르죠. 인생 책은 한 사람의 인생에 엄청난 영향을 끼친 책이라고 할 수 있죠. 하지만 사람들은 상황과 생각이 다 다르기 때문에 누군가에게는 인상 깊은 인생 책도 누군가에게는 평범한 책일 수도 있어요. 그래도 세상에 단 한 사람이라도 변화시킨 책이라면 그 책은 분명히 진정성 있다고 봐야 합니다. 진정성 있는 책은 볼 만한 가치가 있죠. 그런데 이 책은 여러 사람의 인생을 변화시킨 책이니 흥미가 갈 수밖에 없죠.

『죽음의 수용소에서』라는 책을 처음 들어보신 분이라도 제목 자체와 인생 책이라는 키워드를 생각해보면, 유대인 수용소 이야기겠구나 하고 짐작할 수 있으실 거예요. 정신과 의사이자 유대인인 빅터 프랭클 박사는 나치의 강제수용소에 끌려가서 3년 동안 수용소 생활을 합니다. 여러 수용소로 옮겨졌는데, 그중에는 그 악명 높은 아우슈비츠 수용소도 있었습니다. 내일 죽어도 이상하지 않은, 오히려 1년 뒤에도 살아 있을 거라고 생각하는 게 이상한 그런 수용소 생활이 이어집니다. 하지만 결국 빅터 프랭클 박사는 살아남아요.

그 경험을 바탕으로 빅터 프랭클 박사는 자신의 심리학파인 로고테라피 학파를 더욱 의미 있게 만들게 됩니다. 프로이트처럼 의자에 앉아 과거 옷장 속에 갇혔던 기억만 뒤지는 게 아니라 실제로 자신이 죽음의 한가운데에서 최고의 절망을 맛본 사람이니까요. 이런 사람의 말은 경험에서 우러나온 힘이 있습니다.

제가 『죽음의 수용소에서』를 보면서 제일 공감한 내용 중 하나가 기이한 시간 감각인데요, 배고픔이 꽉 찬 수용소에서의 하루는 영원처럼 느껴진다고 합니다. 하지만 그보다 긴 시간 단위인 일주일은 하루보다 더 짧게 느껴진다는 거예요. 사실 저는 이런 걸 대학원 때 경험한 적이 있거든요. 제 인생에 슬럼프가 왔었을 때인데, 하루는 길고 지루한데 돌아보면 일주일, 한 달은 쓱쓱 지나갔어요. 요즘 취준생들에게 그런 이야기를 하면 격하게 공감합니다.

그런데 이와 관련된 연구 결과도 있다네요. 실직한 광부들을 대상으로 조사한 결과 그들은 뒤틀린 시간 감각 때문에 고통 받고 있대요. 이런 시간 감각을 가진 사람들은 미래에 대한 비전을 상실했다는 공통점이 있습니다. 미래가 전혀 안 보이고, 무엇을 해야 할지 모를 때 그러니까 미래에 대한 대비가 불가능하고 지금의 사람이 임시적인 것처럼 느껴질 때 이런 시간 감각이 발생한대요. 결국 미래를 그릴 수 있느냐 아니냐에 달려 있다는 것이지요.

나치도 이긴 희망의 3단계

『죽음의 수용소에서』는 빅터 프랭클 박사가 처음 수용소에 들어가서 나올 때까지의 이야기가 연대기적으로 구성되어 있어요. 때로는 의사로서의 자신을 자각하기도 하지만, 보통은 살 덩어리 취급받는 유대인 수용자로서 인간 이하의 삶을 살아야 했던 이야기가 더 많이 나오죠. 아마 많은 분들이 이 이야기를 읽으면서 그래도 내 처지가 이 사람보다는 낫구나 하고 느끼실 거예요.

수용소에서의 일들은 비참하기도 하지만 드라마틱한 일도

많아서 읽는 재미가 있습니다. 그런데 2부 이후로는 로고테라피에 대한 설명이 나와요. 그래서인지 여기는 조금 학술 서적 같거든요. 그래도 자신의 수용소 경험이나 여러 사례를 바탕으로 풀어주니까 그렇게 어렵지는 않습니다.

중요한 것은 결국 자신이 죽음의 수용소에서 견디고, 그리고 많은 수용자를 그 절망 속에서 견디게 한 힘이 무엇이었나 하는 거죠. 로고테라피도 그걸 설명하기 위해서 동원되거든요. 여러 가지 설명을 하지만, 한마디로 간단하게 요약하면 '삶의 의미'를 찾는 것입니다. 자신의 생존이 무의미하다고 느껴질 때 인간은 생명을 포기하게 됩니다. 빅터 프랭클 박사는 그래서 인간이 자신의 삶에서 의미를 찾아야 한다고 했는데, 주의할 것은 그것이 내적 가치나 정신적 의미를 말하는 게 아니에요. 이 세상, 그러니까 구체적인 현실에서 자신의 생명에 대한 의미를 찾으라는 의미입니다.

여기에는 크게 세 가지 단계가 있는데요. 첫 번째는 무언가를 창조하거나 어떤 일을 함으로써 의미를 찾을 수 있고요, 그것이 힘들면 다음 단계로 어떤 일을 경험하거나 어떤 사람을 만남으로써 의미를 찾을 수 있습니다. 어떤 일을 경험하는 것은 자연이나 문화를 체험한다는 뜻입니다. 어떤 사람을 만나는 것은 사랑하는 사람을 만나는 것을 말합니다. 그리고 이도 불가능하다면 세 번째 단계로는 피할 수 없는 시련에 대한 태도를 바꿈으로써 삶의 의미를 찾을 수 있습니다.

사이 좋은 노부부 중 할머니가 먼저 세상을 떠나자 할아버지가 비통에 빠집니다. "왜 나에게 이런 시련이 주어지나?"라며 우울증에 빠지지요. 빅터 박사는 그 할아버지에게 "만약 반대로 당신이 죽고 할머니 혼자 남았다면 그분이 감당할 고통은 어땠을까요?"라고 말합니다. 할아버지는 그건 정말 할머니에게는 끔찍한 고통이었을 거라고 대답합니다.

빅터 박사는 말하죠. 지금 선생님이 살아남으신 건 할머니에게 그 고통을 면하게 해주는 일이라고요. 이것이 바로 태도를 바꿔보는 거예요. 오래 사귀지 못하고 자꾸 이별하는 사람은 왜 나는 이렇게 불행한 연애만 하지 하고 생각하는 것이 아니라, 운명의 상대를 만나기 위해 신중하게 항해하고 있다고 생각해봅시다. 어떻게 생각하면 평범하기 이를 데 없는 해법이지만, 이 해법으로 빅터 박사는 죽음의 수용소에서 살아돌아왔고 수용소 안의 수용자들에게 시련을 견딜 수 있는 힘을 주었습니다. 이 방법이 실제로 통한다는 것이 중요하죠. 삶이 힘든 분이 있다면 자신이 무가치하다고 생각하기를 멈추고, 자신의 삶에 숨겨진 의미를 먼저 생각하고 발견해보세요. 그게 나치도 이긴 희망이라는 힘의 비결입니다.

칩거의 시대에 소환된 『안네의 일기』

불행한 상태에서 희망을 가져야 한다는 결론은 사실 너무나 뻔합니다. 톨스토이의 소설 『안나 카레니나』의 첫 구절은 소설사에서 유명한 문장이죠. "행복한 가정은 모두 엇비슷하고, 불행한 가정은 불행한 이유가 제각기 다르다." 이 문장인데요, 이 문장에 격하게 공감한 사람들이 여기에 '안나 카레니나의 법칙'이라는 이름을 붙였습니다.

불행에 대처하는 방법을 말하기 어려운 것은 바로 이러한 이유 때문이에요. 개인마다 모두 불행의 원인은 다르니까, 다른 원인의 불행을 박멸할 단 하나의 대통일 이론을 내세우기는 어렵습니다. 그래서 모두들 막연하게 희망을 가져야 한다고 말하나 봐요.

저는 사실 이렇게 추상적이고 구체적이지 않은 솔루션을 싫어하기 때문에 막연한 희망에 대해 말하는 것에 거부감이 있었습니다. 하지만 조금 다른 시각으로 볼 수 있는 책을 하나 읽게 되었어요. 바로 『안네의 일기』입니다.

보통 잘 알려진 고전들이 명성에 비해 읽어본 사람이 거의 없는 반면, 『안네의 일기』는 들어본 사람도 많고 그나마 읽어본 사람도 많은 책이 아닐까 싶어요. 그런데 예전에 읽었을 때와 지금을 비교해보면 확실히 다른 점이 있는데요, 은신처 생활을 하며 안네가 겪은 심리적인 변화나 고통들이 예전에 읽을 때는 추상적으로 짐작 갈 뿐이었는데, 지금은 구체적으로 공감됩니다. 감염병 사태 때문에 가능한 한 외출을 자제하고, 집 안에서 스스로 격리 생활을 하면서 느꼈던 감정과 어려움들이 그대로 『안네의 일기』에 오버랩되거든요.

2년여 간의 격리 생활

『안네의 일기』는 2차 대전 때 독일 나치의 유대인 박해를 피해 은신처에서 숨어 지내야 했던 열세 살 소녀 안네 프랑크가 2년여간 은신했던 생활을 담은 기록입니다. 역사적 사건에 대한 기록 같은 거창한 목적 때문에 쓴 글이 아니라 그냥 진짜 일기이기 때문에, 사춘기 소녀의 서툰 감정부터 전쟁에 대한 당시 일반인들의 느낌, 1940년대 전쟁의 경과가 이 책에 잘 드러나 있습니다.

원래 안네는 독일에서 태어난 유대인인데, 나치의 박해를 피해 네덜란드로 이민을 와요. 하지만 네덜란드까지 점령당하고 결국 1942년부터 은신처에 숨어서 사는 생활을 시작하죠. 이 생활은 1944년 누군가의 밀고로 발각되어서 수용소로 끌려갈 때까지 무려 2년 여간 지속됩니다.

『안네의 일기』는 안네가 13살 생일 선물로 일기장을 받으면서 시작됩니다. 안네는 이 일기장에게 '키티'라는 이름을 지어주고, 본격적으로 일기를 쓰기 시작해요. 이때까지 안네의 집은 어느 정도 부유하기도 하고, 그리고 무엇보다 안네 자체가 학교에서 '인싸'였기 때문에 무척 행복한 소녀의 일상만 보입니다. 하지만 일기장을 선물 받은 날로부터 채 한 달도 지나기 전에 안네의 가족은 은신처 생활을 시작하게 됩니다.

안네의 부모님, 그리고 언니, 안네까지 4명에, 반단 가족 3명 그리고 나중에 합류하게 된 치과 의사 뒤셀 씨까지 총 8명이 은신처의 멤버예요. 은신처는 안네의 아버지가 일하던 회사 건물 위층에 마련되었어요. 이 은신처는 몇 명의 조력자에 의해서 숨겨지는데, 입구를 가려놓아서 조력자들 빼고는 이 건물에서 일하는 사람들도 은신처의 존재를 몰랐습니다.

그래서 건물에 사람이 있으면 은신처에 숨어 있는 사람들은 거의 움직이지도 못하고 조심조심 있어야 했어요. 사람이 없는 밤에는 움직이는 게 그나마 나았지만, 빛이 새어 나가서는 안되기 때문에 조심스럽고 예민한 것은 마찬가지였죠. 밖으로의 외출이 아예 금지되는 이 좁은 곳에서 8명이 부대끼고 매일매일 마주치다 보니 은신처 식구들의 스트레스는 상상을 초월합니다. 그래서 조그만 일에도 부딪히고, 싸우고, 또 화해하는 일들이 반복돼요. '한 사람이 이야기를 시작하면 그 이야기의 끝을 모두 알고 있는 상황'이라는 묘사는 이들이 얼마나 한정된 공간 속에서 통제된 정보만 가지고 생활해야 했는지 실감나게 보여주는 표현입니다.

코로나19 사태로 2주간 자가격리를 했던 분들이 있었는데요, 그 2주를 못 참아서 외출했다가 사회적으로 물의를 일으킨 경우도 있었습니다. 그런데 안네는 이런 상태로 2년 동안이나 격리되었던 것입니다. 넷플릭스도 안 나오고, 화장실조차 편히 쓸 수 없고, 먹을 것도 부족한 상태에서 말이죠.

예전에 봤을 때는 이런 부분에서 힘들었겠다 정도의 느낌만 있었는데, 코로나19로 인해 집 안에 갇혀 있는 경험을 조금 하고 나니까, 안네의 은신처 식구들과 당시에 안네 외에도 독일군들을 피해 숨어 지낸 수많은 유대인들의 고통이 그나마 조금은 느껴지더라고요.

희망이 없는 상황은 없다

『안네의 일기』는 바로 이런 지점에서 힘을 갖습니다. 이런 극한의 상황에서 이들이 버틸 수 있었던 힘은, 조금은 뻔하지만 언제나 인류가 살아가는 이유가 되어주는 바로 희망이라는 것이죠. 안네는 열세 살이에요. 따라서 그 희망은 조금은 유치하고 추상적일 수 있지만, 오히려 이런 추상적인 희망이 절망적인 상황에 도움이 되지 않았나 싶어요. 커서 작가가 되고 싶다는 생각, 같이 은신처 생활을 하던 페터에 대한 첫사랑의 감정 같은 것들이 안네가 은신처 생활을 견디는 큰 동력이 되어준 것은 분명합니다. 하지만 날로 악화되는 전쟁 상황, 나치의 유대인 학살 같은 소식만 들려오던 당시의 외부 환경을 생각하면, 안네의 희망이 구체적으로 실현되기는 무척 어려워 보이거든요.

희망의 구체성을 따지기 시작하면 사실 불행이 깊을수록 희망은 희미해져갈 수밖에 없습니다. 하지만 그럴 때 오히려 간절해지는 게 희망이잖아요. 그래서 희망은 추상적이어야 희망으로서의 존재감을 발휘할 수 있는 것 같아요.

희망은 꼼꼼히 따져서 가지는 것이 아닙니다. 논리적으로 따져보니 이룰 만하다 싶으면 계획이라고 하지, 희망이라고 하지 않습니다. 그러니 어떻게 생각하면 희망은 실현 가능성이 그렇게 많지 않아서 이런 이름이 붙은 것이라고 생각할 수도 있습니다. 자신에게는 희망이 없다고 생각하는 분도 많은데요, 사실 희망은 원래 실현 가능성과는 별개로 존재하는 가치예요. 그러니까 잘 생각해보면 희망이 없는 상황은 없는 거죠. 희망은 언제나 존재합니다. 그리고 때로는 추상적인 희망이 구체적인 희망보다 우리 삶을 지탱하는 더욱 중요한 요소가 될 수도 있어요. 희망이 없다 생각하지 마시고, 그저 자신이 희망에 대한 의지가 부족한 것이 아닌가 생각해보세요. 지나고 보면 우리의 어려운 시절을 견디게 해주는 것들은 언제나 희망이었지요.

세계적인 작가가 되고 싶다는 안네의 희망은 완벽한 해피엔딩의 형태는 아니지만, 어느 정도는 이루어진 셈입니다. 그녀는 비록 전쟁이 끝나기 전에 죽었지만, 전 세계 많은 사람이 그녀의 글을 보면서 용기를 얻고 새로운 희망을 꿈꾸거든요.

단 한 달의 차이로

문학소년이나 문학소녀라고 하면 왠지 좀 내향적이고 여러 여리한 느낌이 떠오르잖아요. 하지만 전 세계적으로 가장 유명한 문학소녀 중 한 명인 안네 프랑크는 실제로는 활발하고 외향적인 성격의 소유자였어요. 게다가 당시로서는 꽤 부유한 금수저 집안에 태어나기도 했죠. 수학에는 소질이 없었지만, 다독을 해서 문학적인 자질은 비범한 소녀이기도 했고요.

모든 것을 가진 안네였지만, 단 하나 '타이밍'을 가지지 못했습니다. 독일에서 네덜란드로는 피할 수 있었는데, 네덜란드에서 미국이나 캐나다로 망명가는 타이밍을 놓쳐서 결국 2년간의 은둔 생활에 들어갑니다.

이때 기록한 안네의 일기를 가족 중 유일한 생존자인 그녀의 아버지 오토 프랑크가 출판을 해서 오늘날 『안네의 일기』로 알려지게 됩니다. 그런데 아무래도 아버지가 출판을 하다 보니 안네가 솔직하게 적었던 성에 대한 이야기 같은 것들은 편집해서 빼버렸어요. 사실 안네는 이 일기가 다른 사람에게 보여지게 될 줄은 상상도 못했고, 게다가 출판까지 될 줄은 더더욱 몰랐기 때문에 꽤 거침없이 성에 대한 생각들을 적었거든요.

그리고 2018년에는 『안네의 일기』 중에서도 봉인되었던 2페이지가 추가로 공개되기도 했었는데, 이 부분은 안네 스스로 일기를 갈색 종이로 가려놓았던 부분이라고 해요. 그동안에는 일기가 손상될까 복원을 못했었는데, 종이를 직접 뜯어내지 않고도 안의 글자를 볼 수 있는 기술이 개발되면서 볼 수 있게 되었어요. 거기에는 결혼·피임·성매매 등 성에 관한 단상들이 적혀 있었다고 하죠. 성에 대한 야한 농담 같은 것도 있었고요. 그야말로 사춘기 아이의 관심사였던 거예요.

어린이판 『안네의 일기』에서는 이런 부분이 쏙 빠져 있는데요, 원본으로 보게 되면 안네의 사춘기 시절이 그대로 있습니다. 이것을 보며 느껴지는 건 안네는 스스로 숨어 지내는 레지스탕스가 아니라, 숨어 지낼 수밖에 없는 조그맣고 평범한 어린 소녀라는 사실입니다. 그 나이 또래가 할 만한 고민, 생각, 희망들이 가감 없이 나열되어 있어요. 그래서 더 슬퍼요. 특히 안네의 일기를 읽는 독자들은 대부분 결말을 알고 있잖아요. 끝을 모르는 것은 일기를 적어가고 있는 안네뿐입니다.

또래보다 글을 너무 잘 써 처음에는 진위 논란도 있었지만, 실제 안네의 일기가 맞는 것으로 밝혀지면서, 세계는 더더욱 안타까움에 빠졌죠. 성장했으면 세계적인 대문학가가 될 수도 있었던 사람이 15세에 수용소에서 죽어야 했거든요.

1944년 8월 결국에는 은신처가 발각되어 안네의 가족들은 독일군에게 잡혀갔지만, 그래도 한동안은 잘 살아남았다고 합니다. 하지만 수용되었던 언니가 죽자, 안네는 그 슬픔의 잔상을 이기지 못했는지, 그로부터 얼마 후인 1945년 2월 말에서 3월 초 정도 시기에 숨을 거둡니다. 정말 안타까운 것은 안네가 수용되었던 베르겐-벨젠 수용소가 그로부터 약 한 달 뒤인 4월 15일에 해방되었다는 거죠. 단 한 달만 더 견뎠다면 안네는 아직 살아 있을지도 모릅니다.

살기 위해 행복을 느끼는 인간

서은국 『행복의 기원』

니코마코스 윤리학

행위를 통해 성취할 수 있는 모든 좋음들 중 최상의 것은 무엇인지 논의해보자. 그것을 어떤 이름으로 부르는지에 관해서는 거의 대다수의 사람이 동의한다. 대중과 교양 있는 사람들 모두 그것을 '행복'이라고 말하고, '잘 사는 것'과 '잘 행위하는 것'을 '행복하다는 것'과 같은 것으로 생각한다. 그러나 행복이 무엇인지에 대해서는 논란이 있으며, 대중과 지혜로운 사람들이 동일한 답을 내놓는 것은 아니다.

— 『니코마코스 윤리학』, 아리스토텔레스

아들인 니코마코스를 위해 만든 강의록이라는 아리스토텔레스의 『니코마코스 윤리학』은 행복의 윤리학이라고도 불립니다. 아리스토텔레스의 행복론이지요. 여기서 아리스토텔레스는 행복이 무엇인지에 대해서 사람들의 의견이 갈린다고 말하죠. 예나 지금이나 사람들의 의견을 통일시키는 것은 불가능한 일인가 봅니다.

물론 그런 여러 가지 행복에 대한 이야기들을 정리해서 아리스토텔레스는 마지막에 자신의 이야기를 답으로 제시하긴 합니다. 하지만 "행복은 그 자체로 최고의 선"이 된다는 아리스토텔레스의 니코마코스 윤리학이 행복에 대해 잘못된 길을 안내해서 그 후 행복을 찾아 엉뚱한 길을 헤매게 되었다는 현대의 견해도 있습니다. '선'이라는 추상적인 가치와 행복을 연결시켰기 때문에, 행복은 고상하고 정신적인 어떤 것이라고 생각하게 되었다는 것이죠.

생각해보면 아리스토텔레스의 이야기는 지나치게 '철학적'이라고 할까요, '정신적'이라고 할까요, 그런 느낌이 있죠. 실제 생활에서 우리가 행복을 느끼는 여러 가지 경우를 생각해보면 그렇게 고상한 상황만 있는 건 아닌데 말이죠. 예를 들어 끔찍한 범죄를 저지른 범인이 잡혀서 법의 심판을 받았다는 뉴스를 봤을 때 느껴지는 행복감과 정말 내 입맛에 꼭 맞는 음식을 파는 가게를 발견했을 때의 행복감이 크게 다른 것 같지는 않습니다. 행복의 크기는 오히려 뒤의 것이 조금, 사실은 매우 많이 더 클 것입니다. 멸종 위기에 놓인 동물들이 성공적으로 번식에 성공했다는 소식보다, 썸 타는 이성한테 온 '내일 시간 괜찮냐?'는 카톡이 더 행복한 게 현실이거든요.

행복감에 크기 차이는 있어도 등급 차이가 있을 것 같지는 않습니다. 학자나 철학자 혹은 종교인이 억지로 행복에 등급을 부여할 수는 있어도, 실제 개인들이 주관적으로 느끼는 행복감에 그런 꼬리표가 붙어 있을 것 같지는 않거든요. 행복감에 위계가 있다는 생각은 천국에 등급이 있다는 얘기와 비슷하잖아요.

예전에 어떤 종교인이 "믿는 사람이 다 구원 받는다면, 믿으면서도 교회 일을 안 하고 정말 믿기만 한 사람과 열심히 교회 봉사하는 사람이 차이가 없는 게 아니냐?"라는 질문에 "나중에 천국 가면 열심히 일했던 사람은 금 면류관을 쓰고, 그렇지 않은 사람은 개가죽을 쓴다"라고 답한 장면을 본 적 있어요.

아마도 별 차이가 없다고 하면 현실에서 자기 교인들이 봉사하고 헌금 내고 하는 당위가 사라질까 봐 두려워서 그렇게 대답한 것이겠지만, 천국에 등급이 있다니요. 대부분의 불행은 비교에서 시작된다고 하는데, 비교할 거리가 있고 그렇기 때문에 자괴감과 우월감이 존재하는 천국이라면 현실(때로는 지옥보다 더 지옥 같은)과 큰 차이가 없는 것 아닐까요?

행복은 주관적인 걸까?

그렇다면 행복은 정말 다양한 상황에서 주관적으로, 그러니까 특별한 공통점이나 기준점 없이 파편적으로 존재하는 걸까요? 그래서 행복은 언제, 어떻게 느껴지는 거라고 이야기하는 게 힘든 일일까요?

일단 멀리서만 해답을 찾지 말고, 우리들의 생각부터 정리해보죠. 소소한 행복이라고 부를 수 있는 몇 가지 상황을 상정해보았습니다. 여러분이 한번 골라보세요. 여러분은 언제 행복을 느끼시나요?

① 주말 아침에 개운하게 일어나서 내린 커피가 너무나 맛있을 때
② 한참 걱정하면서 받은 엄마의 건강검진 결과가 괜찮게 나왔을 때
③ 뜻하지 않게 호감 있는 친구의 카톡을 받았을 때
④ 최애 가수의 새로 나온 음악이 너무나 취향 저격일 때
⑤ 오래 알고 지낸 친구들과 여행을 떠나 시원한 밤바다를 앞에 놓고 유쾌하게 맥주 한 잔 할 때

어느 것 하나 행복하지 않은 경우가 없죠. 이렇게 사람마

다 행복을 느끼는 감각은 다 다릅니다. 그러고 보면 세계 평화나 환경보호 같은 큰 가치에서 느껴지는 행복과 일상의 소소함에서 느껴지는 행복의 감각적 차이는 그다지 큰 것 같지 않습니다.

그렇다면 역시 행복은 주관적인 걸까요? 불행이라는 상태에 대해 생각해보기 위해 '행복'에 관한 책이나 자료들을 많이 뒤져봤습니다. 그런데 모두 다 '행복은 마음속에 있다' 같은 맞긴 하지만 와닿지는 않는 이야기들만 넘치더라고요.

'살기 위해 행복을 느낀다'는 전복

그 와중에 눈에 띈 것이 서은국 연세대 심리학과 교수의 『행복의 기원』이라는 책이었습니다. 같은 주제로 tvN의 〈어쩌다 어른〉에서 강의하신 적도 있더라고요. 이것저것 찾아봤더니 기존의 행복 논의와는 다른 참신한 시각이 엿보여 흥미진진했어요. 서은국 교수님은 행복을 '단순한 마음의 문제'라고 이야기한 것이 아니라, 행복의 원인을 진화심리학적인 관점에서 봤어요. 여러 실험과 연구 결과들을 들어가며 설명해주죠. 그러니까 행복을 과학적으로 규명하는 작업입니다. 그리고 내린 결론은 인간은 '행복하기 위해 산다'라고 착각하지만, 사실은 '살기 위해 행복을 느낀다'는 것이죠. 뭔가 앞뒤가 바뀐 것 같죠. 이 전복의 논리가 참 재미있습니다.

실연을 극복하는 효과적인 방법

인간의 DNA에 새겨져 있는 것은 행복과 돈의 추구가 아닙니다. 돈이라는 발명품은 인간의 DNA가 인식할 정도로 그렇게 오래되지가 않았어요. 인간의 DNA는 여타 동물과 마찬가지로 '생존'과 '번식'이라는 두 가지 코드로 이루어져 있습니다. 인간이 어떤 행동을 반복해서 한다면 그것은 생존이나 번식에 유리하기 때문인 거예요.

행복 역시 생존과 번식에 유리한 행위를 했을 때 얻어지도록 설계되어 있습니다. 그래야 인간들이 그런 행위를 반복적으로 하게 될 테니까요. 희열, 성취감, 자신감 등을 통해 행복을 얻는다면 그것들을 가져오게 한 행위가 자신의 생존과 번식에 유리해서입니다. 조금 더 쉽게 말하면 누군가 돈이 많아서 행복하다면, 그건 돈이 있어서가 아니라 그것이 생존에 유리한 조건이어서라는 것이죠.

그렇다면 인간의 생존과 번식에 가장 유리한 것은 무엇일까요? 그것은 사회입니다. 생존하는 데 특별한 장점이 없는 인간이 여타 동물에 비해 경쟁력을 가지게 한 도구가 바로 사회이니까요. 유발 하라리는 『사피엔스』에서 돈, 종교, 국가 같은 무형의 믿음이 인간을 경쟁력 있게 만들었다고 했는데, 그것은 바로 그런 무형의 믿음들이 대규모의 사회를 틀에 맞춰 유지시켜주기 때문입니다.

사회 안에 있을 때 인간은 안정감을 느낍니다. 에밀 뒤르켐은 최초로 자살에 대한 사회학적 논문을 썼는데요, 이 논문은 책으로 나와서 자살에 관한 최초의 과학적 연구인 『자살론』이 되죠. 『자살론』의 결론에 따르면 인간을 자살로 몰고 가는 것은 사회 안에 속하지 못한, 그러니까 사회에서 소외되었다고 느끼는 극단의 감각이라고 합니다.

이것을 진화심리학적인 관점과 연결해보면, 인간은 사회 안에 있을 때 가장 안정감을 느끼는데, 그 사회에 속하지 못하고 사회 테두리 밖에 있다는 감각은 자신의 생존에 가장 위협이 되는 극심한 스트레스 상황이 되는 것이죠. 에밀 뒤르켐은 그 같은 스트레스를 이기지 못해 인간은 결국 극단적 선택에 다다르게 된다고 봤습니다. 그러니까 결국 행복의 근원은 '사회'입니다. '사람'이라고 말할 수도 있죠. 그래서 인간은 사람과 접촉하고, 사회 안에 있을 때 행복감을 느끼게 DNA가 설계되어 있어요.

발가락을 다치면 고통을 느끼죠. 생존에 위협이 되는 사건이기 때문에 뇌가 경고하는 겁니다. 그런데 사실 고통을 느끼는 것은 상처를 입은 발가락 부위 때문이 아니라, 뇌의 전방대상피질이라는 부분이 활성화되기 때문입니다. 놀랍게도 실연했을 때 고통을 느끼는 뇌의 프로세스도 발가락을 다쳤을 때 고통을 느끼는 프로세스와 동일하다고 해요. 실연 역시 생존, 특히 번식 가능성에 위협을 주는 요소이니까요. 그래서 실험을 해봤답니다. 고통을 느꼈을 때 바로 뇌의 전방대상피질이 활성화되는 것을 방해해서 고통을 덜 느끼게 하는 약을 먹도록 했습니다. 쉽게 말해 실연한 사람에게 진통제인 타이레놀을 먹게 한 겁니다. 효과가 있었을까요? 놀랍게도 3주 정도 타이레놀을 복용했더니 정말로 고통이 반감됐습니다. 그러니까 실연 당해 괴롭다면 몸에도 안 좋은 소주만 드시지 말고, 약국에 가서 타이레놀을 사 드시는 게 나을 수도 있습니다.

행복의 특성

행복과 관련 우리가 기억해야 할 게 한 가지 더 있습니다. 바로 행복의 성질은 일회성이라는 겁니다. 합격의 기쁨, 승진의 짜릿함, 첫 데이트의 설렘 등은 며칠뿐입니다. 조금만 지나면 희석되죠. 이 역시 생물학적인 작용이에요. 생존은 일회성이 아니거든요. 그러니까 계속적으로 생존에 유리한 행위를 하려면 이전의 행복으로 인한 쾌감은 잊어야 합니다. 그래야 새로운 행복을 또 찾아나서게 되거든요. 그래서 복권에 당첨된 기쁨이 순간에 불과한 것입니다. 생물학적으로는 이를 적응이라고 표현합니다. 이런 관점에서 볼 때 행복한 삶의 중요한 비밀 중 하나는 행복은 강도가 아니라 빈도라는 것입니다. 소소한 행복을 자주 느끼는 것이 행복한 삶의 비밀입니다. 그런 면에서 보자면 불행 역시 적응 회로를 통해 시간이 지나면 처음 느꼈던 불행의 감각보다는 조금 덜 아프게 느껴지는 게 사실입니다.

그러면 행복을 조금 더 잘 느끼는 성격이 있을까요? 벤츠에서 내리는 사람이 행복해 보인다면 그것은 그가 벤츠를 가지고 있기 때문이 아니라 원래 행복을 잘 느끼는 성격이기 때문입니다. 그는 자전거를 타고도 웃을 수 있는 사람이거든요. 이런 성격은 주로 외향적인 사람들에게서 많이 나타납니다. 생존에 유리한 것이 사람이라면, 사람을 조금 더 쉽게 사귀는 외향적인 사람은 내향적 사람보다 조금 더 행복할 가능성이 많죠. 하지만 연구 결과 내향적 사람 역시 사람들에게서 행복을 느끼는 것은 마찬가지인 것으로 나타났습니다. 다만 사람들 사이에서 관계를 맺고 이를 유지하는 노력을 기울이는 게 불편할 뿐이에요. 그래서 일대일의 관계나 조금 더 깊숙하게 연결되는 관계를 통해 그런 부분을 보완하지요.

행복의 기원

제가 제일 처음에 여러 가지 상황을 제시한 다음에 언제 가장 행복함을 느낄 것 같냐고 질문했잖아요. 인간은 굉장히 다양한 상황에서 행복함을 느낀다는 이야기도 했지만 사실 그렇지만도 않습니다. 이 문제를 가지고 제 강의를 듣는 200여 명의 학생들에게 물어봤거든요. 그런데 답이 다양하게 분산될 것 같았는데, 사실 그렇지 않았어요. 앞서 제시한 선택지를 다시 살펴볼까요? 다음과 같은 선택지가 있었죠.

① 주말 아침에 개운하게 일어나서 내린 커피가 너무나 맛있을 때
② 한참 걱정하면서 받은 엄마의 건강검진 결과가 괜찮게 나왔을 때
③ 뜻하지 않게 호감 있는 친구의 카톡을 받았을 때
④ 최애 가수의 새로 나온 음악이 너무나 취향 저격일 때
⑤ 오래 알고 지낸 친구들과 여행을 떠나 시원한 밤바다를 앞에 놓고 유쾌하게 맥주 한 잔 할 때

실제로 설문 조사를 해보니 ⑤번이 63퍼센트 정도로 압도적으로 많았습니다. 그리고 두 번째로 많은 것이 ②번으로 26퍼센

트 정도였어요. 그러니까 이 두 개의 선택지에 89퍼센트가 응답한 셈이죠.

선택지들을 분석하면 ②번과 ⑤번은 사람들 사이의 관계에서 행복감을 느끼는 유형이고, ①번과 ④번은 개인적인 취향의 만족에서 행복감을 느끼는 유형입니다. 이것만으로 단정 짓기는 어렵지만 우리는 행복의 근원을 사람들 사이의 관계, 친분, 우정, 인정, 같은 것들에 두고 있다는 것을 알 수 있습니다.

옛날 해적들이 나오는 영화나 바이킹들이 나오는 소설을 보면 밤마다 유쾌한 술 파티를 벌이는 장면들이 나오잖아요. 위험 수당도 없고 추가 수당도 없이 목숨을 걸어야 하는 직업에서 오는 스트레스와 불안을 그렇게 사람들 사이의 술자리로 풀어버리려는 노력이라고 할 수도 있겠네요.

행복의 기원은 한마디로 '사람들'입니다. 그런 면에서 불행의 속성을 생각해보면 불행은 '자신과 관계 맺는 사람들이 없는 세계', '사람들의 세계에 자신이 속하지 못하는 상황' 같은 것에서 유발되지 않나 싶어요. 사람들 사이에서 관계를 맺지 못하고 인정을 받지 못해 성취할 수 없을 때요.

자신이 일부러 사회를 왕따시키는 성격이라면 이런 불행을 자초한 면이 있겠지만, 사회가 자신을 왕따시키는 상황이라면 불행은 외부로부터 주어지는 거겠죠. 가난 때문에 공부할 기회에서 왕따가 되고, 신체적 장애 때문에 일할 기회에서 왕따가 된다면 불행을 느낄 가능성이 높습니다.

여러모로 행복의 기원은 '사람'이라고 할 수 있습니다. 너무 어렵게 생각하지 마세요. 지금 이 책을 읽다가, 좋은 책이니까 추천해줘야겠다고 머릿속에 생각나는 사람이 있나요? 그렇다면 당신은 행복할 가능성이 많은 사람입니다. 혹은 직접 만나서 책을 선물해주고 싶은 사람은요? 그렇다면 당신은 더욱 행복할 가능성이 많은 사람입니다. (머릿속에 떠오른 그 생각을 어서, 빨리, 당장 실천에 옮기시길 바랍니다.)

진화 심리학과 아리스토텔레스의 견해가 일치하는 부분

처음에 제가 『니코마코스 윤리학』을 이야기했죠. 아리스토텔레스에 따르면 행복한 삶은 개인적 차원을 넘어 공동체 속에서의 좋은 삶 혹은 성공한 삶을 의미합니다. 진화심리학적인 관점에서 행복을 볼 때, 지나치게 '정신적'으로만 접근한 아리스토텔레스의 의견이 비판받기도 했다고 이미 말씀드렸는데, 진화심리학적인 견해에도 아리스토텔레스의 생각과 일치하는 부분이 있어요. 바로 '공동체 속에서'라는 부분이죠. "인간은 사회적 동물이다"라는 아리스토텔레스의 말이 있습니다. 아리스토텔레스는 행복을 공동체 속에서의 삶 전체에 대한 개인의 만족과 관련지어 파악하고, 선하고 올바른 삶을 통해 참된 행복에 이를 수 있다고 봤습니다. 사회적 존재로서의 인간이 행위를 통해 도달할 수 있는 목적 가운데 '최고선'을 바로 행복이라고 본 것이지요.

'최고선'이라는 부분이 모호하다고 지적하는 사람도, 사회적 존재로서의 인간, 공동체 안에서의 존재라는 전제에는 동의합니다. 이렇게 보면 진화심리학의 견해와 아리스토텔레스의 견해가 일치한다고 볼 수도 있겠네요.

사회적 존재라는 것은 결국 사람 사이의 상호작용이 있어야 살아갈 수 있다는 뜻이죠. 사람이 희망입니다. 사람이 행복의 이유이고, 사람이 즐거움의 원천인 것이죠. 왜냐하면 사람들 사이의 관계를 형성하고 집단생활을 해야 동물과 구분되는 인간의 핵심경쟁력을 유지할 수 있기 때문입니다. 그래서 우리들은 모두 사람에게서 긍정의 감정들을 느끼게 설정되어 있습니다. 사람에게서 상처받지만, 사람에게서 받는 위로가 언젠가의 그 상처보다 큽니다. 사람 때문에 슬프지만, 사람으로 인해 얻는 기쁨은 그 슬픔을 덮고도 남을 만큼 넉넉하거든요. 그건 의지의 문제가 아니라 인간 DNA에 원래 그렇게 입력되어 있는 것입니다. 그래서 우리는 오늘도 복작복작대며 다른 사람들과 더불어 사는 삶을 살아가고 있는 겁니다.

관계는 시소다

　행복은 노력한다고 얻어지는 게 아니라고 합니다. 개인이 느끼는 주관적 감정이니까요. 감정을 노력으로 컨트롤할 수 있다면 그 정도 경지의 사람은 '수도사' 정도의 반열에 오를 겁니다. 그래서 우울증으로 고통받는 사람한테 "힘 내"라고 하는 것은, 암에 걸린 사람한테 "암에 걸리지 마"라고 말하는 것과 마찬가지입니다. 아무 의미도 없고, 오히려 불행한 느낌만 더 부추길 수도 있습니다. 하지만 암에 걸리기 전에 좋은 식습관과 규칙적인 운동으로 암에 걸릴 가능성을 낮출 수는 있거든요. 그리고 암에 걸렸다 하더라도 그걸 이겨낼 수 있는 체력이라는 바탕을 형성해서 치료의 가능성을 높일 수 있죠. 마찬가지로 친구를 얻고 사귀는 것은, 불행에 대비하는 좋은 방법이 됩니다. 불행에 빠질 가능성을 줄이고, 혹 불행하다고 느끼더라도 조그마한 위로가 될 심력이라는 바탕을 형성하는 전제가 될 수 있죠.

　그렇다면 행복은 노력해서 얻지 못한다 할지라도 행복할 가능성은 노력해서 확보할 수 있습니다. 좋은 친구를 얻기 위해서는 나도 그에게 좋은 친구가 되어야 하거든요. 물론 거기에는 노력과 정성이 필요합니다. 언제든 연락해도 좋은 친구라고 방심해서 1년 내내 연락도 안 하고 지내는 친구보다는 일주일에 한 번은 문자해서 생활과 맥주 한 잔을 나누는 친구가 '친구'죠.

통화하다 "언제 한번 보자"라로 얘기하기보다는 "다음 주가 좋아? 다다음주가 좋아?"라고 묻는 친구가 행복감과 관계 있는 친구일 가능성이 조금 더 높습니다. 친구가 필요할 때, 딱 맞춰서 친구 역시 여러분이 필요한 것은 아닐 수 있거든요. 그래서 노력이 필요합니다.

어쩌면 친구는 대칭을 맞춰야 하는 평행저울이 아니라, 필연적으로 쏠림이 반복되는 시소라고 할 수 있습니다.

단 하나의 확실한 미래

오지 않는 것을 기다리는 법

사무엘 베케트 『고도를 기다리며』

로미오와 줄리엣의 그 배우들

스토리를 중심으로 놓는 문화 예술 중 가장 오래된 원로는 연극입니다. 책보다도 오래됐겠지요. 인쇄술이 발달하기 전 책이라는 것은 유용한 정보나 역사적 기록을 전달하기 위해 필사로 전승되는 것으로, 대중성이라고는 전혀 없었습니다. 가격이 대중적이지 않았거든요.

글자를 모르는 대중을 위해 스토리와 교훈을 함께 전달하면서 흥미까지 주는 장르가 바로 연극이에요. 그리스 비극은 2500여 년 전에 이미 존재했습니다. 『군주론』을 쓴 마키아벨리가 고대 그리스 영웅들의 이야기를 보며 위안을 얻었고, 철학자 헤겔은 그리스 비극에 동경을 품고 분석하기도 했습니다. 지금 우리에게도 헤라클레스, 오이디푸스, 아킬레우스 같은 이름은 꽤 친숙합니다.

셰익스피어는 세계적인 대문학자로 알려져 있지만 이상하게 셰익스피어의 작품은 줄거리나 등장인물들의 유명세에 비해 막상 읽어본 사람이 드뭅니다. 왜냐하면 셰익스피어는 극장에서 상영할 연극을 위해 대본을 쓰는 사람이었고, 그의 작품은 대본집 형태이기 때문에, 이런 형식의 글 읽기에 익숙하지 않은 사람들은 읽기가 어려워서예요.

대신 처음부터 극적인 구성을 갖췄기 때문에 영화화되기 좋죠. 『로미오와 줄리엣』은 여러 차례 영화화되었는데요, 그중에서도 1968년 작품은 여주인공의 외모가 모든 것을 압도해버렸죠. 이 영화로 인해 배우 올리비아 핫세는 청순한 첫사랑의 대명사로 굳어집니다. 그런데 사실 'Olivia Hussey'라는 그녀 이름의 스펠링을 보면 알겠지만, 핫세보다는 허시라고 발음하는 게 맞는데 일본식 발음의 영향을 받아 핫세라고 굳어졌다고 해요. 하지만 국립국어원에서는 관용적 표기를 인정해 이 이름을 핫세라고 발음하는 것도 맞다고 인증했답니다. 워낙에 오래전에 활동하고 거의 원 히트 원더에 가까워서 올리비아 핫세를 굉장히 옛날 사람으로 알고 있는 경우가 많은데요, 아직 멀쩡히 살아 계시고 K-팝 걸스데이의 팬이기도 합니다. 지금도 인스타 활동을 하고 있어요.

남주인공의 외모로 압도해버린 작품은 1996년판 〈로미오와 줄리엣〉입니다. 이때 남자 주인공은 레오나르도 디카프리오예요. 이 영화로 존재를 알린 디카프리오는 다음 해 〈타이타닉〉으로 전 세계적인 인기를 얻게 됩니다. 대부분 아시다시피 이분 역시 살아 계시고 열정적인 환경 운동가이기도 합니다. 영화계에서도 활발히 활동하고 있습니다.

죽음이라는 확실한 미래

『로미오와 줄리엣』은 셰익스피어의 작품 중 완성도가 높은 것은 아니지만 대중성 때문에 높은 평가를 받았다면 셰익스피어의 4대 비극인 『햄릿』, 『리어왕』, 『오셀로』, 『멕베스』 같은 경우는 고대 그리스 비극의 구성과 유사한 이야기로 높은 완성도를 보여줍니다.

잘 살던 주인공들이 갑자기 인생의 고난, 어려움, 핍박, 고통들을 겪게 되고, 결국에는 비참하게 죽는 형식입니다. 그 과정에서 주인공의 주변 사람들이 고통 받기도 하고, 관계가 파탄나기도 하며, 기약 없는 긴 기다림을 겪게 되기도 합니다. 무엇보다 중요한 것은 주인공은 거의 죽는다는 점이이에요.

죽음은 그래서 모든 비극의 결말입니다. 하지만 사실 해피엔딩으로 끝나는 이야기도 진짜 마지막 결말은 모두 죽음이에요. 거기까지 이야기하지 않을 뿐이죠. '결국 신데렐라와 왕자는 결혼해서 오래도록 행복하게 살았답니다' 하고 끝나는 동화는 사실 많은 진실을 엄폐하고 있죠. 일단 신분 차이가 심하고, 극적으로 다른 환경에서 산 남녀가 결혼 후 갈등이 없을 수 없습니다. TV 채널 선택권 문제부터, 치약을 왜 쓰다 말았냐 하는 문제들까지 갈등은 끝이 없습니다. 백번 양보해서 잘 살았다고 해도, 어쨌든 이들의 마지막은 죽음입니다. 아직까지 죽음을 이기고 살아남은 인간은 출현한 적이 없으니까요. 유발 하라리가『사피엔스』에서 앞으로 100년 내 그런 인간이 출현할 수 있다고 이야기하긴 했지만, 이 예측이 실현되더라도, 하라리 역시 그런 인간을 직접 보지 못하고 죽을 가능성이 많죠.

우리 모두는 죽음이라는 확실한 미래가 앞에 있는 사람들입니다. 죽음이라는 미래를 향해 오늘도 터벅터벅 걷고 있죠. 아니 더 정확하게는 우리는 기다리고 있고요, 죽음이 우리를 향해 터벅터벅 걸어오고 있습니다. 그러니 우리 인생은 결말만 놓고 본다면 본질적으로 비극입니다.

전설적인 희극 배우 찰리 채플린의 명언 중 "인생은 가까이에서 보면 비극이고, 멀리서 보면 희극이다"라는 말이 있잖아요. 제 생각에 우리들 실제 인생에 가까우려면 여기에 한 마디를 덧붙여야 할 것 같아요. "인생은 가까이에서 보면 비극이고, 멀리서 보면 희극이지만, 더 멀리서 보면 다시 비극이다."

본질적으로 비극일 수밖에 없는 상황에서 인생이 허무하다고 결말을 앞당기거나, 죽음의 그림자에 눌려 살 수는 없습니다. 중요한 것은 죽음을 기다리는 인생에서 그 기다림의 자세를 생각하는 것입니다.

고도는 누구인가

『고도를 기다리며』는 한 줄로도 설명할 수 있습니다. "블라디미르와 에스트라공이라는 두 사람이 고도라는 사람을 기다리는 이야기입니다." 이 줄거리에서 가장 어려운 건 주인공의 이름일 정도로 내용은 아주 간단해요. 왜냐하면 이 책은 줄거리가 없는 책이니까요. 고도를 기다린다는 상황만 있고, 그 기다리는 시간 안에서 여러 가지 의미 없는 일들을 합니다. 농담하기, 욕하기, 모자 돌려쓰기 같은 것들이죠. 굉장히 철학적인 대화처럼 보이다가도, 또 다시 생각하면 그냥 장난에 불과한 것 같은 그런 대화와 행동들입니다. 중간에 포조와 러키라는 주인과 하인 관계의 사람들이 등장하는데, 이 사람들 역시 딱히 정상적인 사람들은 아니죠.

이 인물들이 상징하는 바가 무엇이냐 하는 것에 대해 정말 많은 추측과 이야기들이 나올 수 있습니다. 우선 이들이 하염없이 기다리지만 결코 오지 않는 고도만 해도 구원, 자유, 희망, 빵 등 여러 가지 해석이 제기됩니다. 이 고도를 무엇으로 놓느냐에 따라 나머지 등장인물들 역시 상징이 바뀌죠.

처음 이 연극이 나왔을 때는 난다 긴다 하는 평론가들도 도대체 무슨 소리인지 모르겠다면서 반응이 좋지 않았어요. 오히려 이 연극이 캘리포니아 산 퀜틴 교도소의 죄수들 앞에서 올려졌을 때는 (이 철학적인 연극이 교도소에서 상영된 이유는 여자가 안 나온다는 단순한 이유였다고 합니다) 재소자들이 엄청난 환호를 보냈다고 합니다. 그들에게 고도는 자유를 상징하는 것으로 받아들여져서 감정이입이 돼버린 거죠. 그리고 많은 이가 고도Godot라는 단어 자체가 갓God과 듀Dieu가 합쳐진 것이 아닌가 생각했어요. 앞에 단어는 영어로 신이라는 의미고, 뒤에 단어는 프랑스어로 신이라는 의미입니다. 그러니까 고도는 신이라는 거죠.

하지만 주의할 것은 고도가 무엇인가에 대한 정답은 없다는 겁니다. 작가인 사무엘 베케트 역시 미국에서 이 연극이 초연할 때 연출가에게 "고도가 누구냐?"라는 질문을 받고, "내가 그걸 알았다면 작품 속에 썼을 것"이라고 했다는 일화가 있어요. 작가 역시 이에 대한 정답을 가지고 있지 않다는 거죠.

이런 작품들은 평론가들이 정말 좋아해요. 모호한 주제와 담론이 있으면 평론가들이 나서서 "썰"을 풀 여지가 생기니까요.

때때로 다른 의미를 주는 작품

학부에 다닐 때 시인으로 유명하신 정현종 선생님의 수업을 들었어요. "사람이 온다는 건 실은 어마어마한 일이다. 한 사람의 일생이 오기 때문이다"라는 구절로 유명한 시 「방문객」을 한 번쯤은 들어보셨을 겁니다. 정현종 선생님은 짧지만 그 안에 인생의 정수를 담고 있는 시를 많이 쓰셨죠. 그런데 한 번은 강의 시간에 재미있는 이야기를 해주시더라고요.

시를 발표하면 기자들이나 평론가들이 "시 속에서 이 얘기는 이런 의미가 맞습니까?" 하고 묻는대요, 선생님은 대답 대신 그냥 빙긋 웃으신다네요. 그럼 기자나 평론가들이 선생님도 생각하지 못했던 여러 가지 의미와 해석, 상징들을 가져다 붙여서 엄청난 작품을 만들어놓는다고 농담식으로 얘기하시더라고요. 가볍게 얘기하셨지만 결국 문화나 문학 같은 것은 작가의 손을 떠나는 순간, 더 이상 작가의 것이 아니라 그것을 보는 대중의 것이 된다는 수용론적 관점이죠. 작가가 처음에 어떤 의도를 가지고 썼든 그 작품이 개개인의 경험이나 사회와 만나 전혀 다른 의미를 가질 수 있다는 말이에요.

그런 의미에서 고도는 작품 자체가 아니라, 이 작품을 읽는 개개인의 경험이 만나서 각자에게 맞는 방법으로 해석됨으로써 비로소 완성되는 책인 것 같아요. 그런 애매함이 이 작품을 지금도 살아 있는 명작으로 만들기도 했고요. 그러니 『고도를 기다리며』를 보며 반드시 정답을 찾아내야겠다고 눈을 부릅뜨며 볼 필요는 없습니다. 자신만의 상징을 생각하고, 그 상징에 맞춰 사건이나 인물을 해석해보면 볼 때마다 새로운 재미를 느낄 수 있는 책이 바로 『고도를 기다리며』입니다.

나이별로 기다리는 게 다르잖아요. 20대는 취업, 30대는 결혼, 40대는 성공, 50대는 건강 같은 식으로요. 그래서 나이대마다 주는 의미가 가장 다른 작품이라고도 하죠.

고도의 정체

『고도를 기다리며』를 다루며 처음에 그리스 비극을 이야기한 것은 연극이라는 형식 때문만이 아니라, 『고도를 기다리며』에서 계속 기다리기만 하고 오지 않는 고도가 결국에는 죽음이 아닌가 하고 개인적으로 생각하기 때문이에요. 한 사람의 인생의 궤적을 따라가는 이 책의 구성상 그래서 뒤쪽에 나오는 거고요.

고도는 내일이라도 올 수 있지만, 언제 올지 전혀 알 길이 없고요, 계속 오고 있다는 전갈만 전해옵니다. 그리고 오늘 역시 오지 않았고요. 고도를 기다리면서 그 기다리는 시간을 보내기 위해 여러 가지 것을 하는 두 사람, 블라디미르와 에스트라공은 사실 두 사람이 아닌 한 사람입니다.

우리는 고도를 기다리고 있다며 계속 고도에 대한 생각을 환기시키는 블라디미르는 한 사람 안에 있는 이성적인 면입니다. 프로이트에 따르면 '에고'라고 할 수 있죠. 그리고 고도를 기다린다는 사실을 자꾸 깜빡하고 그냥 가자고 종종 이야기하는 에스트라공은 한 사람 안의 감성적이고 본능적인 면이죠. 이는 '이드'라고 할 수 있어요.

그렇다면 에고와 이드가 부딪히며 매일매일 고도를 기다리며 이것저것 하는 이 상황은 결국 죽음을 기다리며 매일 부조리한 일상을 살아가는 한 사람의 일생이 아닌가 하는 생각이 듭니다.

하지만 『고도를 기다리며』의 가장 큰 장점은 고도가 끝내 나타나지 않는다는 겁니다. 만약 고도가 나타났고, 아니면 작가가 고도가 누구인지 말해줬다면 이렇게 세계적으로 가장 많이 공연된 연극으로 남지 않았을 것이고, 1969년에 노벨문학상을 받지도 못했을 거예요.

죽음을 기다리는 자세

인간은 끊임없이 앞날을 예측하려고 하지만, 실제 예측 가능한 확실한 미래는 오늘 다음에 내일이 올 것이라는 사실, 돈을 벌었으면 반드시 세금 고지서가 날아올 것이라는 사실, 그리고 우리는 언젠가는 '반드시' 죽는다는 사실 정도입니다.

얼핏 죽음으로 귀결되는 우리의 일생이 허무하고 슬퍼 보일 수도 있지만, 모든 죽음이 다 슬픈 것은 아닙니다. 죽는 순간은 그럴 수 있지만, 한 사람의 인생 전체를 놓고 보면 꼭 그런 것은 아니거든요. 그러니 죽음이라는 너무나 확실한 결론에 집착하거나 강박을 가지지 말고, 그 과정에 주목할 필요가 있어요. 기다림의 결과가 아니라 자세를 생각하는 겁니다.

죽음에 사로잡혀 인생을 사는 것은 소모적인 일이지만, 죽음을 생각하며 인생을 사는 것은 아주 바람직한 일입니다. 내일 죽을 거라고 생각하는 사람에게 오늘은 아주 소중한 하루가 될 테니까요. 가족에게 한마디라도 더 따뜻하게 건넬 것이며, 늘 먹던 점심이지만 아주 맛있게 느껴질 것입니다. 아마 오늘 하루를 있게 해준 모든 것에 감사하는 마음을 가질 겁니다.

인간은 모두 죽는다는 결말은 항상 같지만, 거기에 이르는 길의 궤적은 단 한 사람도 똑같지 않습니다. 그게 우리 인생의 매력 포인트 아니겠어요.

여러분의 고도는 다 다를 겁니다. 그리고 지금 생각하신 여러분의 것이 정답입니다!

죽음의 5단계

레프 톨스토이 『이반 일리치의 죽음』

죽음의 5단계

엘리자베스 퀴블러로스라는 심리학자는 1969년 『죽음과 죽어감』이라는 그의 책에서 임상을 통해 정립한 죽음의 5단계를 소개했습니다. 인간이 자신의 앞에 죽음이 가까이 놓인 것을 인지하면 5단계의 심경 변화를 거친다는 거죠. 그리고 이 단계는 불행하거나 슬픈 소식을 접할 때도 적용되기 때문에 슬픔의 5단계라고 불리기도 합니다.

죽음의 5단계에서 첫 번째 단계는 부정Denial입니다. 암 선고를 받은 사람이 검사가 잘못된 것은 아닌지, 다른 환자와 검사 결과가 바뀐 것은 아닌지, 의사가 돌팔이는 아닌지 의심하는 것입니다. 다른 병원에도 가보고, '내 몸 상태는 내가 잘 안다'면서 아예 병원 가는 것을 거부하기도 합니다. 나이 드신 분들 중에 혹시라도 나쁜 소식이 나올까 봐 건강검진 받는 것을 차일피일 미루다가 병을 키우는 분들도 있죠. 이런 경우는 선제적 부정을 한 거예요.

두 번째 단계는 분노Anger입니다. '왜 하필 나에게 이런 일이?'라며 주변에 보이는 모든 것을 원망합니다. 배우자, 가족, 친구, 직장, 신 등 그 대상은 광범위합니다. 폭력적인 방법으로 그 원망을 표현하는 경우도 있지만, 보통은 말로 칼을 갈면서 원망을 표현하기 때문에 주변 사람들이 상처받기 쉬울 때이기도 합니다. 하지만 당사자가 받은 선고의 무게가 워낙 크기 때문에 대부분은 이해하는 편이죠.

세 번째 단계는 협상Bargaining이에요. 의사에게는 "돈은 얼마든지 들어도 좋으니 살려만 주세요"라고 말하고, 평소에는 존재조차 믿지 않던 신에게는 "살려만 주시면 남은 인생은 정말 착하게 살겠다"면서 여기저기 생사 여탈권을 쥔 듯한 곳에 타협을 시도합니다. 하지만 이런 딜이 통할 정도의 상태면 여기까지 안 왔을 것이라는 사실을 비교적 빠르게 깨닫게 되죠.

네 번째 단계는 우울Depression인데요, 굉장히 깊은 슬픔으로 빠져드는 겁니다. 자신이 죽음으로 인해 잃을 것들에 대한 슬픔이 있고요, 또 하나 자신의 죽음 때문에 남겨질 가족들에 대한 슬픔이 합쳐지는 거예요.

다섯 번째 단계는 수용-Acceptance입니다. 결국 받아들이는 겁니다. 초월한 듯한 느낌도 나고, 또 체념한 듯한 느낌도 납니다. 비교적 담담하게 다른 사람들과 이야기하면 초월적인 상태로 죽음을 받아들인 것이고요, 침묵으로 일관하면 체념으로 받아들인 것이죠.

죽음의 연대기

『이반 일리치의 죽음』은 죽음의 연대기입니다. 말년에 거의 종교인이나 다름없었던 러시아의 대문호 레프 톨스토이의 대표작 중 하나인데요, 죽음에 대한 깊은 통찰 때문에 중편인데도 톨스토이 작품 중 무게감과 존재감은 장편 못지않게 묵직합니다.

이 책은 이반 일리치라는 러시아 관료의 삶을 추적하면서 그가 죽음을 맞기까지의 과정을 그리고 있는 소설인데요, 한 사람이 죽음을 맞는 과정과 그에 대한 태도가 비교적 처절하고 자세하게 묘사되어 있습니다. 하나의 소설이 이렇게 온전히 죽음에만 포커스를 맞춰서 서술된 예가 별로 없어서 그런지 100여

년 전의 작품인데도 좀 신선한 느낌이었어요. 우리가 죽기 전에 가보고 싶은 여행지라든가 죽기 전에 꼭 해보고 싶은 일같이 버킷 리스트를 뽑을 때 죽기 전에 해야 할 일이라는 수식어를 많이 쓰잖아요. 『이반 일리치의 죽음』은 죽기 전에 꼭 읽어야 할 소설입니다. 이건 수식어로 쓰는 말이 아니에요. 실제로 『이반 일리치의 죽음』은 사람에게 다가오는 죽음의 그림자가 한 사람에게 어떤 영향을 미치는지, 그리고 그에 대한 자세는 어때야 하는지를 우리에게 가르쳐주거든요. 책은 사람에게 간접 경험을 제공한다고 하잖아요. 죽어가는 심정에 대한 간접 체험이 될 것 같아요.

사람들은 죽음을 언제나 멀리 떨어져 있는, 사실상 자기와는 관계없는 일로 치부하고 삽니다. 이반 일리치의 부고를 들은 사람들 역시 그 죽음이 자기에게 오지 않은 것을 다행스러워하면서 이야기가 시작돼요. 이반 일리치의 장례식에 온 사람들은 장례식장에 맞는 슬픔의 예를 갖춥니다. 하지만 속으로는 저녁에 할 카드 게임에 방해되지 않았으면 하는 생각 같은 것들을 하지요.

1장만 보면 이반이 상당히 못되게 산 사람인가 보다 하고 생각할 거예요. 그래서 주위 사람들이 진정한 슬픔보다는 의례적인 반응만 보이고, 심지어 그의 아내마저 연금 걱정을 먼저 하는구나 싶거든요. 하지만 2장부터 시간을 거슬러 올라가 시작되는 이반 일리치의 삶을 보면 그는 전혀 나쁜 삶을 산 사람이 아닙니다. 부패한 러시아 시대의 한 관료로 출세를 향해 달려가는 야망을 가졌고, 실제로 그 가도를 달리며 일정한 성취를 이룬 사람입니다. 특별하게 나쁜 짓은 저지르지 않았고, 그저 남들 하는 정도의 적절한 처세를 하며 자신의 직무를 성실히 수행합니다. 그는 판사였기 때문에 공과 사를 엄격히 구분하며 나름 공정한 재판을 하기 위해 노력했죠.

결혼은 대략 자신의 사회적 지위를 유지할 수 있을 정도의 사람과 적당한 때에 하고요. 지루한 가정 생활을 타파하기 위해서라도 일에 매달려서 꽤 성공하죠. 멋들어진 집에 존경받는 신분, 권력 있는 직업 등 남부러울 것 없는 삶입니다. 그래서 사교계에서도 일정한 지분을 차지하고 있어요. 그런데 집의 인테리어를 잘 꾸미기 위해 사다리에 올라갔다 떨어지면서 의문의 부상을 당합니다. 그 후부터 그의 삶은 바뀌어버립니다. 삶의 자리가 죽음의 자리로 변한 거예요. 그의 병은 점점 심해져가고요, 의사들도 병명을 알지 못해요. 정신은 황폐해져갑니다.

죽음을 맞는 자세

『이반 일리치의 죽음』을 보면 이반 일리치가 겪는 감정과 생각의 변화가 죽음의 5단계 이론과 정확히 일치합니다. 이 소설이 쓰인 때가 연구가 발표된 때보다 연대가 앞서기 때문에 톨스토이가 죽음의 5단계라는 이론을 알았을 리 없는데도. 놀라울 정도로 싱크로율이 높아요.

부정 - 분노 - 타협 - 우울 - 수용이라는 5단계가 이반 일리치에게 나타나요. 이반 일리치는 자신이 죽어간다는 것을 알면서 처음엔 부정하고 회피하죠. 그리고 곧 "왜 하필 나에게?"라며 분노하다가 타협하기도 하고요, 그리고 슬픔에 빠집니다. 마지막 순간에 이반은 죽음을 수용하는데, 이 단계에서 톨스토이가 전달하고자 하는 메시지가 드러납니다. 그는 자신의 죽음에 대한 사람들의 위선적인 반응을 이해할 수 없었어요. 그런데 결국 자신의 삶 역시 그리 올바른 삶은 아니었다는 것을 깨닫게 됩니다.

저는 이반이 권력을 누리는 방법이 인상적이었어요. 그는 자신의 결정으로 타인의 자유를 구속할 수 있다는 것을 분명하게 인식하지만 그 권력을 함부로 휘두르지 않고 오히려 그 대상자들을 존중합니다. 말하자면 약자들을 존중해줘요. 여기까지는 별 문제가 없지만, 문제는 그의 생각입니다. 그는 자신의 약자를 존중하는 자세 때문에 그들이 자신을 존경한다는 것을 알거든요. 약자들에 대한 명백한 우월감을 가지고 있는 거지요. 우리는 이런 태도를 '위선'이라고 부르죠.

처음에 이반은 자신의 삶에 대한 부정적인 생각을 인정하지 않습니다. 그건 그의 삶 전체를 부정하는 것이 되는 거니까요. 하지만 그가 자신의 삶을 장악했던 위선과 거짓을 깨닫고 인정하는 순간, 그는 죽음을 괴로움 없이 맞이할 수 있게 됩니다.

이 작품은 러시아의 부패와 관료들의 위선을 고발하는 작품이기도 하지만, 시대와 배경이 다른 지금도 우리에게 감동을 주는 것은 죽음을 맞는 자세라는 보편적인 이야기를 하기 때문이라고 생각해요. 죽음이란 건 누구에게나 외면하고 싶은 삶의 유일한 진실이죠. 인간에게 확실한 미래는 언젠가 죽는다는 것 하나뿐이잖아요. 미래를 알고 싶어 하는 사람에게 "당신도 반드시 죽을 것입니다"라고 말하면 백발백중의 예언이 되겠죠. 이게 웬 부정적인 소리냐고 할 수도 있지만, 늘 죽음을 인식하고 사는 것은 오히려 바람직한 일이 아닐까 싶습니다. 자기 앞에 죽음이 놓여 있다는 것을 알고 사는 사람과 자신은 절대 죽지 않을 것처럼 그 미래를 완전히 망각하고 사는 사람의 삶에는 큰 차이가 있으니까요.

한번쯤 죽음에 대해 생각해보는 날

자신의 생일은 알지만 살아생전에 자신의 제삿날은 알지 못

합니다. 따라서 특별한 계기가 없는 한 죽음을 준비할 일은 흔치 않습니다. 살아온 날보다 살아갈 날이 적다고 느끼는 사람도 막상 죽음을 준비하겠다는 생각은 하기가 쉽지가 않아요. 유언장 없이 돌아가신 친척 어르신 때문에 시끄러운 집안이 세 집 건너 한 집 정도는 있잖아요.

죽음을 생각하는 것만으로도 죽음에 조금 더 가까워지는 느낌이 있어서인지, 사람들은 죽음에 대한 생각을 회피합니다. 국정원에서 나온 확실한 주식 정보라는 근거 없는 소문은 철석같이 믿으면서도 (왜 국정원에서 주식 정보가 나올까 의심도 없이요) 너무나 확실한 미래인 죽음에 대해서는 도무지 믿으려고 하지 않습니다. 하지만 죽음에 대한 생각이나 준비는 나이를 떠나서 필요한 일입니다. 자신의 생을 조금 더 존중한다면 말이죠.

이런 생각만으로도 남은 인생을 조금 더 소중히, 그리고 값지게 쓸 수 있습니다. 공기처럼 존재해서 너무나 당연하게 느꼈던 주변 사람들의 고마움 또한 깨닫게 되기도 하죠. 한국 영화 〈신세계〉에 나왔던 명대사 중에 "죽기 딱 좋은 날씨네"하는 말이 있죠. 그 말을 빌려 말하면 '오늘은 한번쯤 죽음에 대해 생각해보기에 딱 좋은 날'입니다.

거장의 가출

톨스토이의 말년을 아시나요? 귀족으로 태어났으나 농민으로 죽(고 싶)었고, 작가로 성공했으나, 교주(비슷하게)로 말년을 살았습니다. 톨스토이의 대표작은 『안나 카레니나』, 『전쟁과 평화』 같은 작품인데, 톨스토이 말년에는 이런 작품들을 부정할 뿐만 아니라, 흑역사 취급을 해요. 왜냐하면 예술이라는 것은 아무리 무지한 사람이라도 이해하기 쉬울 정도로 내용이 전달되어야 하는데, 자신의 전작들은 '귀족 예술'이라 그러지 못했다는 거예요.

톨스토이의 작품 중 장편들은 제목만 알고 직접 읽어본 사람은 많지 않지만 단편들은 직접 읽어본 사람이 많을 거예요. 내용도 많이 알려져 있고요. 「사람은 무엇으로 사는가?」, 「바보 이반」, 「사람에게는 얼마만큼의 땅이 필요한가?」 같은 것들인데요, 이 소설들이 바로 톨스토이가 말년에 쓴 소설입니다. 쉽게, 그리고 교훈적으로 써야 한다는 전제 하에서 쓰여진 것들이라 약간은 종교우화집 같은 느낌도 있어요.

그냥 우화집이 아니라 굳이 종교우화집이라고 표현한 이유는 톨스토이의 말년은 작가라기보다는 종교인에 더 가까운 삶이었거든요. 『안나 카레니나』를 완성한 이후 종교에 귀의하게 되면서 러시아 정교에 몰두했는데, 곧 교회 단체들이 부패했음을 발견하고, 자신만의 교리를 발전시켜 갑니다. 결국 러시아 정교회에서 파문당하게 돼요.

그런데 파문당한 것인 억울한 일이냐 하면 그게 좀 애매한 게, 성경까지 자신의 신념에 맞게 교정하고, 예수에 대해서 해석을 달리 하는 등 흔히 말하는 '이단' 느낌이 났던 게 사실이거든요. 그래도 톨스토이의 사상 중 가장 중요하다고 할 수 있는 사상인, "폭력에 대해 비폭력으로 저항하자"는 이야기는 인도의 한 젊은 변호사 청년에게 깊은 영향을 주기도 합니다. 어느 정도냐 하면 이 청년이 편지를 보내와서, 편지 교환도 많이 하게 되거든요. 짐작하시겠지만, 청년이 보낸 편지 마지막에 있는 서명은 '마하트마 간디'였습니다.

그리고 톨스토이는 말과 행동이 다른 대표적인 인물로 뽑히기도 해요. 전 재산을 버리고 농민으로 살아야 한다고 말하고 가르치지만, 자신은 끝까지 귀족으로서의 삶을 살거든요. 물론 때때로 저작권을 사회에 환원하는 것 같은 시도를 하려고 했지만, 아내의 극심한 반대에 부딪혀서 번번이 뜻을 이루지 못했다는 핑계가 있긴 해요. 그래서 아내와의 사이가 좋지는 않았습니다. 오죽하면 여든 살이 넘어서 가출을 했겠어요. 그런데 그 가

출길에 감기에 걸리고 그 감기가 폐렴으로 발전되어서, 아스타 포보라는 기차역에서 생을 마감하고 맙니다. (나중에 이 기차역은 톨스토이를 기리기 위해서 레프 톨스토이역으로 역 이름이 바뀌었고, 지금은 폐쇄되었다고 해요. 하지만 아직도 역사는 남아서, 톨스토이 사망 시간인 6시 5분에 맞춰진 시계를 볼 수 있다고 하죠.)

부로도 명성으로도 남부럽지 않았던 톨스토이가 가출한 후에 객사까지 한 인생의 결말은 「사람에게는 얼마만큼의 땅이 필요한가?」에서 결국 사람에게 필요한 땅은 아무리 욕심을 부려도 죽은 후 자신이 묻힐 2미터정도의 땅이라는 이야기와 닮아 있습니다. 농민이고 싶었으나 끝까지 귀족으로서의 삶을 포기할 수는 없었던 톨스토이에 대해서 평가는 엇갈릴 수 있지만 톨스토이 문학에 대한 평가만은 일치하는 듯해요. 쉽게 쓴 단편소설들은 지금도 인생의 교훈으로 전해지고요, 어렵게 쓴 장편들은 지금도 인생의 통찰로 전해지고 있습니다.

SECTION 8

✦

그 이후

세일즈맨은 행복했을까?

아서 밀러 『세일즈맨의 죽음』

죽은 자들의 날

멕시코에는 '죽은 자들의 날'이라는 기념일이 있어요. 매년 10월 31일부터 11월 2일까지인데요, 공원 혹은 가정에 제단을 만들고 죽은 사람들을 기억하는 명절이에요. 원래 멕시코 땅에 번성했던 아즈텍 문명에서 기인한 것인데요, 죽음의 여신인 믹테카시우아틀에게 제사를 올렸던 전통과 스페인 정복자와 같이 들어온 가톨릭의 요소가 합쳐지며 지금 같은 형태로 굳어졌다고 해요.

날짜를 보면 아시겠지만 10월 31일인 핼러윈 데이와 겹치죠. 우연이 아니라 바로 가톨릭의 영향입니다. 그러다 보니 핼러 원 데이 전통과 섞여서 분장하고 돌아다니기도 하는데, 이때 주로 하는 분장이 해골 분장이에요. 하지만 핼러윈 데이 분장과는 차이가 좀 있는데, 둘 다 죽은 자들이 돌아오는 날이라는 의미는 같지만, 핼러윈 데이는 죽은 자들이 살아 있는 자들에게 해코지를 하기 때문에, 그것을 피하기 위해 분장을 하는 겁니다. 반면 멕시코인들은 죽음을 두렵거나 낯선 것으로 여기지 않고, 죽은 자들과 만나 함께 즐기기 위해 분장하는 거죠.

이날을 소재로 만든 영화가 디즈니의 애니메이션 〈코코〉입니다. 〈코코〉에서 죽은 자들의 세계로 가게 된 주인공 코코는 억울한 죽음을 당한 할아버지와 만나서, 할아버지의 명예를 회복시키고, 무엇보다 가족들에게 잊혀서 사라져가는 할아버지가 죽은 자들의 세계에 머물 수 있도록 큰 활약을 하죠. 죽은 자들의 날에 살아 있는 가족들이 제단에 할아버지의 사진을 놓지 않으면, 할아버지를 기억하는 사람이 죽으면서 죽은자들의 세계에서조차 소멸된다는 설정이거든요.

그러니까 죽은 자들의 날은 사실은 가족의 날이기도 합니다. 이미 죽은 가족들을 생각하고 기리는 의미가 있지요. 결국 인간의 죽음 이후에도 그가 살았었다는 것을 기억해주는 것은 가족밖에 없습니다.

그래서 사람은 후손을 남기려고 그렇게 애를 쓰는 건지도 모르겠어요. 물론 리처드 도킨스는『이기적 유전자』에서 개체가 아닌, 집단 차원에서 유전자를 남기기 위해서 모든 행동이 이루어진다고 했지만, 개체 입장인 우리에게는 그런 것이 의식적인 수준에 와닿지는 않죠. '나의 DNA를 후세에 전파하기 위해 저 사람과 결혼을 해야겠어' 하고 생각하는 것은 아니니까요.

그런데 결혼하고 아이를 낳으면, 원래 아이를 끔찍이 싫어하던 사람도 자기 자식은 그렇게 예뻐하거든요. 죽음 이후에 남는 것은 결국에는 자손, 가족밖에 없어서인지도 모르겠습니다.

세일즈맨이 죽는 이유

죽음 후에 남는 것은 가족입니다. 죽을 때 결국 곁을 지켜주는 것도 가족이고요. 비혼을 선택하고 혼자 사는 게 좋다고 하는 사람들도 나이 들면 혼자 죽는 것에 대한 두려움을 어쩌지 못하더라고요.

미국의 연극을 대표하는 극작가 아서 밀러의『세일즈맨의 죽음』은 그래서 의미가 있습니다. 고대 그리스 비극처럼 운명 앞에서 어쩔 수 없는 인간의 나약함이나, 대의를 위한 장엄한 희생 같은 것을 그린 작품은 아니에요. 사실 세일즈맨이 죽는 것은, 가족 때문입니다. 가족을 위해 자살을 하는데요, 어떻게 보면 가장 장엄한 희생이기도 한 셈이죠. 그래서 그런지 죽음을 그린 작품 중에 이만큼 슬픈 작품도 드물어요. 가장 현대적인 비극이거든요.

『세일즈맨의 죽음』은 연극 상연을 전제로 쓰인 작품이기에 셰익스피어의 작품들처럼 희곡 형태로 되어 있습니다. 하지만 연극을 보지 않고 이 작품을 읽더라도 격렬한 감정이 전해오는 것은 크게 다를 바 없습니다. 주인공을 둘러싸고 다툼과 대립이 반복되기 때문에 감정선은 계속 날이 선 상태입니다. 그런데 이런 감정선에서 분노의 에너지가 느껴지지는 않아요. 오히려 서글픔과 체념이 다툼에 드리워져 있어요. 그래서 더욱 울적하게 다가옵니다.

윌리의 인생

이 작품의 주인공은 윌리 로먼이라는 63세의 세일즈맨입니다. 서른 살이 넘은 두 아들 비프와 해피가 있지만, 이 아들들은 이른바 실패한 인생들입니다. 비프는 외지로 떠도는데 스스로 고백하기를 시간당 1달러를 받는 게 최고라고 하고요, 해피는 시원찮은 일을 하며 번 돈을 여성들과 노는데 탕진하는 놈팡이 일 뿐이에요.

월리는 장남인 비프와 사이가 좋지 않은데, 그 근본적인 이유는 자신이 비프의 성공을 막아섰다고 생각하기 때문이에요. 비프는 고등학교 때 미식축구 선수로 여러 대학들에서 서로 모셔가려고 했는데 수학 과목에서 낙제해서 졸업 자체가 문제가 되거든요. 그 문제를 상의하려고 비프가 월리를 찾아 보스턴의 호텔로 찾아갔다가 월리가 바람 피우는 장면을 목격하게 되고, 충격을 받아요. 그것이 직접적인 원인이 되었는지 아닌지는 명확하지 않지만, 결국 비프는 대학진학을 포기하고, 그 후 무기력해져 여기저기를 떠도는 삼류 인생을 살게 되지요. 그런 비프를 보며 월리는 늘 죄책감을 느꼈습니다.

이렇게만 보면 월리가 지고지순한 아버지라는 느낌이 드는데, 사실 그는 허풍도 심하고 허세도 있습니다. 친구가 일자리를 주는데도 자신은 문제없다며 거절하고는 그 친구한테 돈을 빌리죠. 어렸을 때 비프의 도벽이나 일탈을 성공이라는 포장으로 덮어버리기도 하고 자신 앞에 놓인 어려운 상황들을 현실 도피를 한다든가 과장해서 넘어가기도 하죠. 새로운 상황에서 적응하지 못하고 항상 과거로 회귀하는 캐릭터예요.

이 연극은 24시간 동안 일어나는 일을 담고 있습니다. 비프가 모처럼 집에 돌아오자, 월리는 조금 들떠서 전에 비프가 모시고 일하던 사장에게 가 돈을 빌려서 사업을 시작하자고 비프에게 권합니다. 물론 싸우면서요. 그리고 자신은 자신의 직장에 가서 세일즈가 힘드니 내근직으로 돌려달라고 했다가 해고당해요.

하지만 비프가 찾아간 사장은 전에 같이 일했던 비프를 기억하지도 못합니다. 비프는 현실을 직시하라고 하지만, 윌리는 여전히 아들이 대단한 사람이고, 사업 자금만 있으면 큰 성공을 거둘 거라고 믿어요. 그의 희망은 아들 비프의 성공이에요. 그런데 윌리도 해고된 상태여서 아무것도 해줄 수 없죠. 그래서 생명 보험금으로 아들 비프의 사업자금을 마련해주기 위해 늘 고장 나 말썽 부리던 자신의 차를 타고 자살합니다. 그의 장례식에는 평소 알던 사람들이 거의 오지 않죠.

이 땅의 아버지들

물론 이 자살은 단순히 보험금을 노린 것이라기보다는 평생 일해온 직장에서 쓸모없는 취급을 받으며 해고당하는 등 윌리의 자존감과 자부심을 무너뜨리는 그동안의 사건들이 중첩되어 일어난 결과예요. 사실 이 작품을 보면 산업시대에 소모품으로 전락한 우리의 아버지들, 이 땅의 가장들이 생각납니다. 젊은 시절 열심히 일했지만, 나이 들어 직장에서 외면 받고, 그렇게 열심히 일했던 이유인 자식들에게도 외면 받는 슬픈 현실이 가장

들이 맞닥뜨린 미래였습니다. 늘 바쁜 아버지였기 때문에 자식들과 대화하면서 서로를 이해할 시간이 없었어요. 그런데 아버지는 자식에 대한 기대가 있기 때문에 권위를 내세우면서 그것을 자식들에게 강요하고, 그런 권위에 반항해서 가족이 해체되기에 이르는 모습들은 그다지 낯선 장면들이 아닙니다.

우리로 치면 이런 모습인 거죠. 아버지는 만날 세일즈 하면서 술 먹고 늦게 들어오면서 아들에게는 공부 잘해서 서울대에 가라고 강요합니다. 이렇게 힘들게 일하는 것은 서울대에 보내기 위해서라고 말하면서요. 친척들 앞에서 아들 공부 잘한다고 큰소리쳤는데, 막상 아들은 대학 진학을 포기해버려요. 실망감에 아버지와 아들은 크게 다투고, 가족 관계는 소원해집니다.

이렇게 극단적이지는 않더라도 이런 갈등들은 우리 사회에 많이 있었잖아요. 물론 이런 공감이 우리에게만 있는 것은 아니죠. 서양권에서도 엄청난 인기를 끌어서, 이 연극은 1949년에 초연된 이래 지금까지 공연되는 고전이 되었습니다.

남아 있는 사람들

죽음 이후에 남는 것은 가족이다 보니, 가족을 위해 죽음을 각오하는 경우가 가끔 생기기도 합니다. 죽음으로 보험금을 받아 가족에게 남겨줘야겠다는 생각은 보험사의 철저한 조사와 계약서 앞에 지금은 절대 이루어지기 힘든 생각이죠. 하지만 많은 사람들이 여전히 생명보험을 듭니다. 생명보험은 자신을 위한 것이 아닙니다. 남아 있는 가족을 위한 것이죠. 자신만 생각하는 사람에게는 생명보험이 필요 없거든요. 관을 금으로 만들고 싶은 사람이라면 모를까요.

일반적인 경우는 아니지만, 생활고 때문에 차라리 자신이 죽는 게 낫겠다는 마음을 품는 사람들도 있어요. 1000만 관객을 동원한 영화 〈신과 함께〉 첫 번째 편에서는 의인 김자홍이 알고 보니 생활고 때문에 어머니를 살해하려는 마음을 품었었다는 반전이 나오잖아요. 더 중요한 반전은 어머니 역시 그 사실을 알고 조용히 그 죽음을 받아들이려고 했었다는 것이었죠.

우리는 죽음 앞에서 늘 남아 있는 사람들을 생각합니다. 하지만 죽는 순간 가족에게 더 잘하지 못했다고 후회하지 않는 사람은 거의 없을 겁니다. 왜냐하면 조금 더 잘하고, 조금 더 생각할 여지가 살아가면서 분명히 많이 있었거든요. 그래서 죽음 이후에 남아 있는 가족에 대해 걱정만 하지 말고, 죽음 이전에 그 후회의 10분의 1이라도 선취해서 느껴보는 것도 좋을 것 같아요. 그러면 바로 오늘 가족을 대하는 태도가 조금 더 좋아질 수 있을 겁니다. 그래도 죽을 때 후회하겠지만, 그 무게가 아주 약간은 가벼워질 겁니다.

불황의 어려움을 잘 넘길 수 있는 지혜

월리가 최고의 황금기로 여기던 시기는 1928년입니다. 인센티브로만 주당 170달러를 받았고, 갓 뽑아낸 자신의 자동차가 있었으며, 아들은 미식축구에서 두각을 나타냈거든요. 1928년은 그의 황금기이자 많은 미국인들의 황금기로 꼽는 시기이기도 합니다. 1928년이라는 연도를 보면 아시겠지만, 바로 다음해에 대공황이 일어났거든요. 그러니까 1928년은 경제의 거품이 부풀 대로 부푼 그런 해였습니다. 그 시기가 화려했던 만큼 이후 찾아온 시기는 더더욱 혹독하게 느껴집니다.

그런 면에서 11~12년 주기로 경제적 어려움을 겪고 있는 요즘의 세계적 경제 상황을 생각해보면 더욱 눈이 가는 작품이 바로 이『세일즈맨의 죽음』이에요. 자본주의 사회에서 성공 쪽에 서지 못한 사람들이 어떻게 소모되고, 사라져가고, 그리고 그들의 가정이 어떻게 해체되는가를 적나라하게 보여주는 작품입니다.

월리의 죽음은 평생 소모품으로 쓰이다가 해고되었다는 사실보다는, 아들과의 비정상적인 관계에서 오는 가족 관계의 파탄이 더욱 큰 계기가 되었거든요. 달리 보면 혹독한 경제 한파를 이겨낼 수 있는 힘은 가족애일 수 있다는 것입니다. 만약 불황이 오더라도 불황으로 인해 가족이 해체되는 것이 아니라, 가

족으로 인해 불황의 어려움을 잘 넘길 수 있는 지혜를 가져야
하겠습니다.

그런 면에서 아무리 불황이 찾아오더라도 이 땅에 윌리들이
많이 양산되지 않았으면 좋겠습니다.

그렇게 인간은 반복된다

가브리엘 가르시아 마르케스 『백년 동안의 고독』

서기 1년이 예수 탄생 해는 아니다

BC, AD는 서력으로 서양 기준으로 역사를 나타내는 기준입니다. BC는 '비포 크리스트Before Christ', AD는 '아노 도미니Anno Domini'의 약자인데 라틴어로 '그리스도의 해'라는 뜻입니다. 그러니까 예수 탄생 이전과 이후가 역사적으로 완전히 다르다는 뜻이에요.

그런데 서기는 정확하지 않습니다. 예수 탄생의 해를 기준으로 잡았다지만, 성경을 해석해보면 예수 탄생의 해로 추정되는 것은 기원전 4~6년 정도예요. 그러니까 서기 1년은 실제 탄생

하고 5~7살 정도 되었을 때의 연도죠. 이렇게 된 데에는 525년 당시 교황 요한 1세가 이탈리아 수사 디오니시우스 엑시구스에게 서기를 정하기 위해 정확하게 계산해달라고 부탁했는데, 그 계산이 정확하지 않아 오차가 발생했기 때문이라고 합니다. 나중에 오차가 발견되었지만 서기가 이미 널리 퍼진 탓에 바로잡지 못하고 지금에 이른 것입니다. 그러니까 BC와 AD라는 구분은 예수 탄생을 기준으로 하지만, 실제 예수 탄생에 맞는 연도는 아닌 거죠.

한 가지 더, 예수 탄생을 기리기 위한 날이 바로 크리스마스잖아요. 그래서 많은 이가 예수의 생일을 12월 25일로 알고 있지만, 사실 예수의 정확한 생일은 알려져 있지 않습니다. 초기 기독교는 1월 6일로 알고 있었고, 최근에 호주 천문학자들은 동방박사가 따라왔다는 별들을 시뮬레이션해본 결과 6월 17일이 예수 탄생일이라고 주장하기도 했어요. 12월 25일은 사실 다른 종교의 중요한 축제날이었다고 해요.

12월 25일은 로마의 동지로 이날부터 태양이 점점 길어집니다. 그래서 태양신을 섬기는 페르시아 계통의 미트라스교에는 이날은 새로운 태양의 탄생일이었습니다. 그리고 이즈음은 당시 힘이 강했던 새턴의 제일이기도 했어요. 새턴은 로마 신화에 나오는 농업의 신 사투르누스의 영어식 이름이에요. 원래 로마 신화는 그리스 신화에 뿌리를 두고 신들의 이름만 다른 경우가 많잖아요. 그리스 신 중 제우스의 아버지 크로노스가 바로 사투르누스에 해당합니다.

그래서 기독교에서 축제일을 정할 때, 이들 종교에 대항하고 이들의 축제를 뺏어오는 의미로 12월 25일을 정했어요. 그러니까 크리스마스는 예수 탄생일이 아니라 예수 탄생 기념일 정도라고 생각하면 됩니다.

삶의 동일성

인류의 역사가 서기 2000년쯤 되었다는 것은 인류사에 의미 있는 시기가 2000년 정도라는 것이고요, 신화 시대가 아닌, 정식으로 기록된 역사 시대라고 해도, 2500~3000년 정도로 봐야 합니다. 2000년이라고 하면 한 세대가 50세 정도로 이어진다고 가정할 때 40세대 정도만 거슬러 올라가도 닿을 수 있는 거리고요, 30세 정도가 한 세대라고 해도 67세대 정도면 충분합니다.

물론 엄청난 역사이지만, 요즘은 인간의 수명이 길어져서 오래 살다보니 증조할아버지, 할머니에 고조할아버지, 할머니까지 보는 경우도 있다는 것을 생각해보면 최대 한 5대 정도까지는 보는 거잖아요. 40세대 정도는 생각보다 얼마 안 되는 거리 일 수도 있습니다.

그러니 100년 전, 200년 전이라고 해도 외계 행성같이 완전히 딴 세상 같은 일은 아닌 거죠. 기술이 발달해서 사는 모습이 달라졌을 뿐이지 생각하고, 생활하고, 살아가는 본질적인 모습은 똑같을 수 있어요.

호세 아르카디오, 아우렐리아노, 우르슬라

『백년 동안의 고독』은 일단 제목이 멋있죠. 제목이 주는 느낌도 강렬해서 한 번쯤은 들어보셨을 텐데요, 이 책은 정말 읽기가 너무 어려워요. 백년까지는 아니지만 백 시간 정도는 고독감을 느끼시면서 읽으셔야 할지도 몰라요. 그 이유가 무엇일까 곰곰이 생각해봤는데, 이 소설이 처음부터 끝까지 서사로 구성되어 있더라고요. 한 줄 한 줄이 모두 스토리입니다.

원래 소설은 스토리, 묘사, 장면의 생동감, 대화가 적절히 섞여 구성되어야 하거든요. 그래야 읽으면서도 묘사나 대화 같은 것에서 한 호흡 쉬어가며 숨을 고르는데, 이 소설은 쉬지 않고 계속 이야기가 전개돼요. 한 열 줄 정도 소홀히 보면 이미 두 달 정도 지나 있기도 하고요, 중요한 등장인물이 죽어 있기도 하죠. 그러니 달리기로 치면 처음부터 끝까지 전력 질주해야 하는 마라톤인 셈입니다.

그래서 개인적으로는 역대급으로 읽기 어려운 책이었는데
요, 또 하나 이유를 들자면 이름이 다 똑같아요. 몇 대에 걸쳐서
한 집안 인물들이 나오는데, 호세 아르카디오, 아우렐리아노, 우
르슬라 등 이름 몇 개가 계속 반복되니까 누가 누구인지 너무
헷갈려서 읽는 게 힘들어요. 그런데 이런 등장인물 작명법의 특
징은 사실 이 소설이 전하는 메시지와 관계있는 것이니, 어쩔
수 없는 것이기도 하죠.

부엔디아 가문의 100년

이 소설은 근친 관계에 있는 우르슬라와 호세 아르카디오
부엔디아의 결혼으로 시작되는 부엔디아 가문의 100년에 걸친
이야기이자, 이들이 건설한 마을 마콘도의 흥망성쇠에 관한 기
록입니다. 기록이라고 해서 매우 사실적인 다큐멘터리는 아니
에요. 이 소설은 흔히 마술적 리얼리즘이라고 불리는데, 끓는 얼
음이 나오고, 죽은 자들과 친구하고, 산 채로 승천하는 사람도
있습니다. 신비로운 일들이 전혀 신비롭지 않게 일상적으로 묘
사되며, 여기 나오는 사람들도 그렇게 받아들이죠. 특히 이 소
설은 부엔디아 집안의 5~6대에 걸친 이야기인데, 이 세월 동안
집안의 중심을 잡는 것이 집안의 시초인 우르슬라입니다. 무려

100년을 넘게 산 거죠.

호세와 우르슬라는 세 아이를 낳는데, 첫째인 호세 아르카디오는 집시를 따라서 세상에 나갔다가 나중에 촌스러운 방랑아가 되어서 마을로 다시 돌아옵니다. 둘째인 아우렐리아노 대령은 이후 혁명군을 이끄는 사람이 되어서 전투를 벌이며 영웅적인 면모를 보이다가 다시 마을로 돌아와 여생을 마치죠. 그리고 딸인 아마란타는 구혼자들의 청혼을 모두 거절하고 혼자서 살다가 결국 자신의 수의를 짜면서 죽습니다.

그리고 이후 호세 아르카디오의 아이인 호세 아르카디오가 나오고, 아우렐리아노 대령은 14살짜리 어린 여자 아이인 레메디오스와 결혼했는데 레메디오스는 아우렐리아노 호세를 낳다가 죽죠. 여러분 이미 헷갈리기 시작하셨죠. 그래요. 계속 같은 이름이 반복됩니다. 그래서 인터넷을 검색해보니 한 신문 기사에 이 집안의 가계도를 정리해놓은 것이 있더라고요. 이 소설은 가계도를 보면서 읽어야 그나마 어렴풋이 이해되는 소설이에요.

보시면 알겠지만, 호세 아르카디오와 아우렐리아노라는 이름이 세대를 거치며 반복되고, 그리고 계속되는 근친 관계에서 결국 돼지 꼬리 달린 아이가 나오는 파국에 이르기까지 사실 이소설은 참 읽기 난해합니다.

이 소설로 노벨문학상을 탔으며 남미 문학의 대표로 불리는

『백년동안의 고독』 가계도

저자 가브리엘 마르케스는 이 소설을 어떤 비평이나 해석에 휩쓸리지 말고 그냥 재미있게 읽으면 된다고 했는데, 사실 그게 제일 어려운 주문 같습니다.

라틴아메리카의 역사

이 소설을 재미있게 읽으려면 남미의 역사를 알아야 합니다. 마콘도는 세상에서 떨어져서 처음 건설된 뒤 몇십 년은 죽은 사람이 한 명도 없을 정도로 한없이 평화롭던 마을이었어요. 바깥 세상과의 왕래는 집시인 멜키아데스의 방문 정도였죠. 그러다가 몇 대가 지나면서 마콘도가 세상에 알려지며 관공서가 생기고, 철도가 들어오고, 심지어 외국인이 운영하는 바나나 농장이 생기면서 마콘도는 몰락의 길에 들어섭니다. 심지어 정부에 의해 노동자를 몰살시킨 후 그런 사실을 역사에서 지워버리는 탄압과 왜곡의 역사도 등장해요. 바로 라틴아메리카 역사의 축약판인 거죠. 스페인에 의해 시작된 외세의 침입은 나중에 결국 공동체를 무너뜨리고 개인들을 절대 고독에 빠뜨리죠.

그런데 가브리엘 마르케스는 이것을 외세의 탓으로만 돌리지는 않았어요. 아이를 18명이나 낳았지만 아우렐리아노 대령은 누구도 사랑하지 못하는 사람이었다는 이야기가 나오는데요, 이 소설에 나오는 대부분의 등장인물이 그래요. 고독합니다. 다른 사람들과 이야기를 나누거나 자신의 감정을 나누지 않고 스스로에게만 침잠해요. 자신의 원칙, 생각, 감정에만 충실하고 다른 사람들과의 상호 관계가 거의 없죠. 고독할 운명을 타고났다기보다는 스스로 고독을 택하는 느낌이에요. 그것이 결국 마콘도가 인간의 기억에서 영원히 사라지는 이유가 됩니다.

부엔디아 집안이 근친을 거듭하다가 결국 돼지 꼬리 달린 아이가 태어나는 결말은 라틴아메리카의 사람들이 외부적인 환경 변화에 적응하거나 그것을 받아들이려고 하기보다는 자폐적으로 눈감고 자신들 안에서만 살려고 하다가 결국 몰락의 길을 갈 것이라는 은유이자 예언이 됩니다. 같은 이름이 반복되는 것 역시 이런 자폐적인 경향을 보여주는 것이죠.

사실 라틴아메리카의 역사는 우리에게 좀 멀게 느껴지죠. 하지만 외부 환경의 변화에 따른 공동체의 해체라는 사실, 그리고 결국 공동체의 해체로 인해 우리들 모두는 고독해진다는 이야기는 그렇게 먼 이야기만은 아닌 것 같습니다. 그리고 사실 그런 문제의 해결책으로 혼자만 고독의 운명을 타고난 듯한 태도를 벗어던지고, 문제를 나누고 소통하며 함께 해결해가면 좋지 않을까 하는 뉘앙스를 이 소설에서 찾을 수 있어요. 이 소설을 읽으며 부엔디아 집안 사람들에게 제일 안타까운 점이 바로 그런 것들로 느껴지니까요.

프랙탈 이론

그리고 이 소설에서 또 하나 생각할 수 있는 것은 누군가는 죽고 누군가는 태어나는 일이 계속 반복된다는 것이죠. 작가는 일부러 같은 이름을 반복함으로서 이런 효과를 더욱 극대화시켰어요. 끊임없이 태어나고 끊임없이 죽는 거죠. 그래서 한 집안의 세대는 다음 세대로 전승돼요.

하지만 이 소설에서 자폐적 성향 때문에 부엔디아 집안은 몰락하죠. 사람이라는 기준을 가문으로 조금 더 확장시키면 부엔디아 가문 대신에 다른 가문이 등장할 겁니다. 가문 차원에서 보자면 한 가문이 망하면 다른 가문이 흥하게 될 수 있으니까요. 그리고 그걸 또 확대하면 한 나라가 망하고 또 다른 나라가 흥하는 일이 반복됩니다. 그런 반복이 쌓여 인간의 역사가 되는 거예요.

이는 마치 프랙탈 구조 같죠. 프랙탈은 작은 구조가 전체 구조와 비슷한 형태로 끝없이 되풀이되는 구조를 말해요. 자기유사성과 순환성을 갖죠. 그런데 놀랍게도 자연계에서 발견되는 많은 구조와 주기들이 바로 이런 프랙탈 구조로 되어 있어요 나뭇잎 모양이라든가 리아스식 해안같이 기하학적 무늬도 있지만, 전염병이 반복된다든가 우주의 움직임 주기 문제에서도 프랙탈 이론은 어느 정도 적용됩니다. 그래서 프랙탈 구조에는 자연계의 비밀이 간직돼 있기도 하죠.

그래서 한 인간의 생애는 그의 하루와도 유사하고, 그의 일년과 유사할 뿐더러 인류 전체의 역사나 지구의 운명, 우주의 운명과도 유사합니다. 소우주라는 말을 쓰잖아요. 인간이 곧 우주라는 말은 깨달음이 큰 사람이나 이해하겠지만, 인간과 우주의 모습이 닮았다는 말은 프랙탈 이론을 알면 쉽게 이해 가는 말이에요. 마이클 크라이튼의 소설이자 영화로도 유명한 『쥬라기 공원』에서 말콤 박사가 생명의 신비를 언급하면서 바로 이 프랙탈 이론을 강조하죠.

한 사람의 인생은 개인에게는 개별적이고 독특한 경험이지만, 전 인류적으로 보자면 늘 반복되는 하나의 프랙탈 구조일 수도 있습니다. 그래서 역사는 반복되고, 누군가는 죽고, 또 누군가는 태어나는 것 아니겠어요. 그렇다고 오늘 나의 인생이 의미 없는 하나의 수많은 무늬 중 하나는 아닙니다. 조그마한 변동이나 하나의 무늬 일탈이 전체 구조를 변화시키기도 하는 것이니까요.

한 사람의 인생이 겪는 변화를 이렇게 쭉 따라와 봤지만, 이건 한 사람의 인생만을 이야기하는 것이 아닙니다. 전 인류의 보편적인 문제이면서, 그것은 한 사회의 삶과 죽음과도 닮아 있고, 한 국가 그리고 우리 지구의 태어남과 소멸과도 닿아 있습니다.

우리 모두 결과보다는 과정에 참여하는 만큼 당연한 결과보다는 당연하지 않은 과정에 의미를 두고, 힘을 쏟고, 살아가고, 그리고 최선을 다해 만족할 만한 죽음을 맞아야겠습니다.

지적인 현대인을 위한

지식 편의점
문학 ◆ 인간의 생애 편

초판 1쇄 발행 2021년 5월 17일
초판 2쇄 발행 2021년 6월 10일

지은이 이시한
펴낸이 유정연

책임편집 김경애 **기획편집** 장보금 신성식 조현주 김수진 백지선 **디자인** 안수진 김소진
마케팅 임우열 박중혁 정문희 김예은 **제작** 임정호 **경영지원** 박소영

펴낸곳 흐름출판(주) **출판등록** 제313-2003-199호(2003년 5월 28일)
주소 서울시 마포구 월드컵북로5길 48-9(서교동)
전화 (02)325-4944 **팩스** (02)325-4945 **이메일** book@hbooks.co.kr
홈페이지 http://www.hbooks.co.kr **블로그** blog.naver.com/nextwave7
출력·인쇄·제본 (주)상지사 **용지** 월드페이퍼(주) **후가공** (주)이지앤비(특허 제10-1081185호)

ISBN 978-89-6596-442-1 03800